KB020335

봄날의책 세계시인선

THE POEMS
by Anne Sexton

저는 이곳에 있지 않을 거예요

봄날의책 세계시인선

앤 섹스턴 지음 신해경 옮김

봄날의책

일러두기

한 편의 시가 다음 면으로 이어질 때 연이 나뉘면 여섯 번째 행에서, 연이 나뉘지 않으면 첫 번째 행에서 시작한다.

차례

I

I

YOU, DOCTOR MARTIN

You, Doctor Martin, walk
from breakfast to madness. Late August,
I speed through the antiseptic tunnel
where the moving dead still talk
of pushing their bones against the thrust
of cure. And I am queen of this summer hotel
or the laughing bee on a stalk

of death. We stand in broken
lines and wait while they unlock
the door and count us at the frozen gates
of dinner. The shibboleth is spoken
and we move to gravy in our smock
of smiles. We chew in rows, our plates
scratch and whine like chalk

in school. There are no knives
for cutting your throat. I make
moccasins all morning. At first my hands
kept empty, unraveled for the lives
they used to work. Now I learn to take
them back, each angry finger that demands
I mend what another will break

닥터 마틴, 당신은

닥터 마틴, 당신은
아침 식탁을 떠나 광기로 간다. 8월 하순
나는 살균된 터널을 질주하고
거기 움직이는 죽은 자들은 아직도
뼈다귀를 치유력에 밀어붙이는
소리들을 하지. 나는 이 여름 호텔의 여왕
혹은 죽음의 끄트머리에서 깔깔 웃는 벌

우리는 엉성하게 줄을 서서
얼어붙은 만찬의 입구, 그들이
우리 머릿수를 세며 들여보내주기를
기다린다. 구호가 제창되고
우리는 헐렁한 미소를 걸치고 육즙을 향해
다가가지. 나란히 줄 맞춰 씹는 우리 끽끽 긁히며
학교 분필처럼 애처롭게 우는

우리 접시. 거기 당신의 숨통을 끊을
나이프는 없다. 나는 오전 내내
모카신을 만든다. 처음엔 늘 다루던 삶에
쓸모없어진 두 손이
자꾸만 텅 비었지. 이제는 되찾는 법을
알아, 성난 손가락 하나하나
내일 하나가 부러뜨릴 다른 하나를

tomorrow. Of course, I love you;
you lean above the plastic sky,
god of our block, prince of all the foxes.
The breaking crowns are new
that Jack wore. Your third eye
moves among us and lights the separate boxes
where we sleep or cry.

What large children we are
here. All over I grow most tall
in the best ward. Your business is people,
you call at the madhouse, an oracular
eye in our nest. Out in the hall
the intercom pages you. You twist in the pull
of the foxy children who fall

like floods of life in frost.
And we are magic talking to itself,
noisy and alone. I am queen of all my sins
forgotten. Am I still lost?
Once I was beautiful. Now I am myself,
counting this row and that row of moccasins
waiting on the silent shelf.

수선하라 요구하지. 물론 당신을 사랑한다
가짜 하늘 위로 몸을 기울이는 당신
우리 구역의 신, 여우들의 왕자.
잭이 썼던 그 부서지는 왕관들은
새롭다. 당신의 세 번째 눈이
우리 사이를 돌며 격리된 상자 안에서
자거나 우는 우리를 비춘다.

이곳에서 우리는 얼마나
큰 아이들인가. 과연 나는 제일 좋은 병실에서
제일 크게 자란다. 당신의 일은 사람,
정신병원에 들른 당신, 우리 둥지에 든
신탁의 눈. 바깥 복도에서
구내방송이 당신을 찾는다. 당신은 여우 같은
아이들의 끌어당기는 손길에서 몸을 빼내고

서리 맞은 생명의 홍수처럼 떨어지는 아이들.
그리고 우리는 시끄럽게 홀로
떠드는 마법. 나는 내 모든 잊힌 죄악의
여왕. 나는 아직도 길을 잃었나?
한때 나는 아름다웠다. 한 줄 한 줄 고요한 선반에서
기다리는 모카신을 세는
나는 이제 나다.

MUSIC SWIMS BACK TO ME

Wait Mister. Which way is home?
They turned the light out
and the dark is moving in the corner.
There are no sign posts in this room,
four ladies, over eighty,
in diapers every one of them.
La la la, Oh music swims back to me
and I can feel the tune they played
the night they left me
in this private institution on a hill.

Imagine it. A radio playing
and everyone here was crazy.
I liked it and danced in a circle.
Music pours over the sense
and in a funny way
music sees more than I.
I mean it remembers better;
remembers the first night here.
It was he strangled cold of November;
even the stars were strapped in the sky
and that moon too bright
forking through the bars to stick me
with a singing in the head.
I have forgotten all the rest.

음악이 다시 밀려온다

잠깐만요 선생님. 집으로 가는 길은 어느 쪽이죠?
그들은 불을 껐고
구석에서 어둠이 움직인다.
이 방에는 이정표가 없다
여든 넘은 노부인이 넷
하나같이 기저귀를 차고.
라 라 라, 아, 음악이 다시 밀려오고
나는 그 밤에 그들이 틀었던 곡을 알아챈다
내가 이 언덕 위 시설에
실려 와 홀로 남은 그 밤.

상상해봐. 라디오에서는 음악이 흘러나오고
여기 사람들은 다 미쳤지.
난 그게 좋아서 빙빙 돌며 춤을 추었어.
음악이 갑각 위로 쏟아지고
웃기는 방식으로
음악은 나보다 많이 안다.
나보다 더 잘 기억한다는 뜻이다
이곳에서의 첫날 밤을.
11월 추위를 교살한 건 음악이었어.
별들조차 하늘에 꽁꽁 묶였고
머릿속에서 울리는 노래로
창살 틈으로 나를 찌르기엔
달이 너무 밝았지.
나머지는 몽땅 잊어버렸어.

They lock me in this chair at eight a.m.
and there are no signs to tell the way,
just the radio beating to itself
and the song that remembers
more than I. Oh, la la la,
this music swims back to me.
The night I came I danced a circle
and was not afraid.
Mister?

그들은 오전 여덟 시에 날 이 의자에 가두고
길을 알려주는 이정표 하나 없지
그저 라디오와 홀로 쿵쿵 울리는
나보다 더 많은 걸 기억하는
저 노래. 오, 라 라 라,
음악이 다시 내게로 밀려온다.
여기 오던 밤 나는 빙빙 돌며 춤을 추었고
두렵지 않았다.
선생님?

SOME FOREIGN LETTERS

I knew you forever and you were always old,
soft white lady of my heart. Surely you would scold
me for sitting up late, reading your letters,
as if these foreign postmarks were meant for me.
You posted them first in London, wearing furs
and a new dress in the winter of eighteen-ninety.
I read how London is dull on Lord Mayor's Day,
where you guided past groups of robbers, the sad holes
of Whitechapel, clutching your pocketbook, on the way
to Jack the Ripper dissecting his famous bones.
This Wednesday in Berlin, you say, you will
go to a bazaar at Bismarck's house. And I
see you as a young girl in a good world still,
writing three generations before mine. I try
to reach into your page and breathe it back ...
but life is a trick, life is a kitten in a sack.

This is the sack of time your death vacates.
How distant you are on your nickel-plated skates
in the skating park in Berlin, gliding past
me with your Count, while a military band
plays a Strauss waltz. I loved you last,
a pleated old lady with a crooked hand.
Once you read *Lohengrin* and every goose
hung high while you practiced castle life

외국에서 온 편지 몇 장

나는 언제나 당신을 알았고 당신은 늘 연로한,
내 마음속 온화한 백발 부인. 이 이국(異國) 소인(消印)들이
원래부터 내 것인 양 늦게까지 자지 않고 당신의 편지를 읽는
나를 당신은 분명 꾸짖을 테지.
당신은 처음 런던에서 편지를 부쳤다, 1890년 겨울
새 드레스에 모피를 두르고서.
시장 취임일의 런던이 얼마나 지루했는지 나는 읽는다
소매치기 떼들, 서글픈 화이트채플 거리의 초라한 집들,
당신은 지갑을 움켜쥔 채 그들을 지나쳐
그 유명한 시체들을 해체하는 잭 더 리퍼에게로 나를 이끈다.
당신은 말하지, 오는 수요일에는 베를린
비스마르크 저택에서 열리는 바자회에 갈 거라고. 나는
나보다 세 세대 앞서 글을 쓰는,
아직은 좋았던 세계의 젊은 여성, 당신을 본다.
당신의 시간에 닿아 그 공기를 호흡해보려 하지만…
생은 장난, 생은 자루에 든 새끼 고양이.

당신의 죽음으로 비어버린 시간의 자루.
군악대가 슈트라우스 왈츠를 연주하는 베를린
스케이트 공원에서 니켈 도금한 스케이트화를 신고
백작님과 함께 얼음을 지치며 스쳐가는
당신은 얼마나 먼 존재인가. 나는 맨 끝으로 당신을 사랑했다
손도 굽은 쪼글쪼글한 노부인이 된 당신을.
당신은 한때 『로엔그린』을 읽었고 하노버에서
성(城)살이를 연습하는 동안엔 만사가
흔쾌했지. 오늘 밤 당신의 편지들은

in Hanover. Tonight your letters reduce
history to a guess. The Count had a wife.
You were the old maid aunt who lived with us.
Tonight I read how the winter howled around
the towers of Schloss Schwöbber, how the tedious
language grew in your jaw, how you loved the sound
of the music of the rats tapping on the stone
floors. When you were mine you wore an earphone.

This is Wednesday, May 9th, near Lucerne,
Switzerland, sixty-nine years ago. I learn
your first climb up Mount San Salvatore;
this is the rocky path, the hole in your shoes,
the yankee girl, the iron interior
of her sweet body. You let the Count choose
your next climb. You went together, armed
with alpine stocks, with ham sandwiches
and *seltzer wasser*. You were not alarmed
by the thick woods of briars and bushes,
nor the rugged cliff, nor the first vertigo
up over Lake Lucerne. The Count sweated
with his coat off as you waded through top snow.
He held your hand and kissed you. You rattled
down on the rain to catch a steamboat for home;
or other postmarks: Paris, Verona, Rome.

역사를 하나의 짐작으로 환원한다. 백작에겐 아내가 있었다.
당신은 우리 집에 같이 살던 연로한 독신의 외대고모할머니.
오늘 밤 나는 겨울이 슐로스 슈뵈버의 탑을 돌며
얼마나 울부짖었는지, 그 지루한 언어가
어떻게 당신의 턱에서 자라났는지, 돌바닥을 두드리는
쥐들의 음악을 당신이 얼마나 사랑했는지
읽는다. 당신이 내 것이었을 때 당신은 보청기를 썼지.

지금은 69년 전 5월 9일 수요일,
스위스 루체른 근방. 나는 당신이 처음으로
몬테 산 살바토레에 올랐던 일을 알아간다.
산길은 바위투성이고 신발에는 구멍
젊은 양키 여성의 사랑스러운 육체 안에는
강철 같은 내면이 있지. 당신은 백작에게 다음
등반 계획을 잡으라고 한다. 당신은 등반 장비로 무장하고
햄샌드위치와 탄산수를 챙겨
함께 나섰다. 당신은 무성한 찔레와 덤불 숲에도,
험악한 절벽에도, 루체른 호수를 굽어보며
처음 느낀 현기증에도 놀라지 않았다. 당신이
정상에 쌓인 눈을 헤치고 나아가는 사이 백작은
외투를 벗고도 땀을 흘렸다.
그가 당신의 손을 잡고 입을 맞추었다. 당신은 내리는
비에 우르르 무너져 집으로, 혹은 파리, 베로나, 로마 같은
다른 소인들로 향하는 기선을 잡아탔다.

This is Italy. You learn its mother tongue.
I read how you walked on the Palatine among
the ruins of the palaces of the Caesars;
alone in the Roman autumn, alone since July.
When you were mine they wrapped you out of here
with your best hat over your face. I cried
because I was seventeen. I am older now.
I read how your student ticket admitted you
into the private chapel of the Vatican and how
you cheered with the others, as we used to do
on the Fourth of July. One Wednesday in November
you watched a balloon, painted like a silver ball,
float up over the Forum, up over the lost emperors,
to shiver its little modern cage in an occasional
breeze. You worked your New England conscience out
beside artisans, chestnut vendors and the devout.

여기는 이탈리아. 당신은 여기 언어를 배운다.
팔라티노 언덕 카이사르의 궁전 유적
사이를 거니는 당신을 나는 읽는다.
로마의 가을에 혼자, 7월 이후로는 혼자였다.
당신이 내 것이었을 때 사람들은 가장 좋은 모자로
당신 얼굴을 가리고 이승에서의 당신을 갈무리했다. 나는 울었다
열일곱 살이었으니까. 지금은 더 나이를 먹었지.
바티칸에서 학생 입장권으로
비공개 예배당에 들어간 당신, 우리가
7월 4일에 그러듯 다른 사람들과 환호하는 당신을
나는 읽는다. 11월의 어느 수요일
당신은 은색 공처럼 칠한 풍선 하나가
포로 로마노* 위에, 죽은 황제들 위에 떠서
이따금 부는 산들바람에 그 작은 현대식 새장을 펄럭이게
　　하는 걸
보았다. 당신은 장인들 옆에서, 군밤 장수들과 독실한 신자들
　　옆에서
당신의 뉴잉글랜드적 양심을 성취했다.

Tonight I will learn to love you twice;
learn your first days, your mid-Victorian face.
Tonight I will speak up and interrupt
your letters, warning you that wars are coming,
that the Count will die, that you will accept
your America back to live like a prim thing
on the farm in Maine. I tell you, you will come
here, to the suburbs of Boston, to see the blue-nose
world go drunk each night, to see the handsome
children jitterbug, to feel your left ear close
one Friday at Symphony. And I tell you,
you will tip your boot feet out of that hall,
rocking from its sour sound, out onto
the crowded street, letting your spectacles fall
and your hair net tangle as you stop passers-by
to mumble your guilty love while your ears die.

오늘 밤 나는 당신을 두 배로 사랑하는 법을 배울 것이다.
당신의 첫날들을, 당신의 중기 빅토리아풍 얼굴을.
오늘 밤 나는 소리 높여 당신의 편지들에 끼어들 것이다
연이은 전쟁이 다가오고 있다고
백작이 죽을 거라고, 당신은 다시 미국을 받아들이고
메인주 농장에서 무슨 쥐똥나무처럼
살게 될 거라 경고하면서. 그리고 말할 것이다
당신은 여기, 보스턴 교외로 와서 매일 밤
청교도의 세상이 취하는 걸 보고, 잘생긴 아이들이
요란스레 춤추는 걸 보고, 어느 금요일 연주회에서
왼쪽 귀가 먹먹해지는 걸 느낄 거라고. 그리고 또 말할 것이다
당신은 그 불쾌한 소리에 동요한 채 음악당에서 나오다
부츠 신은 발을 헛디뎌 붐비는 인도로 넘어질 거라고
안경이 떨어지고 머리에 쓴 그물망이 헝클어지고
당신의 두 귀가 죽는 동안 발걸음을 멈춘 행인들이
떳떳지 못한 당신의 사랑을 수군거릴 거라고.

* 이탈리아어로 포로 로마노(Foro Romano), 라틴어로 포룸 로마눔(Forum Romanum)이라 불리는 이곳은 이탈리아 로마 구도심 한가운데 있는 고대 로마 시대 유적지이다. 각종 개선식이나 연설, 선거 등 국가의 중대 행사가 열린 고대 로마 시대 정치와 경제의 중심지로 팔라티노 언덕과 캄피돌리오 언덕 사이에 있으며 지금은 몇몇 잔해와 기둥만 남아 있으나 발굴이 계속 진행 중이다.

SAID THE POET TO THE ANALYST

My business is words. Words are like labels,
or coins, or better, like swarming bees.
I confess I am only broken by the sources of things;
as if words were counted like dead bees in the attic,
unbuckled from their yellow eyes and their dry wings.
I must always forget how one word is able to pick
out another, to manner another, until I have got
something I might have said ...
but did not.

Your business is watching my words. But I
admit nothing. I work with my best, for instance,
when I can write my praise for a nickel machine,
that one night in Nevada: telling how the magic jactpot
came clacking three bells out, over the lucky screen.
But if you should say this is something it is not,
then I grow weak, remembering how my hands felt funny
and ridiculous and crowded with all
the believing money.

정신과 의사에게 시인을 말하다

나의 일은 말. 말은 상표 같고,
아니면 동전, 아니 그보다는 버글거리는 벌떼 같다.
고백하건대 나는 사물의 근원에 의해서만 망가진다.
말이란 것이 노란 눈과 마른 날개의 속박에서 벗어난
죽은 다락방 벌들처럼 헤아려지기라도 하는 듯이.
나는 늘 한 단어가 다른 단어를 고를 수 있음을,
한 단어가 다른 단어를 다듬을 수 있음을 잊어야 한다
내가 했을지도 모를… 하지만 하지 않은
어떤 말을 얻을 때까지.

당신의 일은 내 말 지켜보기. 하지만 나는
아무것도 인정하지 않는다. 최선을 다해 일할 뿐, 가령,
5센트짜리 슬롯머신에 대한 찬사를 쓸 수 있었던,
그 네바다에서의 하룻밤 같은 때, 마술 같은 잭팟이
행운의 화면 위로 땡땡땡 종을 세 번 울리며 터진 얘기를 하지.
하지만 당신이 그게 그런 게 아니라고 말해야 한다면,
돈을 믿는 온갖 것들에 부대끼며
우습고 어리석어 보이던 내 손이 떠올라
나는 그만 기운을 잃는다.

HER KIND

I have gone out, a possessed witch
haunting the black air, braver at night;
dreaming evil, I have done my hitch
over the plain houses, light by light:
lonely thing, twelve-fingered, out of mind.
A woman like that is not a woman, quite.
I have been her kind.

I have found the warm caves in the woods,
filled them with skillets, carvings, shelves,
closets, silks, innumerable goods;
fixed the suppers for the worms and the elves:
whining, rearranging the disaligned.
A woman like that is misunderstood.
I have been her kind.

I have ridden in your cart, driver,
waved my nude arms at villages going by,
learning the last right routes, survivor
where your flames still bite my thigh
and my ribs crack where your wheels wind.
A woman like that is not ashamed to die.
I have been her kind.

그런 여자

나는 밖으로 나갔네, 헛것에 씐 마녀
검은 하늘에 출몰했지, 밤이면 더 용감하게
악을 꿈꾸며 풀쩍풀쩍 뛰어올랐네
이 불빛 저 불빛 평범한 집들을 딛고
외로운 것, 육손이, 정신 나간 것.
사실, 그런 여자는 여자가 아니지.
나는 그런 여자였네.

숲에서 따뜻한 동굴들을 찾아냈어
냄비와 나무 그릇과 선반과
벽장과 비단과 셀 수 없이 많은 물건으로 채웠지
벌레들과 꼬마 요정들을 위해 저녁을 차렸어
낑낑거리며, 흐트러진 것들을 반듯하게 정돈했지.
그런 여자는 진가를 인정받지 못하지.
나는 그런 여자였네.

나는 당신의 마차에 탔네, 마부여
헐벗은 팔을 들어 지나치는 마을마다 손 흔들며
최후의 바른길을 배우는, 생존자
당신의 정염은 여전히 내 허벅지를 물어뜯고
당신의 바퀴가 감아 돌면 내 갈비뼈는 부러지지.
그런 여자는 죽는 걸 부끄러워하지 않아.
나는 그런 여자였네.

THE EXORCISTS

And I solemnly swear
on the chill of secrecy
that I know you not, this room never,
the swollen dress I wear,
nor the anonymous spoons that free me,
nor this calendar nor the pulse we pare and cover.

For all these present,
before that wandering ghost,
that yellow moth of my summer bed,
I say: this small event
is not. So I prepare, am dosed
in ether and will not cry what stays unsaid.

I was brown with August,
the clapping waves at my thighs
and a storm riding into the cove. We swam
while the others beached and burst
for their boarded huts, their hale cries
shouting back to us and the hollow slam
of the dory against the float.
Black arms of thunder strapped
upon us; squalled out, we breathed in rain
and stroked past the boat.
We thrashed for shore as if we were trapped
in green and that suddenly inadequate stain

퇴마사들

그리고 나는 엄숙하게 맹세한다
비밀의 싸늘한 냉기에 대고
나는 당신을 모르고, 이 방은 절대 모르고
내가 입은 부푼 드레스도
나를 자유롭게 해준 익명의 숟가락들도
이 달력도, 우리가 드러내고 가린 맥박도 모른다고.

이 모든 존재하는 것들을 위해
저 방황하는 유령 앞에서
여름 침대에 붙은 저 노란 나방 앞에서
나는 말한다. 이 작은 사건은
아니다. 그래서 나는 마음을 다잡고, 에테르를
투여받고, 발설되지 않은 것을 외치지 않을 것이다.

나는 8월에 그을려 갈색이었고
허벅지를 찰싹거리는 물결과
작은 만으로 덮쳐오는 폭풍. 우리가 헤엄치는 사이
다른 이들은 해변에 올라 저마다의
숙소를 향해 달려가고, 우리에게 소리치는
그들의 쟁쟁한 고함 소리와 작은 어선이
부표에 부딪는 둔탁한 소리.
우레가 머리 위로 검은 팔을
뻗었다. 돌풍이 불었고, 우리는 비를 들이쉬며
보트를 지나쳐 헤엄쳤다.
물풀에 걸린 듯 우리가 해변을 향해 몸부림을
치자 갑자기 난데없는 얼룩

or lightening belling around
our skin. Bodies in air
we raced for the empty lobsterman-shack.
It was yellow inside, the sound
of the underwing of the sun. I swear,
I most solemnly swear, on all the bric-à-brac

of summer loves, I know
you not.

또는 번개가 우리 피부를 둘러싸고
부풀어 올랐다. 공중에 뜬 몸들
우리는 바닷가재잡이의 빈 오두막을 향해 질주했다.
안이 노랬다. 그 태양의 뒷날개
소리. 나는 맹세한다
가장 엄숙하게 맹세한다, 여름 한철 사랑의

온갖 잡동사니에 대고, 나는
당신을 모른다.

PORTRAIT OF AN OLD WOMAN ON THE COLLEGE TAVERN WALL

Oh down at the tavern
the children are singing
around their round table
and around me still.
Did you hear what it said?

I only said
how there is a pewter urn
pinned to the tavern wall,
as old as old is able
to be and be there still.
I said, the poets are there
I hear them singing and lying
around their round table
and around me still.
Across the room is a wreath
made of a corpse's hair,
framed in glass on the wall,
as old as old is able
to be and be remembered still.
Did you hear what it said?

학사주점 벽에 걸린 어느 노파의 초상

아 여기 주점에서
아이들이 노래하네
둥근 탁자에 둘러앉아
여전히 나를 둘러싸고.
저게 뭐라고 하는지 들었어?

난 그저 말했을 뿐
어떻게 하다가 백랍 잔이
술집 벽에 걸리게 되었는지,
더할 나위 없이 낡고 낡아서는
내내 그곳에 가만히.
나는 말했지, 거기 시인들이 있어
둥근 탁자에 둘러앉아
여전히 나를 둘러싸고
노래하고 거짓말하는 소리가 들린다고.
반대쪽 벽에는 리스가 걸려 있지
시체의 머리카락으로 만들어
유리 액자에 넣은,
더할 나위 없이 낡고 낡아서는
내내 가만히 기억되는.
저게 뭐라고 하는지 들었어?

I only said
how I want to be there and I
would sing my song with the liars
and my lies with all the singers.
And I would, and I would but
it's my hair in the hair wreath,
my cup pinned to the tavern wall,
my dusty face they sing beneath.
Poets are sitting in my kitchen.
Why do these poets lie?
Why do children get children and
Did you hear what it said?

I only said
how I want to be there,
Oh, down at the tavern
where the prophets are singing
around their round table
until they are still.

난 그저 말했을 뿐

내가 얼마나 거기 있고 싶은지, 그리고 나는
거짓말쟁이들과 함께 나의 노래를,
온갖 노래꾼들과 나의 거짓말을 노래하겠노라.
나는 노래하고 또 노래하겠지만
머리카락 리스에 든 건 내 머리카락,
주점 벽에 박힌 건 내 잔,
사람들이 내 먼지투성이 얼굴 밑에서 노래하네.
시인들이 내 주방에 앉아 있네.
왜 이 시인들은 거짓말을 하나?
왜 아이들은 아이들을 낳고 또
저게 뭐라고 하는지 들었어?

난 그저 말했을 뿐

내가 얼마나 거기 있고 싶은지,
아, 여기 주점에서
예언자들이 노래하네
둥근 탁자에 둘러앉아
마침내 가만해질 때까지.

THE EXPATRIATES

My dear, it was a moment
to clutch at for a moment
so that you may believe in it
and believing is the act of love, I think,
even in the telling, wherever it went.

In the false New England forest
where the misplanted Norwegian trees
refused to root, their thick synthetic
roots barging out of the dirt to work the air,
we held hands and walked on our knees.
Actually, there was no one there.

For forty years this experimental
woodland grew, shaft by shaft in perfect rows
where its stub branches held and its spokes fell.
It was a place of parallel trees, their lives
filed out in exile where we walked too alien to know
our sameness and how our sameness survives.

Outside of us the village cars followed
the white line we had carefully walked
two nights before toward our single beds.
We lay halfway up an ugly hill and if we fell
it was here in the woods where the woods were caught
in their dying and you held me well.

추방자들

그대여, 그런 순간이었다
믿으려면
잠시 꽉 붙잡아야 하는 순간
믿는다는 건 사랑의 행위, 그러니까
말로 할 때조차, 그게 어디로 갔든 간에.

가짜 뉴잉글랜드 숲에서는
잘못 심긴 노르웨이 나무들이
뿌리내리기를 거부해, 그 두꺼운 인조
뿌리들이 흙을 뚫고 나가 공기를 부렸고,
우리는 손을 잡고 무릎으로 걸었다.
사실, 거기엔 아무도 없었다.

사십 년 동안 이 실험적인
산림지는 자랐다 한 그루 한 그루 완벽하게 열을 지어
숭덩숭덩 잘린 가지들은 유지되고 바큇살들은 떨어졌다.
그곳은 나란히 늘어선 나무들의 장소, 그들의 삶이
우루루 망명 중인 곳, 그곳을 거니는 너무 낯선 우리는
우리의 같음을, 그 같음이 어떻게 살아남는지 알지 못하고

바깥에선 마을의 차들이
그제 밤 우리가 각자의 일인용 침대를 향해
조심스럽게 걷던 그 흰 선을 따라갔다.
우리는 흉한 언덕 중턱에 눕는다 우리가 쓰러진다면
그곳은 나무들이 저마다의 죽음에 사로잡히고
당신이 나를 잘 잡아주는 여기 숲속이리라.

And now I must dream the forest whole
and your sweet hands, not once as frozen
as those stopped trees, nor ruled, nor pale,
nor leaving mine. Today, in my house, I see
our house, its pillars a dim basement of men
holding up their foreign ground for you and me.

My dear, it was a time,
butchered from time,
that we must tell of quickly
before we lose the sound of our own
mouths calling mine, mine, mine.

그리고 이제 나는 온전한 숲과 당신의 달콤한 손을,
저 멈춰버린 나무들만큼 언 적 한 번도 없고
지배당한 적도 약해진 적도 내 손을 떠난 적도 없는 그 손을
꿈꾸어야 한다. 오늘, 내 집에서, 나는 본다
우리의 집을, 그 기둥들을, 당신과 나를 위해
낯선 땅을 떠받친 사람들의 흐릿한 기부(基部)를.

그대여, 그런 때였다,
시간에서 뭉텅 잘려 나온,
내 것, 내 것, 내 것을 부르짖는 우리 입들이
소리를 잃기 전에 재빨리 말해야만 하는.

UNKNOWN GIRL IN THE MATERNITY WARD

Child, the current of your breath is six days long.
You lie, a small knuckle on my white bed;
lie, fisted like a snail, so small and strong
at my breast. Your lips are animals; you are fed
with love. At first hunger is not wrong.
The nurses nod their caps; you are shepherded
down starch halls with the other unnested throng
in wheeling baskets. You tip like a cup; your head
moving to my touch. You sense the way we belong.
But this is an institution bed.
You will not know me very long.

The doctors are enamel. They want to know
the facts. They guess about the man who left me,
some pendulum soul, going the way men go
and leave you full of child. But our case history
stays blank. All I did was let you grow.
Now we are here for all the ward to see.
They thought I was strange, although
I never spoke a word. I burst empty
of you, letting you learn how the air is so.
The doctors chart the riddle they ask of me
and I turn my head away. I do not know.

산부인과 병동의 이름 없는 여자아이

아가야, 네 숨결은 엿새짜리다.
너는 놓여 있다, 내 하얀 침대에 작은 주먹처럼
놓여 있다, 내 가슴에 달팽이처럼 작고 단단하게
꼭 웅크린 채. 네 입술은 짐승. 너는 사랑을
먹는다. 처음에는 허기가 나쁜 게 아니다.
간호사들이 고개를 끄덕인다. 너는 다른 쫓겨난 무리와 같이
바퀴 달린 바구니를 타고 안내를 받으며 딱딱한 복도를
지나온다. 너는 컵처럼 엎어진다. 내 손길을 따라
고개를 돌린다. 너는 우리가 서로에게 속한 방식을 느낀다.
하지만 여긴 시설의 침대.
너는 나를 아주 오래 알지는 못할 것이다.

의사들은 에나멜. 사실을
알고 싶어 해. 나를 버리고 떠난 남자를 추측하지,
만삭인 여자를 두고 떠나는 그런 남자들의 길을 간
어떤 흔들리는 영혼을. 하지만 우리 진료 기록은
그냥 백지. 나는 그저 네가 크도록 두었을 뿐.
지금 우리는 병동 전체가 볼 수 있는 이곳에 있다.
나는 한마디도 하지 않았지만, 사람들은 내가
이상하다고 생각했지. 나는 파열하여 너를 비워냈고,
너는 공기가 어떤지 배워야 했다.
의사들은 차트를 작성하며 수수께끼를 던지고
나는 고개를 돌린다. 나는 모른다.

Yours is the only face I recognize.
Bone at my bone, you drink my answers in.
Six times a day I prize
your need, the animals of your lips, your skin
growing warm and plump. I see your eyes
lifting their tents. They are blue stones, they begin
to outgrow their moss. You blink in surprise
and I wonder what you can see, my funny kin,
as you trouble my silence. I am a shelter of lies.
Should I learn to speak again, or hopeless in
such sanity will I touch some face I recognize?

Down the hall the baskets start back. My arms
fit you like a sleeve, they hold
catkins of your willows, the wild bee farms
of your nerves, each muscle and fold
of our first days. Your old man's face disarms
the nurses. But the doctors return to scold
me. I speak. It is you my silence harms.
I should have known; I should have told
them something to write down. My voice alarms
my throat. "Name of father—none." I hold
you and name you bastard in my arms.

너는 내가 알아보는 유일한 얼굴.
뼈에 뼈를 맞대고 너는 내 답들을 들이킨다.
하루에 여섯 번 나는 알아차린다
너의 욕구를, 네 입술이라는 짐승을, 점점 따뜻하고
포동포동해지는 네 피부를. 네 눈이
장막을 걷어 올리는 걸 본다. 두 눈은 푸른 돌,
이끼보다 크게 자라기 시작한다. 너는 놀라서 눈을 깜박이지
웃기는 나의 피붙이여, 네가 내 침묵을 어지럽힐 때
너에게는 무엇이 보일까. 나는 거짓말들의 피난처.
다시 말하는 법을 배워야 할까, 아니면 제정신으로
절망한 채 그나마 알아보는 몇몇 얼굴을 더듬게 될까?

복도 저쪽에서 바구니들이 돌아오기 시작한다. 내 품은
소매처럼 너에게 맞아, 버들개지 같은
네 손발을, 길들지 않은 벌떼 같은
네 신경을, 우리 첫날들의 근육과 주름 하나까지
안아준다. 쪼글쪼글한 네 얼굴이 간호사들의
무장을 해제한다. 하지만 의사들은 돌아와
나를 꾸짖지. 나는 말한다. 내 침묵이 해치는 건 너.
그걸 알았어야 했다. 그들에게 적을 만한
뭔가를 주었어야 했다. 내 숨통이 내 목소리에
놀란다. "생부의 성명—없음." 나는 너를
안고 품속의 너를 사생아라 명명한다.

And now that's that. There is nothing more
that I can say or lose.
Others have traded life before
and could not speak. I tighten to refuse
your owling eyes, my fragile visitor.
I touch your cheeks, like flowers. You bruise
against me. We unlearn. I am a shore
rocking you off. You break from me. I choose
your only way, my small inheritor
and hand you off, trembling the selves we lose.
Go child, who is my sin and nothing more.

그리고 지금은 그뿐이다. 더는
말할 것도 잃을 것도 없다.
다른 이들은 예전에 생명을 거래했고
말하지 못했다. 내 허약한 방문자여, 너의
올빼미 같은 눈을 거부하려고 나는 단단히 마음을 여민다.
꽃을 만지듯 네 볼을 만진다. 너는 내 손길에
멍든다. 우리는 잊는다. 나는 너를 흔들어 떨쳐내는
해안이다. 너는 내게서 떨어진다. 내 어린 후계자여
나는 너의 유일한 길을 선택하고,
우리가 잃어버린 자아들을 떨게 하며, 너를 건넨다.
가거라 아가야, 내 죄나 다름없는 이여.

THE MOSS OF HIS SKIN

> young girls in old Arabia were often buried alive next to their dead fathers, apparently a sacrifice to the goddesses of the tribes ...
>
> Harold Feldman, "Children of the Desert"
> *Psychoanalysis and Psychoanalytic Review*, Fall 1958

It was only important
to smile and hold still,
to lie down beside him
and to rest awhile,
to be folded up together
as if we were silk,
to sink from the eyes of mother
and not to talk.
The black room took us
like a cave or a mouth
or an indoor belly.
I held my breath
and daddy was there,
his thumbs, his fat skull,
his teeth, his hair growing
like a field or a shawl.
I lay by the moss
of his skin until
it grew strange. My sisters
will never know that I fall

아버지 살갗에 돋은 이끼

> 옛 아라비아에서는 어린 소녀들이 죽은 아버지
> 옆에 생매장당하는 경우가 종종 있었는데, 이는 부족의
> 여신들에게 바치는 산 제물로 보이며…
> — 해럴드 펠드먼, 〈사막의 아이들〉,
> 《정신분석과 정신분석적 비평》 1958년 가을호

그게 중요했을 뿐이다
미소를 지으며 가만히 있는 것,
아빠 옆에 눕는 것
그리고 잠시 쉬는 것,
비단처럼 가지런히 함께
접히는 것,
어머니의 눈길로부터 가라앉는 것
그리고 말하지 않는 것.
검은 방이 동굴처럼 또는 입처럼
아니면 안쪽에서 본 내장처럼
우리를 삼켰다.
나는 숨을 참았고
거기 아빠가 있었다
아빠의 엄지손가락, 아빠의 두툼한 두개골,
아빠의 치아, 들판처럼 솔처럼
자라는 아빠의 머리카락.
나는 아빠의 살갗에
돋은 이끼가 이상하게 자랄 때까지
옆에 누워 있었다. 자매들은
절대 알지 못하리라

out of myself and pretend
that Allah will not see
how I hold my daddy
like an old stone tree.

내가 내게서 빠져나와
오래된 돌 나무를 안듯이
아빠를 안는 걸 알라가
모르리라 여기는 체하는 것을.

NOON WALK ON THE ASYLUM LAWN

The summer sun ray
shifts through a suspicious tree.
though I walk through the valley of the shadow
It sucks the air
and looks around for me.

The grass speaks.
I hear green chanting all day.
I will fear no evil, fear no evil
The blades extend
and reach my way.

The sky breaks.
It sags and breathes upon my face.
in the presence of mine enemies, mine enemies
The world is full of enemies.
There is no safe place.

정오의 정신병원 잔디밭 산책

여름 햇살이
수상쩍은 나무를 헤치고 이동한다.
내가 음침한 골짜기로 다닐지라도
햇살은 공기를 빨아들이며
나를 찾으러 사방을 살핀다.

잔디가 말한다.
종일 잔디가 읊조리는 소리가 들린다.
어떤 해(害)도 두려워 않으리, 두려워 않으리
풀잎들이 뻗어
내 길에 닿는다.

하늘이 부서진다.
하늘이 늘어져 내 얼굴 위에서 숨 쉰다.
나의 적들, 나의 적들 앞에서도
세상은 적들로 가득 차 있다.
안전한 곳은 없다.

RINGING THE BELLS

And this is the way they ring
the bells in Bedlam
and this is the bell-lady
who comes each Tuesday morning
to give us a music lesson
and because the attendants make you go
and because we mind by instinct,
like bees caught in the wrong hive,
we are the circle of the crazy ladies
who sit in the lounge of the mental house
and smile at the smiling woman
who passes us each a bell,
who points at my hand
that holds my bell, E flat,
and this is the gray dress next to me
who grumbles as if it were special
to be old, to be old,
and this is the small hunched squirrel girl
on the other side of me
who picks at the hairs over her lip,
who picks at the hairs over her lip all day,
and this is how the bells really sound,
as untroubled and clean
as a workable kitchen,
and this is always my bell responding
to my hand that responds to the lady

종 울리기

그리고 이것은 정신병원에서 종을
울리는 법
그리고 이분은 음악 수업을 해주러
화요일 아침마다 오시는
종 선생님
그리고 시설 직원들이 가라고 하니까
그리고 우리는 엉뚱한 벌집에 갇힌 벌들처럼
본능적으로 말을 들으니까,
우리는 정신병원 휴게실에 앉아
우리를 향해 미소 짓는 여자에게
미소 짓는 한 떼의 미친 여자들
여자는 종을 하나씩 나눠주고는
내 손에 들린 종을 가리킨다.
내 종은 내림 마,
그리고 내 옆에 앉은 이분은
늙은 것이, 늙은 것이
특별하기라도 한 듯이 투덜대는 회색 원피스,
그리고 다른 쪽 옆에 앉은 이분은
입술에 드리운 머리카락을 오물거리는
입술에 드리운 머리카락을 종일 오물거리는
조그맣게 웅크린 다람쥐 소녀,
그리고 이것은 종들이 진짜로 내는 소리,
일할 맛 나는 주방만큼
단정하고 깔끔하게,
그리고 이것은 나를 가리키는 여자에게
내 손이 반응할 때마다 종이 반응하는

who points at me, E flat;
and although we are no better for it,
they tell you to go. And you do.

방법, 내림 마,
그리고 우리는 나아진 것이 없는데
그들은 가라 한다. 우리는 간다.

LULLABY

It is a summer evening.
The yellow moths sag
against the locked screens
and the faded curtains
suck over the window sills
and from another building
a goat calls in his dreams.
This is the TV parlor
in the best ward at Bedlam.
The night nurse is passing
out the evening pills.
She walks on two erasers,
padding by us one by one.

My sleeping pill is white.
It is a splendid pearl;
it floats me out of myself,
my stung skin as alien
as a loose bolt of cloth.
I will ignore the bed.
I am linen on a shelf.
Let the others moan in secret;
let each lost butterfly
go home. Old woolen head,
take me like a yellow moth

자장가

여름밤이다.
자물쇠 채워진 방충망에
노란 나방들이 늘어지고
바랜 커튼이
창틀을 핥으면
어딘가 다른 건물에서
염소가 꿈꾸다 소리를 지른다.
여기는 정신병원 제일 좋은 병동에 있는
텔레비전 시청실.
야간 간호사가 저녁에 먹는 약을
나눠준다.
간호사는 지우개 두 개로 걷고,
우리는 차례차례 그 밑을 댄다.

내 수면제는 하얗다.
눈부신 진주,
나는 나를 떠나 둥둥 떠돌고,
취한 피부는
느슨하게 말린 한 필의 옷감처럼 낯설다.
나는 침대를 무시할 테다.
나는 선반에 놓인 아마포다.
다른 이들은 남몰래 신음하게 두라,
집 잃은 나비는 모두
집에 가게 하라. 낡은 양털 머리여,
노란 나방처럼 나를 데려가라

while the goat calls hush-
a-bye.

저 염소가 자장가를
부르는 동안.

THE LOST INGREDIENT

Almost yesterday, those gentle ladies stole
to their baths in Atlantic City, for the lost
rites of the first sea of the first salt
running from a faucet. I have heard they sat
for hours in briny tubs, patting hotel towels
sweetly over shivered skin, smelling the stale
harbor of a lost ocean, praying at last
for impossible loves, or new skin, or still
another child. And since this was the style,
I don't suppose they knew what they had lost.

Almost yesterday, pushing West, I lost
ten Utah driving minutes, stopped to steal
past postcard vendors, crossed the hot slit
of macadam to touch the marvelous loosed
bobbing of The Salt Lake, to honor and assault
it in its proof, to wash away some slight
need for Maine's coast. Later the funny salt
itched in my pores and stung like bees or sleet.
I rinsed it off in Reno and hurried to steal
a better proof at tables where I always lost.

빠진 재료

어제라고 해두자, 저 점잖은 부인들이
애틀랜틱시티에 있는 각자의 욕실로 숨어들었다, 잃어버린,
수도꼭지에서 흐르는 첫 소금의 첫 바다
의식을 거행하기 위해. 그들이 몇 시간씩
짠물 욕조에 앉아 덜덜 떨리는 피부를 호텔 수건으로
부드럽게 두드리며, 잊힌 대양의 퀴퀴한
항구 냄새를 맡으며, 마침내 불가능한 사랑을, 아니면 새
    피부를,
아니면 여전히 또 하나의 아이를
간청했다 들었다. 그리고 그런 일은 으레 그런 형식이라,
그들은 자신이 무엇을 잃었는지 알지 못했으리라.

어제라고 해두자, 서부로 달리던 나는
유타주 기준으로 십 분의 운전 시간을 허비하여 차를 세우고
몰래 엽서 행상인들을 지나, 뜨겁고 길고 좁은 쇄석
깔린 길을 건너, 느긋하게 일렁이는
저 놀라운 솔트레이크를 만지러 갔다. 기리고
그 증거로서 습격하려고, 메인주 해변을 향한 희미한 욕구를
씻어내려고. 나중에 그 이상한 소금이
땀구멍을 간질이며 벌이나 진눈깨비처럼 따끔따끔 물었다.
나는 리노에서 몸을 씻어내고는 서둘러
늘 지던 도박판에서 더 유리한 증거를 훔쳤다.

Today is made of yesterday, each time I steal
toward rites I do not know, waiting for the lost
ingredient, as if salt or money or even lust
would keep us calm and prove us whole at last.

오늘은 어제로 만들어지고, 나는 매번 몰래 움직인다
내가 모르는 의식들을 향해, 빠진 재료를 기다리며,
소금이나 돈이나 하다못해 욕정조차 우리를 진정시키고
결국에는 우리를 온전하게 증명해주리라는 듯이.

THE WAITING HEAD

If I am really walking with ordinary habit
past the same rest home on the same local street
and see another waiting head at that upper front window,
just as she would always sit,
watching for anyone from her wooden seat,
then anything can be true. I only know

how each night she wrote in her leather books
that no one came. Surely I remember the hooks

of her fingers curled on mine, though even now
will not admit the times I did avoid this street,
where she lived on and on like a bleached fig
and forgot us anyhow;
visiting the pulp of her kiss, bending to repeat
each favor, trying to comb out her mossy wig

and forcing love to last. Now she is always dead
and the leather books are mine. Today I see the head

기다리는 머리

늘 하던 대로 늘 가던 길을 걸어
늘 보던 요양원을 지나다가
위층 창가에서 다른 기다리는 머리를 본다면,
그녀가 늘 그랬던 대로,
나무 의자에 앉아 아무나 지켜보는 다른 기다리는 머리를
　　본다면,
무엇이든 진실일 수 있으리. 나는 안다

그녀가 매일 밤 아무도 오지 않았다고
가죽 공책에 적었다는 걸. 확실히 기억한다 갈고리처럼

내 손을 감아오던 그 손가락들, 지금도 나는
이 길을 피해 다녔다는 사실을 인정하지 않겠지만,
그녀가 표백된 무화과처럼 자꾸자꾸 살아
용케 우리를 잊었던 이 길.
그 무른 입맞춤을 만나러 가고, 낱낱의 호의를
되풀이하려 몸을 숙이고, 이끼 낀 가발을 빗어보고

마지막까지 사랑을 밀어붙이던 일. 이제 그녀는 늘 죽어 있고
가죽 공책들은 내 것이다. 오늘 나는 본다 그 머리가

move, like some pitted angel, in that high window.
What is the waiting head doing? It looks the same.
Will it lean forward as I turn to go?
I think I hear it call to me below
but no one came no one came.

그 높은 창문 안에서 구덩이에 던져진 천사마냥 움직이는 걸.
저 기다리는 머리는 무얼 하고 있나? 똑같아 보인다.
내가 돌아서면 고개를 빼고 내다볼까?
밑에서 저 머리가 밑에 있는 내게 외치는 소리가 들리는 듯하다
아무도 오지 않았다 아무도 오지 않았다.

FOR JOHN, WHO BEGS ME NOT TO ENQUIRE FURTHER

Not that it was beautiful,
but that, in the end, there was
a certain sense of order there;
something worth learning
in that narrow diary of my mind,
in the commonplaces of the asylum
where the cracked mirror
or my own selfish death
outstared me.
And if I tried
to give you something else,
something outside of myself,
you would not know
that the worst of anyone
can be, finally,
an accident of hope.
I tapped my own head;
it was glass, an inverted bowl.
It is a small thing
to rage in your own bowl.
At first it was private.
Then it was more than myself;
it was you, or your house
or your kitchen.
And if you turn away
because there is no lesson here

더는 파고들지 말라고 간청하는 존에게*

그게 아름다워서가 아니라
결국, 거기에
어떤 질서의 감각이 있기에.
내 마음의 곤궁한 일기장에,
금 간 거울이
또는 나의 이기적인 죽음이
옴짝달싹 못하게 노려보는
정신병원의 진부한 말들 속에
뭔가 배울 만한 것이 있기에.
그리고 내가 당신에게
무언가 다른 것,
무언가 나의 바깥에 있는 것을 주려 했다면,
당신은 모를 것이다
누군가의 최악이
마침내, 우연한 희망이
될 수 있다는 것을.
나는 내 머리를 두드렸다.
그건 유리, 뒤집힌 사발.
자신의 사발 안에서 날뛰는 건
소소한 일이다.
처음에는 사사로웠다.
그러다 그게 나를 넘어섰다.
그건 당신, 아니면 당신의 집,
아니면 당신의 부엌이었다.
그리고 여기에 아무 교훈이 없어서
당신이 외면한다면

I will hold my awkward bowl,
with all its cracked stars shining
like a complicated lie,
and fasten a new skin around it
as if I were dressing an orange
or a strange sun.
Not that it was beautiful,
but that I found some order there.
There ought to be something special
for someone
in this kind of hope.
This is something I would never find
in a lovelier place, my dear,
although your fear is anyone's fear,
like an invisible veil between us all ...
and sometimes in private,
my kitchen, your kitchen,
my face, your face.

나는 복잡한 거짓말처럼 반짝이는
온갖 깨진 별들과 함께
내 어색한 사발을 품고
오렌지나 이상한 태양에
붕대를 감듯
새로운 껍질을 단단히 둘러주리라.
그게 아름다워서가 아니라,
내가 거기서 어떤 질서를 찾아냈기에.
이런 종류의 희망에는
누군가를 위한
특별한 무언가가 있어야 해.
더 근사한 곳에서는
절대 찾아내지 못할 그런 것,
당신이 두려워하는 것도 당연하지만,
우리 모두의 사이에, 때로는 은밀히,
나의 부엌에, 당신의 부엌에,
나의 얼굴에, 당신의 얼굴에,
걸린 보이지 않는 베일 같은…

* 자신의 정신병력을 밝히면서 정신병원 입원 경험을 공개하는 것이 작가 경력에 큰 흠이 될 거라며 첫 시집의 출간을 만류한 유명 시인이자 스승이었던 이의 편지에 답한 시이다.

THE DOUBLE IMAGE

1.

I am thirty this November.
You are still small, in your fourth year.
We stand watching the yellow leaves go queer,
flapping in the winter rain,
falling flat and washed. And I remember
mostly the three autumns you did not live here.
They said I'd never get you back again.
I tell you what you'll never really know:
all the medical hypothesis
that explained my brain will never be as true as these
struck leaves letting go.

I, who chose two times
to kill myself, had said your nickname
the mewling months when you first came;
until a fever rattled
in your throat and I moved like a pantomime
above your head. Ugly angels spoke to me. The blame,
I heard them say, was mine. They tattled
like green witches in my head, letting doom
leak like a broken faucet;
as if doom had flooded my belly and filled your bassinet,
an old debt I must assume.

이중 초상

1.

11월이면 나는 서른이다.
너는 아직 어린, 네 살배기지.
우리는 노란 잎들이 이상하게 변해
겨울비에 펄럭거리며
떨어져 씻겨 가는 것을 보며 서 있다. 나는 대체로
네가 여기 살지 않았던 세 번의 가을을 떠올린다.
사람들은 너를 다시 찾지 못할 거라 했다.
나는 네가 절대 모를 것들을 알려준다
내 뇌를 설명해주는
온갖 의학적 가설들도 비 맞고 떨어지는
이 나뭇잎들만큼이나 진짜일 리는 없다는 것을.

나, 두 번이나 자신을
죽이려 한 사람이 네가 처음 와 힘없이 울던 몇 달을
네 애칭을 따라 기쁨이라 불렀다.
그러다 열이 네 목구멍 안에서
덜거덕거렸고 난 너를 두고 무언극을 하듯
허둥거렸지. 못생긴 천사들이 말을 걸었어. 그들이 하는
얘기를 들으니, 내 탓이었다. 그들은 내 머릿속
녹색 마녀들처럼 마구 지껄이며 고장 난 수도꼭지처럼
운명이 새도록 내버려두었다.
마치 내 배[腹]에서 범람한 파멸이 네 요람을,
내가 떠맡아야 할 오랜 빚을 채운 듯이.

Death was simpler than I'd thought.
The day life made you well and whole
I let the witches take away my guilty soul.
I pretended I was dead
until the white men pumped the poison out,
putting me armless and washed through the rigamarole
of talking boxes and the electric bed.
I laughed to see the private iron in that hotel.
Today the yellow leaves
go queer. You ask me where they go. I say today believed
in itself, or else it fell.

Today, my small child, Joyce,
love your self's self where it lives.
There is no special God to refer to; or if there is,
why did I let you grow
in another place. You did not know my voice
when I came back to call. All the superlatives
of tomorrow's white tree and mistletoe
will not help you know the holidays you had to miss.
The time I did not love
myself, I visited your shoveled walks; you held my glove.
There was new snow after this.

죽음은 생각보다 간단했다.
생이 너를 완전하고 온전하게 만들어준 날
나는 마녀들에게 죄 많은 내 영혼을 내어주었다.
나는 죽은 척했다
그러다 하얀 남자들이 나를 무방비상태에 밀어 넣으며
독을 빼내고 말하는 상자와 전기 침대 같은
시시한 것들에 통과시켜 씻어내었지.
나는 그 호텔에 있는 개인용 다리미를 보고 웃었다.
오늘 노란 잎들이
이상하게 변해간다. 잎들이 어디로 가느냐고 너는 묻는다.
　　오늘은
자신을 믿어야 한다고, 아니면 떨어진다고 나는 말한다.

오늘은, 내 작은 아이, 조이스야,
네 자아가 살아내는 네 자아의 자아를 사랑하거라.
참고할 만한 특별한 신은 없단다. 만약 있다면,
내가 왜 널 다른 곳에서
크도록 두었겠니. 내가 돌아와 전화했을 때,
너는 내 목소리를 못 알아들었어. 내일의 온갖 제일 좋은
흰 나무와 겨우살이를 다 합해도
네가 놓친 크리스마스들을 아는 데 도움이 되지는 않겠지.
내가 나를 사랑하지 않던 때,
눈 치운 길을 산책하던 너를 만나러 갔지. 넌 장갑 낀 내 손을
　　잡았어.
그 뒤로 새로 눈이 내렸다.

2.

They sent me letters with news
of you and I made moccasins that I would never use.
When I grew well enough to tolerate
myself, I lived with my mother. Too late,
too late, to live with your mother, the witches said.
But I didn't leave. I had my portrait
done instead.

Part way back from Bedlam
I came to my mother's house in Gloucester,
Massachusetts. And this is how I came
to catch at her; and this is how I lost her.
I cannot forgive your suicide, my mother said.
And she never could. She had my portrait
done instead.

I lived like an angry guest,
like a partly mended thing, an outgrown child.
I remember my mother did her best.
She took me to Boston and had my hair restyled.
Your smile is like your mother's, the artist said.
I didn't seem to care. I had my portrait
done instead.

2.

사람들이 네 소식이 담긴 편지를
보냈고 나는 신지도 않을 모카신을 만들었다.
내가 나를 참아낼 수 있을 만큼
좋아졌을 때는 어머니와 같이 살았다. 너무 늦었어,
너무 늦었지, 어머니와 같이 살기에는, 마녀들이 말했다.
하지만 나는 떠나지 않았어. 대신에 내 초상화를
그리게 했지.

정신병원에서 반쯤 돌아와
매사추세츠주 글로스터에 있는 어머니 집에
갔어. 나는 그렇게 어머니를 붙잡았고,
그렇게 어머니를 잃었다.
네 자살을 용서할 수 없어, 어머니가 말했지.
어머니는 절대 용서하지 않았어. 대신에 내 초상화를
그리게 했지.

나는 화난 손님처럼,
일부만 수리된 물건, 몸만 훌쩍 큰 아이처럼 살았다.
어머니는 최선을 다했다고 기억해.
나를 보스턴에 데려가 새로 머리를 다듬게 했지.
웃는 모습이 어머니와 닮았어요, 미용사가 말했다.
나는 상관하지 않았던 것 같아. 대신에 내 초상화를
그리게 했지.

There was a church where I grew up
with its white cupboards where they locked us up,
row by row, like puritans or shipmates
singing together. My father passed the plate.
Too late to be forgiven now, the witches said.
I wasn't exactly forgiven. They had my portrait
done instead.

3.

All that summer sprinklers arched
over the seaside grass.
We talked of drought
while the salt-parched
field grew sweet again. To help time pass
I tried to mow the lawn
and in the morning I had my portrait done,
holding my smile in place, till it grew formal.
Once I mailed you a picture of a rabbit
and a postcard of Motif number one,
as if it were normal
to be a mother and be gone.

내가 자란 곳에는 교회가 있었어
우리를 가두던 하얀 벽장이
합창하는 청교도이나 선원들처럼
줄줄이 늘어선. 아버지가 헌금 접시를 돌렸지.
이제 용서를 받기엔 너무 늦었어, 마녀들이 말했다.
나는 딱히 용서받지 않았어. 대신에 사람들은 내 초상화를
그리게 했지.

3.

그해 여름 내내 스프링클러들이
바닷가 잔디밭에 아치를 그렸다.
소금기로 바짝 마른
들판이 다시 감미로워지는 동안
우리는 가뭄 얘기를 했지. 시간이 가는 걸 도우려고
나는 잔디 깎기를 시도했고
아침에는 미소를 제자리에 걸어두고 그게 굳을 때까지
내 초상화를 그리게 했다.
한번은 너에게 토끼 그림과
유명한 고기잡이 오두막이 그려진 엽서를 보냈지
어머니이고 부재중인 것이
예사로운 일이라도 되는 듯이.

They hung my portrait in the chill
north light, matching
me to keep me well.
Only my mother grew ill.
She turned from me, as if death were catching,
as if death transferred,
as if my dying had eaten inside of her.
That August you were two, but I timed my days with doubt.
On the first of September she looked at me
and said I gave her cancer.
They carved her sweet hills out
and still I couldn't answer.

4.

That winter she came
part way back
from her sterile suite
of doctors, the seasick
cruise of the X-ray,
the cells' arithmetic
gone wild. Surgery incomplete,
the fat arm, the prognosis poor, I heard
them say.

사람들은 나를 잘 두려고
나와 어울리는 냉랭한 북광(北光)에
내 초상화를 내다 걸었다.
어머니만 갈수록 병이 들었다.
죽음이 옮았다는 듯이, 죽음이 전염됐다는 듯이
나의 죽어감이 어머니의 내부를 갉아먹었다는 듯이
어머니는 내게서 등을 돌렸다.
네가 두 살이던 그해 8월, 나는 의심스럽게 내 남은 시간을
　　헤아렸다.
9월의 첫 번째 날 어머니가 나를 쳐다보며
나 때문에 암에 걸렸다고 말했다.
어머니의 다정한 언덕들이 도려내졌고
나는 여태 대답을 못했다.

4.

그해 겨울 어머니는
의사들로 가득 찬 살균된
특실에서, 멀미로 울렁거리는
엑스레이 순항에서
반쯤 귀환했지만,
세포들의 계산은
제멋대로 엇나갔지. 수술은 불완전했고,
그 뚱뚱한 팔, 예후가 나빴다고, 사람들이 하는
소리를 들었다.

During the sea blizzards
she had her
own portrait painted.
A cave of a mirror
placed on the south wall;
matching smile, matching contour.
And you resembled me; unacquainted
with my face, you wore it. But you were mine
after all.

I wintered in Boston,
childless bride,
nothing sweet to spare
with witches at my side.
I missed your babyhood,
tried a second suicide,
tried the sealed hotel a second year.
On April Fool you fooled me. We laughed and this
was good.

바다에 눈 폭풍이 치는 동안
어머니는 자신의
초상화를 그리게 했다.
남쪽 벽에 거울 동굴이
설치되었다
잘 어울리는 미소, 잘 어울리는 윤곽.
그리고 너는 나를 닮았지. 내 얼굴이
낯설겠지만, 너는 내 얼굴을 걸쳤다. 하지만 무엇보다
너는 내 것이었다.

나는 아이 없는 신부로
보스턴에서 겨울을 났고,
곁을 지키는 마녀들과
나눌 달콤한 일 하나 없었다.
나는 네 아기 시절이 그리웠고,
두 번째 자살을 시도했고,
폐쇄된 호텔에서 이 년째를 맞았다.
만우절에 너는 나를 속였지. 우리는 웃었고 그게
좋았다.

5.

I checked out for the last time
on the first of May;
graduate of the mental cases,
with my analyst's okay,
my complete book of rhymes,
my typewriter and my suitcases.

All that summer I learned life
back into my own
seven rooms, visited the swan boats,
the market, answered the phone,
served cocktails as a wife
should, made love among my petticoats

and August tan. And you came each
weekend. But I lie.
You seldom came. I just pretended
you, small piglet, butterfly
girl with jelly bean cheeks,
disobedient three, my splendid

5.

5월의 첫 번째 날에
나는 마지막으로 퇴원했다.
정신과 의사의 오케이 사인과
내 시가 적힌 완성된 책과
타자기와 여행용 가방과 함께
정신병을 졸업했다.

그 여름 내내 나는 내 일곱 개의 방으로
삶을 다시 데려오는
법을 배우고, 오리배를 타고,
시장에 가고, 전화를 받고,
여느 아내들처럼 칵테일을
대접하고, 속치마들에 둘러싸여 8월 햇볕에 탄 피부로

사랑을 나누고. 그리고 네가 주말마다
왔지. 아니다 거짓말이다.
너는 거의 오지 않았다. 나는 그저 너인
척했어. 자그만 새끼돼지,
말랑한 사탕 같은 뺨을 한 나비 소녀,
미운 세 살, 내 멋진

stranger. And I had to learn
why I would rather
die than love, how your innocence
would hurt and how I gather
guilt like a young intern
his symptoms, his certain evidence.

That October day we went
to Gloucester the red hills
reminded me of the dry red fur fox
coat I played in as a child; stock-still
like a bear or a tent,
like a great cave laughing or a red fur fox.

We drove past the hatchery,
the hut that sells bait,
past Pigeon Cove, past the Yacht Club, past Squall's
Hill, to the house that waits
still, on the top of the sea,
and two portraits hang on opposite walls.

이방인. 그리고 나는 알아내야 했다
왜 사랑하느니
차라리 죽고 싶은지를, 네 순진무구함이
어떻게 상처를 주는지, 내가 어떻게
젊은 인턴처럼 죄책감을 모으는지
죄책감의 증상을, 죄책감의 특정한 증거를.

10월의 그날 우리는
글로스터에 갔지 어릴 때 입고 놀던
마른 붉은 털 여우 코트가 생각나는
붉은 언덕들. 곰처럼 텐트처럼,
활짝 웃는 거대한 동굴이나 붉은 털 여우처럼
꼼짝도 하지 않는 것.

우리는 부화장(孵化場)을 지나,
미끼를 파는 오두막을 지나,
피전 코브를 지나, 요트 클럽을 지나, 스퀼스
힐을 지나, 바다 꼭대기에서 가만히 기다리고 있는,
마주 보는 벽에 초상화 두 장이 걸린
집으로 차를 몰았다.

6.

In north light, my smile is held in place,
the shadow marks my bone.
What could I have been dreaming as I sat there,
all of me waiting in the eyes, the zone
of the smile, the young face,
the foxes' snare.

In south light, her smile is held in place,
her cheeks wilting like a dry
orchid; my mocking mirror, my overthrown
love, my first image. She eyes me from that face,
that stony head of death
I had outgrown.

The artist caught us at the turning;
we smiled in our canvas home
before we chose our foreknown separate ways.
The dry red fur fox coat was made for burning.
I rot on the wall, my own
Dorian Gray.

6.

북광(北光)을 받으며 내 미소가 걸려 있고,
그 그늘이 내 뼈에 낙인을 찍는다.
거기 앉아 나는 무엇을 꿈꿀 수 있었을까
내 전부가 그 눈에서, 미소 짓는
부위에서, 그 젊은 얼굴에서,
여우들의 덫에서 기다리고 있는데.

남광(南光)을 받으며 그녀의 미소가 걸려 있고,
그 두 뺨은 마른 난초처럼
시들었다. 내 흉내쟁이 거울, 내팽개쳐진
내 사랑, 나의 첫 이미지. 그녀는 그 얼굴로,
내가 자라서 벗어난 그 냉혹한 죽음의 머리로
나를 본다.

화가는 우리를 모퉁이에 붙들어놓았고,
예감했던 저마다의 길을 선택하기 전에
우리는 각자의 화폭 안에서 미소 지었다.
마른 붉은 털 여우 코트는 태우려고 만든 것이었다.
나는 벽에 걸린 채 썩는다, 나 자신의
도리언 그레이가 되어.

And this was the cave of the mirror,
that double woman who stares
at herself, as if she were petrified
in time — two ladies sitting in umber chairs.
You kissed your grandmother
and she cried.

7.

I could not get you back
except for weekends. You came
each time, clutching the picture of a rabbit
that I had sent you. For the last time I unpack
you things. We touch from habit.
The first visit you asked my name.
Now you stay for good. I will forget
how we bumped away from each other like marionettes
on strings. It wasn't the same
as love, letting weekends contain
us. You scrape your knee. You learn my name,
wobbling up the sidewalk, calling and crying.
You call me *mother* and I remember my mother again,
somewhere in greater Boston, dying.

그리고 여기는 거울 동굴
마치 시간에 취한 듯이
스스로를 응시하는 저 이중의 여자
황갈색 의자에 앉은 두 숙녀.
너는 외할머니에게 입을 맞추었고
그녀는 울었다.

7.

주말 말고는 너를
돌려받을 수 없었다. 너는 매번
내가 보낸 토끼 그림을 꽉 쥐고
왔다. 마지막으로 네
가방을 푼다. 우리는 버릇처럼 서로를 만진다.
처음 들렀을 때 너는 내 이름을 물었지.
이제 너는 영원히 머문다. 나는 잊을 것이다
줄에 매달린 인형처럼 우리가 어떻게 서로
부딪치며 멀어졌는지를. 우리가 함께 보낸 주말들은
사랑 같지 않았다.
너는 무릎을 긁힌다. 너는 아장아장
인도를 걷고, 소리 지르고 울면서 내 이름을 배운다.
너는 나를 어머니라 부르고 나는 다시 내 어머니를,
보스턴 교외 어딘가에서 죽어가는 어머니를 떠올린다.

I remembered we named you Joyce
so we could call you Joy.
You came like an awkward guest
that first time, all wrapped and moist
and strange at my heavy breast.
I needed you. I didn't want a boy,
only a girl, a small milky mouse
of a girl, already loved, already loud in the house
of herself. We named you Joy.
I, who was never quite sure
about being a girl, needed another
life, another image to remind me.
And this was my worst guilt; you could not cure
nor soothe it. I made you to find me.

조이라고 부를 수 있도록
우리는 네게 조이스라는 이름을 지어주었지.
처음에 너는, 내 무거운 가슴에 놓인
꽁꽁 싸매진 축축하고 이상한 너는
어색한 손님처럼 왔다.
나는 네가 필요했다. 남자아이는 원치 않았다
오직 여자아이, 작고 뽀얀 생쥐 같은,
이미 사랑받고, 이미 집 안에서 시끄러운
여자아이를 원했다. 우리는 네게 기쁨이라는 이름을 붙였다.
나, 한 번도 여자아이임을 그다지
확신한 적 없는 나는 또 다른 삶이,
나를 일깨워줄 나와 똑 닮은 다른 이미지가 필요했다.
이것이 내 최악의 죄였다. 너는 그걸 치유할 수도
진정시킬 수도 없다. 나는 날 찾으려고 너를 만들었다.

THE DIVISION OF PARTS

1.

Mother, my Mary Gray,
once resident of Gloucester
and Essex County,
a photostat of your will
arrived in the mail today.
This is the division of money.
I am one third
of your daughters counting my bounty
or I am a queen alone
in the parlor still,
eating the bread and honey.
It is Good Friday.
Black birds pick at my window sill.

Your coat in my closet,
your bright stones on my hand,
the gaudy fur animals
I do not know how to use,
settle on me like a debt.
A week ago, while the hard March gales
beat on your house,
we sorted your things: obstacles
of letters, family silver,
eyeglasses and shoes.

역할 분배

1.

어머니, 나의 메리 그레이,
한때 글로스터와
에섹스 카운티에 살던 주민,
당신의 유언장 사본이
오늘 우편으로 도착했다.
이것은 돈의 분배.
나는 자기 몫을 세는 당신 딸들의
삼 분의 일
혹은 고요한 응접실에서
홀로 빵과 꿀을 먹는
여왕이다.
오늘은 성금요일.*
검은 새들이 창틀을 콕콕 쫀다.

당신 코트가 내 옷장에 있고,
빛나는 당신 보석들이 내 손 위에 있고,
어떻게 써야 할지 모를
화려한 모피 짐승들이
빚처럼 내게 자리를 잡았다.
일주일 전, 3월의 강풍이
당신의 집을 강타하는 동안,
우리는 당신 물건들을 정리했다. 정리를 방해하는
편지들, 대대로 전해온 은식기들,
안경과 신발.

Like some unseasoned Christmas, its scales
rigged and reset,
I bundled out with gifts I did not choose.

Now the hours of The Cross
rewind. In Boston, the devout
work their cold knees
toward that sweet martyrdom
that Christ planned. My timely loss
is too customary to note; and yet
I planned to suffer
and I cannot. It does not please
my yankee bones to watch
where the dying is done
in its ugly hours. Black birds peck
at my window glass
and Easter will take its ragged son.

The clutter of worship
that you taught me, Mary Gray,
is old. I imitate
a memory of belief
that I do not own. I trip
on your death and Jesus, my stranger
floats up over
my Christian home, wearing his straight
thorn tree. I have cast my lot
and am one third thief
of you. Time, that rearranger
of estates, equips
me with your garments, but not with grief.

무슨 때아닌 크리스마스처럼, 저울 눈금이
조작되었다가 재조정되었고,
나는 내가 고르지 않은 선물들을 챙겨 서둘러 떠났다.

이제 십자가의 시간이
되감긴다. 보스턴에서 경건한 이들이
그리스도가 계획한
달콤한 순교를 향해 차가운 무릎을
움직인다. 내 때맞춘 초상(初喪)은
기록하기에도 너무 통상적이다. 그래도
나는 괴로워하기로 작정했는데
괴로워하지 못한다. 임종이
제 추한 시간 속에서 완료되는 지점을
지켜보는 일이 내 양키 뼈다귀들에게는
달갑지 않다. 검은 새들이
창유리를 쪼고
부활절이 제 남루한 아들을 받을 것이다.

메리 그레이, 당신이 내게 가르쳐준
떠들썩한 예배 소리는
낡았다. 나는 내가 지니지 않은
신앙의 기억을
모방한다. 나는 당신의 죽음에
발이 걸려 넘어지고, 나의 이방인 예수는
곧은 가시나무를
입고 내 기독교 가정(家庭) 위로
떠오른다. 나는 제비를 뽑았고
나는 당신을 훔친 도둑의
삼 분의 일. 시간, 그 재산의
재조정자는 내게
슬픔이 아니라 당신의 의상을 입힌다.

2.

This winter when
cancer began its ugliness
I grieved with you each day
for three months
and found you in your private nook
of the medicinal palace
for New England Women
and never once
forgot how long it took.

I read to you
from *The New Yorker*, ate suppers
you wouldn't eat, fussed
with your flowers,
joked with your nurses, as if I
were the balm among lepers,
as if I could undo
a life in hours
if I never said goodbye.

2.

암이 흉한 모습을 드러내기
시작한 이번 겨울
나는 석 달을 매일
당신과 함께 슬퍼했고
뉴잉글랜드 여성들을 위한
의료 천국의
내밀한 피난처에 있는 당신을 찾았고
그게 얼마나 오래 걸렸는지
한시도 잊지 않았다.

나는 당신에게
《뉴요커》를 읽어주고, 당신이
먹지 않을 저녁을 먹고, 당신의
꽃들을 가지고 부산을 떨고,
당신의 간호사들과 농담을 주고받았다,
나환자들 가운데 놓인 향유처럼,
안녕이라고 말하지만 않으면
몇 시간 안에 생명을
원래대로 되돌릴 수 있을 것처럼.

But you turned old,
all your fifty-eight years sliding
like masks from your skull;
and at the end
I packed your nightgowns in suitcases,
paid the nurses, came riding
home as if I'd been told
I could pretend
people live in places.

3.

Since then I have pretended ease,
loved with the trickeries of need, but not enough
to shed my daughterhood
or sweeten him as a man.
I drink the five o'clock martinis
and poke at this dry page like a rough
goat. Fool! I fumble my lost childhood
for a mother and lounge in sad stuff
with love to catch and catch as catch can.

하지만 당신은 늙었고,
당신의 쉰여덟 평생이 가면처럼
당신의 머리통에서 미끄러지고,
그리고 마지막에
나는 당신의 잠옷들을 가방에 싸고,
간호사들에게 비용을 치르고, 차를 타고
집으로 왔지. 사람들이 곳곳에
살아 있는 척해도 된다는
얘기를 듣기라도 한 듯이.

3.

그때 이후로 나는 편안한 척했고,
욕구의 농간에 빠져 사랑했지만,
딸로서의 정체성을 벗어던지거나
남자로서의 그를 달래주기엔 충분하지 않았다.
나는 다섯 시의 마티니를 마시고
거친 염소처럼 이 메마른 페이지를
찔러댄다. 바보! 나는 어머니를 찾으며
잃어버린 어린 시절을 더듬고 슬픈 것들 속을 어슬렁거린다
붙잡고 싶은 사랑과 붙잡을 수 있는 만큼의 전리품과 함께.

And Christ still waits. I have tried
to exorcise the memory of each event
and remain still, a mixed child,
heavy with cloths of you.
Sweet witch, you are my worried guide.
Such dangerous angels walk through Lent.
Their walls creak *Anne! Convert! Convert!*
My desk moves. Its cave murmurs Boo
and I am taken and beguiled.

Or wrong. For all the way I've come
I'll have to go again. Instead, I must convert
to love as reasonable
as Latin, as solid as earthenware:
an equilibrium
I never knew. And Lent will keep its hurt
for someone else. Christ knows enough
staunch guys have hitched on him in trouble,
thinking his sticks were badges to wear.

그리고 그리스도는 여전히 기다린다. 나는 매 사건의
기억을 쫓아버리려 애썼고
그대로 정지해 있지, 혼란스러운 아이,
당신 옷으로 무거워진 채.
다정한 마녀, 당신은 나의 걱정스러운 안내자.
아주 위험한 천사들이 사순절을 통과한다.
늘어선 그들의 벽들이 앤! 개종하라! 개종하라! 끽끽거린다
내 책상이 움직인다. 움푹 들어간 곳이 우우우 야유하고
나는 사로잡히고 미혹된다.

아니면 틀렸을지도. 나는 지금껏 온 길을
다시 가야 하리라. 대신에 나는 라틴어만큼
이성적으로, 질그릇만큼 견고하게
사랑교로 개종해야 한다.
전혀 몰랐던
어떤 평형 상태. 그리고 사순절은 다른 누군가를 위해
제 상처를 남겨둘 것이다. 그리스도는 그의 채찍질을
자랑스러운 증표라 생각하며 곤란 중에도 곁을 지킨
든든한 사내들을 충분히 많이 알고 있다.

4.

Spring rusts on its skinny branch
and last summer's lawn
is soggy and brown.
Yesterday is just a number.
All of its winters avalanche
out of sight. What was, is gone.
Mother, last night I slept
in your Bonwit Teller nightgown.
Divided, you climbed into my head.
There in my jabbering dream
I heard my own angry cries
and I cursed you, *Dame*
keep out of my slumber.
My good Dame, you are dead.
And Mother, three stones
slipped from your glittering eyes.

4.

봄은 야윈 가지 위에서 녹슬고
지난여름의 잔디밭은
흠뻑 젖어 우울하다.
어제는 그냥 하나의 숫자일 뿐이다.
어제의 모든 겨울이 우르르
시야 밖으로 무너져 내린다. 어제였던 것은, 사라졌다.
어머니, 나는 어젯밤 당신의
고급 잠옷을 입고 잤지.
분열된 채, 당신이 내 머릿속으로 기어들었다.
재잘거리는 꿈속에서
분노에 찬 내 고함이 들렸다
나는 당신을 저주했다, 마님
내 잠에서 썩 꺼지시지.
내 다정한 마님, 당신은 죽었어.
그리고 어머니, 당신의 반짝이는 눈에서
돌멩이 세 개가 미끄러졌다.

Now it is Friday's noon
and I would still curse
you with my rhyming words
and bring you flapping back, old love,
old circus knitting, god-in-her-moon,
all fairest in my lang syne verse,
the gauzy bride among the children,
the fancy amid the absurd
and awkward, that horn for hounds
that skipper homeward, that museum
keeper of stiff starfish, that blaze
within the pilgrim woman,
a clown mender, a dove's
cheek among the stones,
my Lady of my first words,
this is the division of ways.

지금은 금요일 정오이고
나는 여전히 운 맞춘 단어들로
당신을 저주하고
후루룩 다시 데려온다 당신, 오랜 사랑,
알록달록한 낡은 뜨개옷, 달 속의 신,
내 아주 오랜 글귀 속 모든 더없이 아름다운 것들,
아이들 가운데 선 하늘하늘한 신부,
터무니없고 서투른 것들 가운데
근사한 것들, 집으로 뛰어가는
사냥개들을 부르는 저 뿔나팔, 뻣뻣한 불가사리를
지키는 저 박물관 파수꾼, 여성 순례자의
안에 든 저 불꽃,
어릿광대 수리공, 돌멩이들 가운데
비둘기의 뺨,
내 첫 단어들의 천사,
이것은 방법의 분배.

And now, while Christ stays
fastened to this Crucifix
so that love may praise
his sacrifice
and not the grotesque metaphor,
you come, a brave ghost, to fix
in my mind without praise
or paradise
to make me your inheritor.

그리고 지금, 그리스도가 여전히
십자가에 묶여 있는 동안,
그래서 사랑이 괴상한 은유가 아니라
그의 희생을
찬미하는 동안,
용감한 유령, 당신이 온다
찬송도 천국도 없이
내 마음에 정착하기 위해
날 당신의 후계자로 만들기 위해.

* 성금요일(聖金曜日)은 그리스도가 죽은 십자가 수난일로 그리스도가 예루살렘에 입성하는 날부터 시작되는 고난주간의 금요일이자 부활절 직전의 금요일이다.

THE TRUTH THE DEAD KNOW

For my mother, born Mach 1902, died March 1959
and my father, born February 1900, died June 1959

Gone, I say and walk from church,
refusing the stiff processing to the grave,
letting the dead ride alone in the hearse.
It is June. I am tired of being brave.

We drive to the Cape. I cultivate
myself where the sun gutters from the sky,
where the sea swings in like an iron gate
and we touch. In another country people die.

My darling, the wind falls in like stones
from the whitehearted water and when we touch
we enter touch entirely. No one's alone.
Men kill for this, or for as much.

And what of the dead? They lie without shoes
in their stone boats. They are more like stone
than the sea would be if it stopped. They refuse
to be blessed, throat, eye and knucklebone.

죽은 자들은 아는 진실

1902년 3월에 태어나 1959년 3월에 죽은 내 어머니와
1900년 2월에 태어나 1959년 6월에 죽은 내 아버지에게

가버렸어, 나는 말하고 교회를 걸어 나온다
묘지로 가는 뻣뻣한 행진을 거부하고
죽은 자가 홀로 영구차에 타도록 버려둔 채
6월이다. 나는 용감해지는 데에 질렸다

우리는 차를 몰고 케이프 코드로 간다.
하늘에서 해가 흘러내리는 곳에서
바다가 철문처럼 열리고 우리가 맞닿는 곳에서
내가 나를 키운다. 사람들은 다른 나라에서 죽는다

내 사랑, 소심한 바다에서 불어오는 바람은 돌멩이처럼
날아들고 우리가 맞닿을 때
우리는 완전히 접촉에 몰입한다. 아무도 혼자가 아니다.
남자들은 이것 때문에, 혹은 이만한 것 때문에 죽인다.

그리고 죽은 자들은? 그들은 돌로 만든 배 안에
신발도 없이 누워 있다. 그들은 움직임을 멈춘 바다보다는
돌에 가깝다. 그들은 축복받기를,
목구멍을, 눈과 손가락 마디뼈를 거부한다.

ALL MY PRETTY ONES

Father, this year's jinx rides us apart
where you followed our mother to her cold slumber;
a second shock boiling its stone to your heart,
leaving me here to shuffle and disencumber
you from the residence you could not afford:
a gold key, your half of a woolen mill,
twenty suits from Dunne's, an English Ford,
the love and legal verbiage of another will,
boxes of pictures of people I do not know.
I touch their cardboard faces. They must go.

But the eyes, as thick as wood in this album,
hold me. I stop here, where a small boy
waits in a ruffled dress for someone to come ...
for this soldier who holds his bugle like a toy
or for this velvet lady who cannot smile.
Is this your father's father, this commodore
in a mailman suit? My father, time meanwhile
has made it unimportant who you are looking for.
I'll never know what these faces are all about.
I lock them into their book and throw them out.

내 모든 멋진 이들

아버지, 올해의 불운이 우리를 멀리 떼어 놓고
당신은 우리 어머니의 차가운 잠 속으로 따라갔지요
그 심장에 가해진 객기로 들끓는 두 번째 충격
저는 여기 남겨져 당신이 감당하지 못했던 거처에서
당신을 빼내 놓아줍니다
황금 열쇠 하나, 어느 방직공장의 지분 반,
고급 브랜드 양복 스무 벌, 영국제 포드 자동차,
또 다른 유언장에 적힌 사랑과 법률적으로 장황한 말들,
제가 모르는 사람들의 사진이 든 상자들.
그 평범한 얼굴들에 손을 대봅니다. 다들 보내야 합니다.

하지만 눈들이, 이 앨범에 든 숲처럼 빽빽한 눈들이
저를 사로잡습니다. 여기, 나풀대는 드레스를 입은
어린 사내애가 누군가를 기다리는 곳에서 잠시 멈춥니다.
장난감처럼 나팔을 든 이 병사를 기다리는 걸까요
아니면 웃지 못하는 이 벨벳 숙녀인가요.
우편집배원 제복을 입은 이 신사는
아버지의 아버지의 아버지인가요? 아버지, 그새 시간이 흘러
당신이 누굴 찾고 있는지는 중요하지 않아졌어요.
저는 이 얼굴들이 다 무슨 일인지 절대 알지 못할 테지요.
저는 이들을 책 속에 가둔 채 내던집니다.

This is the yellow scrapbook that you began
the year I was born; as crackling now and wrinkly
as tobacco leaves: clippings where Hoover outran
the Democrats, wiggling his dry finger at me
and Prohibition; news where the *Hindenburg* went
down and recent years where you went flush
on war. This year, solvent but sick, you meant
to marry that pretty widow in a one-month rush.
But before you had that second chance, I cried
on your fat shoulder. Three days later you died.

These are the snapshots of marriage, stopped in places.
Side by side at the rail toward Nassau now;
here, with the winner's cup at the speedboat races,
here, in tails at the Cotillion, you take a bow,
here, by our kennel of dogs with their pink eyes,
running like show-bred pigs in their chain-link pen;
here, at the horseshow where my sister wins a prize;
and here, standing like a duke among groups of men.
Now I fold you down, my drunkard, my navigator,
my first lost keeper, to love or look at later.

이건 제가 태어나던 해에 당신이 시작한
노란 스크랩북입니다. 지금은 담뱃잎만큼이나
파삭파삭하고 쭈글쭈글하지요. 오려둔 기사에서 후버가
저와 금주령을 향해 마른 손가락을 흔들며 민주당 후보를
앞지릅니다. 힌덴부르크호가 추락하는 뉴스가 있고
당신이 전쟁에 관해 열을 올리던 그 몇 년이
있습니다. 올해, 돈은 있지만 아픈 당신은
한 달짜리 열애에 빠져 저 아리따운 과부와 결혼할 작정이었죠.
하지만 당신이 두 번째 기회를 잡기 전에, 제가
당신의 두툼한 어깨에 기대 울었어요. 사흘 뒤에 당신은
　　죽었습니다.

이것들은 곳곳에서 포착된, 결혼생활을 담은 스냅
　　사진들입니다.
지금은 나소로 가는 기차에 나란히 앉았습니다.
여기, 쾌속정 경주에서 탄 우승컵을 든,
여기, 무도회에서 연미복을 입고 인사를 하는,
여기, 철망 울타리 안에서 대회용 돼지들처럼 뛰어다니는
분홍색 눈을 한 우리 개들 개집 옆에 선,
여기, 언니가 우승한 마술(馬術)경기에서 찍은,
그리고 여기, 남자들 무리 가운데 공작처럼 선
나의 술고래, 나의 길잡이, 사라져버린 나의 첫 보호자,
이제 당신을 접습니다, 사랑하려고, 혹은 나중에 보려고.

I hold a five-year diary that my mother kept
for three years, telling all she does not say
of your alcoholic tendency. You overslept,
she writes. My God, father, each Christmas Day
with your blood, will I drink down your glass
of wine? The diary of your hurly-burly years
goes to my shelf to wait for my age to pass.
Only in this hoarded span will love persevere.
Whether you are pretty or not, I outlive you,
bend down my strange face to yours and forgive you.

저는 어머니가 삼 년 동안 쓴
오 년짜리 일기장을 집어 듭니다. 일기는 어머니가 말하지 않은
당신의 알코올중독 성향을 털어놓습니다. 당신이 너무 많이
　　잔다고,
어머니는 씁니다. 세상에, 아버지, 당신의 피붙이들이 함께하는
크리스마스마다 제가 당신 몫의 포도주를
마셔드릴까요? 당신의 소란했던 시절의 일기는
제 책장에 들어가 제 시대가 지나기를 기다립니다.
이 축적된 한 뼘 안에서만 사랑은 견딜 것입니다.
당신이 멋지든 말든, 저는 당신보다 오래 살아
제 이상한 얼굴로 당신 얼굴을 굽어보며 당신을 용서합니다.

LAMENT

Someone is dead.
Even the trees know it,
those poor old dancers who come on lewdly,
all pea-green scarfs and spine pole.
I think ...
I think I could have stopped it,
if I'd been as firm as a nurse
or noticed the neck of the driver
as he cheated the crosstown lights;
or later in the evening,
if I'd held my napkin over my mouth.
I think I could ...
if I'd been different, or wise, or calm,
I think I could have charmed the table,
the stained dish or the hand of the dealer.
But it's done.
It's all used up.
There's no doubt about the trees
spreading their thin feet into the dry grass.
A Canada goose rides up,
spread out like a gray suede shirt,
honking his nose into the March wind.
In the entryway a cat breathes calmly
into her watery blue fur.
The supper dishes are over and the sun

비탄

누군가가 죽었다.
나무들도 안다
황록색 스카프를 두른 척추 기둥뿐인
외설적으로 등장하는 저 불쌍한 늙은 춤꾼들도.
내 생각에…
내 생각엔 막을 수 있었다
내가 간호사처럼 단호했다면
또는 운전자가 교통신호를 위반했을 때
그의 목에 주의했더라면,
아니면 나중에 저녁에라도,
냅킨으로 입을 가렸더라면.
막을 수 있었다…
내가 달랐더라면, 현명했더라면, 침착했더라면,
식탁이나 설거지거리나 도박사의 손에
마법을 걸 수도 있었으리라.
하지만 끝났다.
다 소진됐다.
마른 잔디 속으로 가느다란 발을 펼치는
나무들에 관해서는 아무 의문이 없다.
기러기 한 마리가 하늘로 올라
회색 스웨이드 셔츠처럼 몸을 펼치고
3월 바람을 향해 끼룩끼룩 운다.
입구 통로에는 고양이 한 마리
물빛 푸른 털에 대고 고요히 숨 쉰다.
저녁 그릇들이 비고

unaccustomed to anything else
goes all the way down.

다른 어떤 일에도 익숙지 않은 태양이
먼 길 끝에 진다.

THE STARRY NIGHT

> That does not keep me from having a terrible need of — shall I say the word — religion. Then I go out at night to paint the stars.
>
> Vincent Van Gogh in a letter to his brother

The town does not exist
except where one black-haired tree slips
up like a drowned woman into the hot sky.
The town is silent. The night boils with eleven stars.
Oh starry starry night! This is how
I want to die.

It moves. They are all alive.
Even the moon bulges in its orange irons
to push children, like a god, from its eye.
The old unseen serpent swallows up the stars.
Oh starry starry night! This is how
I want to die:

into that rushing beast of the night,
sucked up by that great dragon, to split
from my life with no flag,
no belly,
no cry.

별이 빛나는 밤

그것도 내가 격심하게, 이런 단어를 써도 될지
모르겠지만, 종교를 필요로 하는 걸 막지는 못해.
그러고 난 밖에 나가 별을 그리지.
— 빈센트 반 고흐가 동생에게 보낸 편지에서

마을은 존재하지 않는다
검은 머리 풀어 헤친 나무 한 그루
물에 빠진 여자처럼 더운 하늘로 쓱 사라지는 곳 말고는.
마을은 조용하다. 밤이 열한 개 별과 들끓는다.
아 별이 별이 빛나는 밤! 나는 이렇게
죽고 싶다.

움직인다. 모두 살아 있다.
달조차 주황색 철창 안에서 부풀어
신처럼 제 눈에서 아이들을 밀어낸다.
보이지 않는 늙은 뱀이 별을 삼킨다.
아 별이 별이 빛나는 밤! 나는 이렇게
죽고 싶다.

저 질주하는 밤의 짐승 속으로,
저 거대한 용에게 꿀꺽 삼켜져, 아무 깃발도,
아무 욕구도,
아무 울음도 없이
내 생과 갈라서고 싶다.

I REMEMBER

By the first of August
the invisible beetles began
to snore and the grass was
as tough as hemp and was
no color — no more than
the sand was a color and
we had worn our bare feet
bare since the twentieth
of June and there were times
we forgot to wind up your
alarm clock and some nights
we took our gin warm and neat
from old jelly glasses while
the sun blew out of sight
like a red picture hat and
one day I tied my hair back
with a ribbon and you said
that I looked almost like
a puritan lady and what
I remember best is that
the door to your room was
the door to mine.

나는 기억한다

8월이 시작되자
보이지 않는 딱정벌레들이
코를 골기 시작했고 풀은
삼 줄기처럼 거칠어져 아무 색도 아닌
모래 정도의 색이었고
우리는 맨발
6월 20일 이후로
내내 맨발이었고 너의 자명종 시계에
태엽 감는 걸 잊은 때가 여러 번
어떤 밤에는 젤리를 담는 오래된 유리잔으로
미지근한 진을 스트레이트로 마셨다
챙 넓은 붉은 모자처럼
태양이 시야 밖으로 날아가고
어느 날 내가 리본으로
머리를 묶자
너는 말했지
청교도 숙녀처럼 보인다고
내가 제일 똑똑히 기억하는 건
네 방의 문이
내 방의 문이었다는 사실.

A CURSE AGAINST ELEGIES

Oh, love, why do we argue like this?
I am tired of all your pious talk.
Also, I am tired of all the dead.
They refuse to listen,
so leave them alone.
Take your foot out of the graveyard,
they are busy being dead.

Everyone was always to blame:
the last empty fifth of booze,
the rusty nails and chicken feathers
that stuck in the mud on the back doorstep,
the worms that lived under the cat's ear
and the thin-lipped preacher
who refused to call
except once on a flea-ridden day
when he came scuffing in through the yard
looking for a scapegoat.
I hid in the kitchen under the ragbag.

비가에 대한 저주

아, 사랑아, 우리는 왜 이렇게 다투는가?
나는 네 온갖 경건한 이야기에 질렸다.
또 온갖 죽은 사람들에게도 질렸다.
그들은 당최 듣지 않으니,
그냥 가만히 두라.
묘지에서 발을 빼라
그들은 죽어 있느라 바쁘다.

언제나 책임은 모두에게 있었지
다섯 번째로 빈 마지막 한 잔,
뒷문 계단에 떨어진 진흙에 박힌
녹슨 못들과 닭털,
고양이 귀밑에 사는 벌레들과
전화하기를 거부하는
그 입술 얇은 설교자
딱 한 번은 예외였지 어느 벼룩이 창궐하던 날
발을 질질 끌며 뜰을 가로질러 와서는
희생양을 찾았어.
나는 부엌 잡동사니 밑에 숨었지.

I refuse to remember the dead.
And the dead are bored with the whole thing.
But you — you go ahead,
go on, go on back down
into the graveyard,
lie down where you think their faces are;
talk back to your old bad dreams.

나는 죽은 사람들을 기억하기를 거부한다.
그리고 죽은 사람들은 이 모든 것이 지겹다.
하지만 너, 너는 어서 하시라,
계속, 계속해서 뒤로 물러나
묘지 속으로,
그들의 얼굴이 있을 만한 곳에 누워
너의 오래된 악몽들에 응답하시라.

THE ABORTION

Somebody who should have been born
is gone.

Just as the earth puckered its mouth,
each bud puffing out from its knot,
I changed my shoes, and then drove south.

Up past the Blue Mountains, where
Pennsylvania humps on endlessly,
wearing, like a crayoned cat, its green hair,

its roads sunken in like a gray washboard;
where, in truth, the ground cracks evilly,
a dark socket from which the coal has poured,

Somebody who should have been born
is gone.

the grass as bristly and stout as chives,
and me wondering when the ground would break,
and me wondering how anything fragile survives;

up in Pennsylvania, I met a little man,
not Rumpelstiltskin, at all, at all ...
he took the fullness that love began.

낙태

태어났어야 할 누군가가
사라졌다.

땅이 입을 오므리듯이
맺힌 데마다 부풀어 오르는 봉오리 봉오리
나는 신을 바꿔 신고 남쪽으로 차를 달렸다.

블루산맥을 넘어, 거기 크레용으로 그린 고양이 같은
녹색 머리카락을 인 펜실베이니아가
끝없이 굼실굼실 이어지고

도로들은 회색 빨래판처럼 잠겼지
사실, 거기 땅은 흉악하게 금이 가
검은 구멍에서 석탄이 쏟아져 나왔고

태어났어야 할 누군가가
사라졌다.

풀은 골파만큼 억세고 튼튼했다
그리고 언제 땅이 갈라질까 궁금한 나
그리고 어떻게 덧없는 것들이 살아남는지 궁금한 나

거기 펜실베이니아에서 작은 남자를 만났지
럼펠스틸스킨*은 아니었어, 전혀, 전혀…
그가 사랑이 착상한 완전함을 가져갔다.

Returning north, even the sky grew thin
like a high window looking nowhere.
The road was as flat as a sheet of tin.

Somebody who should have been born
is gone.

Yes, woman, such logic will lead
to loss without death. Or say what you meant,
you coward ... this baby that I bleed.

북쪽으로 돌아올수록 하늘조차 얇아져갔지
아무 데도 보이지 않는 높은 창문처럼.
길이 양철판처럼 평평했다.

태어났어야 할 누군가가
사라졌다.

그래, 여자여, 그런 논리는
죽음 없는 상실로 이어질 테지. 아니면 무슨 뜻인지 말하라,
너 겁쟁이… 내가 떼어낸 이 아이라고.

* 『그림 동화』에 나오는 난쟁이 도깨비의 이름. 황금을 만들어주는 대가로 왕비의 첫아들을 받기로 계약했으나 왕비가 계약 해지를 애원하자 자신의 이름을 맞히면 들어주겠다고 한다. 숲속에서 친구들과 떠들다 우연히 그 소리를 들은 어느 신하 덕분에 왕비가 자기 이름을 맞히자 분을 못 이겨 죽는다.

IN THE DEEP MUSEUM

My God, my God, what queer corner am I in?
Didn't I die, blood running down the post,
lungs gagging for air, die there for the sin
of anyone, my sour mouth giving up the ghost?
Surely my body is done? Surely I died?
And yet, I know, I'm here. What place is this?
Cold and queer, I sting with life. I lied.
Yes, I lied. Or else in some damned cowardice
my body would not give me up. I touch
fine cloth with my hands and my cheeks are cold.
If this is hell, then hell could not be much,
neither as special nor as ugly as I was told.

What's that I hear, snuffling and pawing its way
toward me? Its tongue knocks a pebble out of place
as it slides in, a sovereign. How can I pray?
It is panting; it is an odor with a face
like the skin of a donkey. It laps my sores.
It is hurt, I think, as I touch its little head.
It bleeds. I have forgiven murderers and whores
and now I must wait like old Jonah, not dead
nor alive, stroking a clumsy animal. A rat.
His teeth test me; he waits like a good cook,
knowing his own ground. I forgive him that,
as I forgave my Judas the money he took.

저 깊은 박물관에서

신이여, 신이시여, 여기는 어떤 괴상한 구석입니까?
저는 죽지 않았나요, 기둥 밑으로 흐르는 피,
공기를 찾아 헐떡거리는 폐, 아무나의 죄로
저기에 죽어 시큼한 입으로 혼을 내뿜고 있지 않나요?
분명 제 몸은 끝났겠지요? 분명 저는 죽었겠지요?
하지만, 알아요, 저는 여기 있어요. 대체 이곳은 뭐란 말입니까?
차갑고 괴상한, 저는 생이 괴롭습니다. 거짓말을 했어요.
그래요, 거짓말을 했지요. 그러지 않으면 빌어먹을 겁에 질린
제 몸이 저를 포기하지 않을 테니까요. 두 손은
고운 천에 닿고 두 볼은 차갑습니다.
이것이 지옥이라면, 지옥이란 그리 대단치 않군요.
들던 만큼 특별하지도 추하지도 않아요.

저 소리는 무엇입니까, 킁킁거리고 박박 긁어대며
이리로 오는 저 소리는? 저것이 박힌 조약돌을 혀로 빼내고는
독립된 영토로 미끄러져 들어옵니다. 어떻게 기도하면 되나요?
이것이 헐떡입니다. 당나귀 가죽 같은 얼굴을 한
냄새가 납니다. 이것이 저의 상처를 핥습니다.
그 작은 머리통을 더듬어보니 다친 것 같네요.
피가 흐릅니다. 저는 살인자들과 매춘부들을 용서했고
이제 늙은 요나처럼 기다려야 해요, 죽지도 살지도 않은 채
꼴사나운 동물을, 쥐를 쓰다듬으며.
이것이 저를 깨물어보고는 이 바닥을 잘 아는
훌륭한 요리사처럼 기다립니다. 저는 용서합니다
제가 제 유다의 돈 받은 죄를 용서했듯이.

Now I hold his soft red sore to my lips
as his brothers crowd in, hairy angels who take
my gift. My ankles are a flute. I lose hips
and wrists. For three days, for love's sake,
I bless this other death. Oh, not in air —
in dirt. Under the rotting veins of its roots,
under the markets, under the sheep bed where
the hill is food, under the slippery fruits
of the vineyard, I go. Unto the bellies and jaws
of rats I commit my prophecy and fear.
Far below The Cross, I correct its flaws.
We have kept the miracle. I will not be here.

이제 저는 이것의 부드러운 붉은 상처에 입 맞추고
제가 주는 선물을 챙기는 털 난 천사들, 이것의 형제들이
몰려옵니다. 제 두 발목은 피리입니다. 제 엉덩이와
양 손목이 사라집니다. 사랑을 위하여, 사흘 밤 사흘 낮
저는 이 다른 죽음을 축복합니다. 아, 하늘에서가 아니라
흙 속에서. 그 썩어가는 뿌리의 혈관 밑으로,
장터들 밑으로, 언덕이 먹이인
양들의 잠자리 밑으로, 포도원의
미끈거리는 열매들 밑으로, 저는 갑니다. 쥐들의 창자와
아가리에 저의 예언과 두려움을 맡깁니다.
십자가 밑 저 깊은 곳에서 제가 그 결함들을 고칩니다.
우리는 기적을 지켰습니다. 저는 이곳에 있지 않을 겁니다.

GHOSTS

Some ghosts are women,
neither abstract nor pale,
their breasts as limp as killed fish.
Not witches, but ghosts
who come, moving their useless arms
like forsaken servants.

Not all ghosts are women,
I have seen others;
fat, white-bellied men,
wearing their genitals like old rags.
Not devils, but ghosts.
This one thumps barefoot, lurching
above my bed.

But that isn't all.
Some ghosts are children.
Not angels, but ghosts;
curling like pink tea cups
on any pillow, or kicking,
showing their innocent bottoms, wailing
for Lucifer.

귀신들

어떤 귀신은 여자
추상적이지도 창백하지도 않고
살해된 물고기처럼 축 늘어진 젖가슴.
마녀가 아니라 귀신이지
버림받은 하인들처럼
쓸모없는 두 팔을 건들거리며 오는 건.

귀신이라고 다 여자는 아니다
다른 귀신들도 봤으니,
낡은 걸레 같은 성기를 걸친
배가 하얗고 뚱뚱한 남자들.
악마가 아니라 귀신.
이 귀신은 맨발로 쿵쿵거리다가
내 침대 위에서 엎어진다.

하지만 그게 다가 아니다.
어떤 귀신은 아이.
천사가 아니라 귀신.
분홍색 찻잔처럼 아무 베개에나
웅크려 눕고, 혹은 발버둥을 치고,
무고한 엉덩이를 보이고, 울부짖는다
루시퍼를 부르며.

THE FORTRESS

while taking a nap with Linda

Under the pink quilted covers
I hold the pulse that counts your blood.
I think the woods outdoors
are half asleep,
left over from summer
like a stack of books after a flood,
left over like those promises I never keep.
On the right, the scrub pine tree
waits like a fruit store
holding up bunches of tufted broccoli.

We watch the wind from our square bed.
I press down my index finger —
half in jest, half in dread —
on the brown mole
under your left eye, inherited
from my right cheek: a spot of danger
where a bewitched worm ate it way through our soul
in search of beauty. My child, since July
the leaves have been fed
secretly from a pool of beet-red dye.

요새

린다와 낮잠을 자다가

분홍 누비이불 밑에서
너의 맥을 잡고 박동을 센다.
바깥 숲은
설핏 잠이 들었나
홍수 뒤 책더미처럼
여름에게서 버림받은 채,
지키지 않는 내 약속들처럼 버림받은 채.
오른쪽에는 관목성 소나무가
과일가게처럼 복슬복슬한
브로콜리 다발을 들고 기다린다.

우리는 너른 침대에서 바람을 본다.
나는 집게손가락으로 눌러보지
반쯤은 장난으로, 반쯤은 공포로
내 오른뺨에서 유전된
네 왼눈 밑의 갈색 점, 위험한 점
아름다움을 찾아다니는 마법 걸린 벌레가
우리 영혼까지 갉아 들어올 곳. 아이야, 7월부터
나뭇잎들은 비트처럼 새빨간 염료 웅덩이를
남몰래 빨아들였단다.

And sometimes they are battle green
with trunks as wet as hunters' boots,
smacked hard by the wind, clean
as oilskins. No,
the wind's not off the ocean.
Yes, it cried in your room like a wolf
and your pony tail hurt you. That was a long time ago.
The wind rolled the tide like a dying
woman. She wouldn't sleep,
she rolled there all night, grunting and sighing.

Darling, life is not in my hands;
life with its terrible changes
will take you, bombs or glands,
your own child at
your breast, your own house on your own land.
Outside the bittersweet turns orange.
Before she died, my mother and I picked those fat
branches, finding orange nipples
on the gray wire strands.
We weeded the forest, curing trees like cripples.

그리고 가끔 저들은 전투복의 녹색,
사냥꾼 장화마냥 젖은 나뭇가지들
바람에 세차게 얻어맞아 방수포마냥
깨끗하지. 아니다,
바람은 대양을 떠나지 않았다.
그래, 바람은 네 방에서 늑대처럼 울었고
너는 바투 묶은 머리 때문에 아팠지. 오래전이었다.
바람이 죽어가는 여인처럼 조수를
굴렸지. 조수는 잠들지 않고,
툴툴거리고 한숨 쉬며 밤새 거기서 굴렀다.

아가야, 생은 내 수중에 있지 않단다.
생이 끔찍한 변화들과 더불어
너를 채갈 거야. 폭탄들, 혹은 분비선들,
네 품에 안긴
네 아이, 네 땅에 세운 네 집.
바깥에선 쓰고도 단 것들이 오렌지색으로 바뀌지.
어머니가 죽기 전, 나는 어머니와 같이
회색 철사 가닥에 달린 오렌지 젖꼭지들을 찾아
그 살진 가지들을 꺾었다.
우리는 다친 사람 치료하듯 나무를 돌보며 숲에서 잡초를
　　뽑았지.

Your feet thump-thump against my back
and you whisper to yourself. Child,
what are you wishing? What pact
are you making?
What mouse runs between your eyes? What ark
can I fill for you when the world goes wild?
The woods are underwater, their weeds are shaking
in the tide; birches like zebra fish
flash by in a pack.
Child, I cannot promise that you will get your wish.

I cannot promise very much.
I give you the images I know.
Lie still with me and watch.
A pheasant moves
by like a seal, pulled through the mulch
by his thick white collar. He's on show
like a clown. He drags a beige feather that he removed,
one time, from an old lady's hat.
We laugh and we touch.
I promise you love. Time will not take away that.

너는 내 등을 탁탁 발로 차며
혼잣말을 중얼거린다. 아가야,
무슨 소원을 빌고 있니? 어떤 계약을
맺고 있니?
네 두 눈 사이를 어떤 생쥐가 달려가니? 세상이
험해지면 내 너를 위해 어떤 방주를 채워줄까?
숲은 물밑에 있고, 풀이 조수에
흔들린다. 자작나무들이 제브라피시처럼
떼를 지어 반짝 스치며 지나간다.
아가야, 네 소원이 이뤄질 거라고는 약속할 수 없구나.

약속할 수 있는 게 그리 많지 않다.
네게 내가 아는 이미지들을 준다.
가만히 옆에 누워서 지켜보렴.
꿩 한 마리가 바다표범처럼
움직이며 지나가지, 두툼한 흰 목깃을 붙잡혀
낙엽 속에서 끌려 나온 듯이. 녀석은 광대처럼
공연 중이야. 녀석은 예전에 어느 노부인의 모자에서 뽑은
베이지색 깃털을 하나 끌고 다니지.
우리는 웃고 서로에게 닿는다.
네게 사랑을 약속하마. 시간도 그건 앗아가지 않을 거야.

WOMAN WITH GIRDLE

Your midriff sags toward your knees;
your breasts lie down in air,
their nipples as uninvolved
as warm starfish.
You stand in your elastic case,
still not giving up the new-born
and the old-born cycle.
Moving, you roll down the garment,
down that pink snapper and hoarder,
as your belly, soft as pudding,
slops into the empty space;
down, over the surgeon's careful mark,
down over hips, those head cushions
and mouth cushions,
slow motion like a rolling pin,
over crisp hairs, that amazing field
that hides your genius from your patron;
over thighs, thick as young pigs,
over knees like saucers,
over calves, polished as leather,
down toward the feet.
You pause for a moment,
tying your ankles into knots.
Now you rise,
a city from the sea,
born long before Alexandria was,

거들을 입은 여자

허리께가 무릎을 향해 축 늘어진다
가슴은 공중에서 자고
젖꼭지는 다정한 불가사리만큼이나
데면데면하다.
너는 그 늘어나는 껍데기 안에 고인 채
여전히 신생(新生)과 구생(舊生)의
순환을 포기하지 않는다.
꿈틀거리며 너는 외피를 말아 내리지,
꽉 조이며 모아주는 분홍색 족쇄를 내리면
푸딩처럼 말랑말랑한 배가
열린 곳으로 흘러나온다.
밑으로, 외과의의 조심스러운 흔적을 지나,
엉덩이, 저 머리 쿠션
입 쿠션을 지나 밑으로,
밀방망이를 밀듯 느린 동작으로,
단골손님이 못 보도록 네 천재(天才)를 가리는
저 놀라운 들판, 곱슬곱슬한 털을 지나,
어린 돼지만큼이나 굵은 허벅지를 지나,
받침 접시 같은 무릎을 지나,
가죽처럼 광이 나는 종아리를 지나,
발을 향해 밑으로.
너는 잠시 멈추고
발목을 묶어 매듭을 짓는다.
이제 일어선다,
바다에서 솟은 도시,
알렉산드리아보다 훨씬 오래전에

straightway from God you have come
into your redeeming skin.

곧바로 신에게서 태어난
너는 모든 걸 상쇄하는 피부를 물려받았다.

THE HOUSE

In dreams
the same bad dream goes on.
Like some gigantic German toy
the house has been rebuilt
upon its kelly-green lawn.
The same dreadful set,
the same family of orange and pink faces
carved and dressed up like puppets
who wait for their jaws to open and shut.

Nineteen forty-two,
nineteen forty-three,
nineteen forty-four ...
it's all the same. We're at war.
They've rationed the gas for all three cars.
The Lincoln Continental breathes in its stall,
a hopped up greyhound waiting to be sprung.

The Irish boy
who dated her
(lace curtain Irish, her mother said)
urges her through the lead-colored garages
to feel the patent-leather fenders
and peek at the mileage.
All that money!

집

꿈에
늘 같은 악몽이 펼쳐진다.
무슨 거대한 독일제 장난감마냥
집이 선명한 황록색 잔디밭 위에
다시 세워졌다.
늘 똑같은 끔찍한 설정,
나무를 깎아 장식한 꼭두각시처럼
턱이 열리고 닫히기를 기다리는
주황빛 분홍빛 얼굴을 한 똑같은 가족.

천구백사십이,
천구백사십삼,
천구백사십사…
늘 똑같다. 우리는 전쟁 중이다.
차 세 대에 쓸 기름이 배급되었다.
주차장 제자리에 앉아 한숨 쉬는 링컨 컨티넨털,
뛰쳐나갈 때를 기다리며 껑충거리는 그레이하운드.

그녀가 데이트하던
아일랜드계 소년은
(레이스 커튼 아일랜드인*이야, 그녀의 어머니가 말했다)
그녀를 끌고 납색 차고들을 누비며
에나멜을 씌운 가죽 펜더를 만져보라고
주행거리를 한번 보라고 종용한다.
저게 다 얼마야!

and kisses too.
Kisses that stick in the mouth
like the vinegar candy she used to pull
with her buttery fingers, pull
until it was white like a dog's bone,
white, thick and impossible to chew.

Father,
an exact likeness,
his face bloated and pink
with black market scotch,
sits out his monthly bender
in his custom-made pajamas
and shouts, his tongue as quick as galloping horses,
shouts into the long distance telephone call.
His mouth is as wide as his kiss.

Mother,
with just the right gesture,
kicks her shoes off,
but is made all wrong,
impossibly frumpy as she sits there
in her alabaster dressing room
sorting her diamonds like a bank teller
to see if they add up.

The maid
as thin as a popsicle stick,
holds dinner as usual,
rubs her angry knuckles over the porcelain sink

그리고 키스들도.
식초 사탕**처럼 입안에 들러붙던 키스들
그녀는 버터 바른 손으로 식초 사탕을
잡아 늘이곤 했다.
개뼈다귀처럼 하얘질 때까지, 하얗게, 뻑뻑해져서
씹을 수 없어질 때까지.

아버지,
실제와 똑 닮은 인물,
암시장표 위스키로
불쾌해진 부푼 얼굴을 하고
맞춤 파자마를 입고
월례 행사인 술판에 진득이 앉아
소리 지르지, 질주하는 말처럼 빠른 그의 혀,
장거리 전화에 대고 소리 지르지.
그의 입은 그의 키스만큼이나 교활하다.

어머니,
참으로 적절한 몸짓으로
신을 벗어던지지만,
완전히 뭔가 잘못되어
어처구니없이 너절하게
무른 대리석을 두른 옷방에 앉아
이자가 불어났는지 보려는 은행원처럼
다이아몬드를 헤아린다.

하녀,
아이스크림 막대처럼 가냘프고,
언제나처럼 저녁 식사를 차려주고는
분노한 주먹을 도자기 개수대에 문지르며

and grumbles at the gun-shy bird dog.
She knows something is going on.
She pricks a baked potato.

The aunt,
older than all the crooked women
in *The Brothers Grimm*,
leans by a gooseneck lamp in her second floor suite,
turns up her earphone to eavesdrop
and continues to knit,
her needles working like kitchen shears
and her breasts blown out like two
pincushions.

The houseboy,
a quick-eyed Filipino,
slinks by like a Japanese spy
from French Provincial room
to French Provincial room,
emptying the ash trays and plumping up
the down upholstery.
His jacket shines, old shiny black,
a wise undertaker.

The milkman walks in his cartoon
every other day in the snoozy dawn,
rattling his bottles like a piggy bank.
And gardeners come, six at a time,
pulling petunias and hairy angel bells
up through the mulch.

총소리를 무서워하는 사냥개에게 투덜거린다.
그녀는 뭔가 일이 벌어지고 있다는 걸 안다.
그녀는 구운 감자를 쿡쿡 찌른다.

고모,
『그림 동화』에 나오는
온갖 비뚤어진 여자들보다 더 나이를 먹고,
이 층 스위트룸, 목이 굽은 램프 곁에 수그리고 앉아
도청용 수신기의 음량을 높이고는
뜨개질을 계속하니,
뜨개질바늘은 주방용 가위처럼 짤깍이고
그녀의 가슴은 두 개의 바늘꽂이처럼
팽팽하게 부풀었다.

잡일꾼,
눈 밝은 필리핀 아이,
일본인 스파이처럼 살금거리지
프랑스 프로방스풍 방에서
프랑스 프로방스풍 방으로
재떨이를 비우고 꺼진 쿠션을
포동포동 살찌우면서.
윗도리가 반들거린다, 오래돼 반질반질한 검은색,
영리한 청부업자.

하루걸러 하루씩 졸린 새벽에
우유 배달부가 만화 속으로 들어온다
돼지저금통처럼 우유병들을 쟁그랑거리며.
그리고 정원사들이 온다, 한 번에 여섯 명씩,
뿌리 덮개를 헤치고
페튜니아와 털독말풀을 뽑아내지.

This one again,
made vaguely and cruelly,
one eye green and one eye blue,
has the only major walk-on so far,
has walked from her afternoon date
past the waiting baked potatoes,
past the flashing back of the Japanese spy,
up the cotton batten stairs,
past the clicking and unclicking of the earphone,
turns here at the hall
by the diamonds that she'll never earn
and the bender that she kissed last night
among thick set stars, the floating bed
and the strange white key ...
up like a skein of yarn,
up another flight into the penthouse,
to slam the door on all the years
she'll have to live through ...
the sailor who will walk on
from Andover, Exeter and St. Marks,
the boys who will walk off with pale unlined faces,
to slam the door on all the days she'll stay the same
and never ask why and never think who to ask,
to slam the door and rip off her orange blouse.
Father, father, I wish I were dead.

다시 이 사람,
모호하고 잔혹하게 설정되어,
한쪽 눈은 초록 한쪽 눈은 파랑,
지금까지는 유일하게 주요 단역배우를 거느린,
이 사람이 오후 데이트를 끝내고
준비가 끝난 구운 감자를 지나
반질거리는 일본인 스파이의 등을 지나
널마다 천을 입힌 계단을 올라,
짤깍 눌렀다가 짤깍 떨어지는 수신기를 지나,
여기 복도에서 돌아선다
그녀로서는 절대 얻지 못할 다이아몬드들과
어젯밤 무성한 별들과 술 취한 침대와
이상한 하얀 열쇠 틈에서
입 맞추었던 폐인을 두고
한 꾸리 실타래처럼 위로,
옥탑을 향해 또 한 층 위로,
견디며 살아야 할
그 숱한 세월에 문을 쾅 닫기 위해서…
앤도버와 엑시터, 세인트 막스***를 나와
승승장구할 항해사,
주름 없는 창백한 얼굴로 떠나갈 소년들,
변함없이 머물러 있으면서 절대 이유를 묻지 않고
누구에게 물어봐야 하는지도 절대 생각하지 않을
그녀의 모든 날에 문을 쾅 닫기 위해서
문을 쾅 닫고 주황색 블라우스를 찢기 위해서.
아버지, 아버지, 저는 죽었으면 좋겠어요.

At thirty-five
she'll dream she's dead
or else she'll dream she's back.
All day long the house sits
larger than Russia
gleaming like a cured hide in the sun.
All day long the machine waits: rooms,
stairs, carpets, furniture, people —
those people who stand at the open windows like objects
waiting to topple.

서른다섯에
그녀는 죽는 꿈을 꿀 것이다
그러지 않으면 돌아온 꿈을 꿀 것이다.
집은 종일 볕에 내놓은
손질한 가죽처럼 반질거리며 러시아보다
더 거대하게 앉아 있다.
그 기계는 종일 기다린다. 방들을,
계단들을, 카펫들을, 가구들을, 사람들을…
고꾸라지기를 기다리는 물건들처럼
열린 창가에 붙어 선 저 사람들을.

* 미국 중산층 사회에 동화된 부유한 아일랜드계 이민자 후손들을 뜻한다. 빈곤한 하층 아일랜드계 이민자 후손들을 뜻하는 '판잣집 아일랜드인(Shanty Irish)'이라는 표현도 있다.

** 설탕이 결정화되는 것을 막기 위해 식초를 첨가하는 옛날 방식의 사탕.

*** 앤도버는 '필립스 아카데미 앤도버', 엑시터는 '필립스 엑시터 아카데미', 세이트 막스는 '세인트 막스 스쿨'을 의미하며 모두 미국의 유서 깊은 기숙제 중등 교육기관이다.

WALLFLOWER

Come friend,
I have an old story to tell you —

Listen.
Sit down beside me and listen.
My face is red with sorrow
and my breasts are made of straw.
I sit in the ladder-back chair
in a corner of the polished stage.
I have forgiven all the old actors for dying.
A new one comes on with the same lines,
like large white growths, in his mouth.
The dancers come on from the wings,
perfectly mated.

I look up. The ceiling is pearly.
My thighs press, knotting in their treasure.
Upstage the bride falls in satin to the floor.
Beside her the tall hero in a red wool robe
stirs the fire with his ivory cane.
The string quartet plays for itself,
gently, gently, sleeves and waxy bows.
The legs of the dancers leap and catch.
I myself have little stiff legs,
my back is as straight as a book
and how I came to this place —

벽의 꽃*

이리 와 친구,
들려줄 옛날얘기가 있어—

들어봐.
옆에 앉아서 들어봐.
내 얼굴은 슬픔으로 붉어지고
가슴엔 지푸라기가 가득해.
나는 잘 꾸민 무대 한구석
사다리 모양 등받이를 댄 의자에 앉아 있어.
죽어버린 늙은 배우들은 모두 용서했지.
새로운 배우가 입에 똑같은 대사를
크고 흰 종양들처럼 담고 등장해.
댄서들도 무대 옆에서 등장하지,
완벽하게 짝을 지어서.

하늘을 쳐다봤지. 천장이 진주색이야.
내 허벅지는 보물을 숨긴 채 꽉 닫혀 있어.
무대 안쪽에서 신부가 공단(貢緞)을 바닥으로 늘어뜨려.
옆에서는 붉은 모직 망토를 두른 키 큰 영웅이
상아 지팡이로 불을 휘젓지.
현악 사중주단이 저 혼자 연주해,
부드럽게, 부드럽게, 소매들과 유연한 활들.
댄서들의 다리는 훌쩍 뛰어올랐다가 잠깐 정지하지.
나는 다리가 약간 뻣뻣하고
등은 책등만큼이나 꼿꼿한데
나는 어쩌다 이곳에 오게 됐을까—

the little feverish roses,
the islands of olives and radishes,
the blissful pastimes of the parlor —
I'll never know.

열에 들뜬 조그만 장미들,
올리브와 작은 빨간무의 섬들,
행복에 겨운 응접실의 오락거리들—
나는 절대 알 수 없을 거야.

* 무도회에서 짝을 찾지 못해 벽 쪽에 붙어 쳐다만 보는 여자를 이른다.

HOUSEWIFE

Some women marry houses.
It's another kind of skin; it has a heart,
a mouth, a liver and bowel movements.
The walls are permanent and pink.
See how she sits on her knees all day,
faithfully washing herself down.
Men enter by force, drawn back like Jonah
into their fleshy mothers.
A woman *is* her mother.
That's the main thing.

주부

어떤 여자들은 집과 결혼한다.
그것은 다른 종류의 피부. 집에는 심장과
입과 간과 배변 활동이 있다.
벽은 영구적이고 분홍색이다.
그녀가 종일 무릎을 꿇고 앉아
얼마나 성실하게 자신을 씻어내는지 보라.
요나처럼 발뺌하던 남자들이
제 육신의 어머니를 억지로 열고 들어온다.
여자는 그 자신의 어머니다.
그게 중요하다.

FLIGHT

Thinking that I would find you,
thinking I would make the plane
that goes hourly out of Boston
I drove into the city.
Thinking that on such a night
every thirsty man would have his jug
and that the Negro women would lie down
on pale sheets and even the river into town
would stretch out naturally on its couch,
I drove into the city.
On such a night, at the end of the river,
the airport would sputter with planes
like ticker-tape.

Foot on the gas
I sang aloud to the front seat,
to the clumps of women in cotton dresses,
to the patches of fog crusting the banks,
and to the sailboats swinging on their expensive hooks.
There was rose and violet on the river
as I drove through the mist into the city.
I was full of letters I hadn't sent you,
a red coat over my shoulders
and new white gloves in my lap.

도피

너를 찾으리라 생각하고서,
한 시간마다 보스턴을 떠나는
비행기를 타리라 생각하고서
그 도시로 차를 몰았다.
그런 밤에는 목마른 남자라면 누구나
저마다의 술잔을 찾으리라고
흑인 여자들이 창백한 시트에
몸을 누이고 시내로 들어오는 강조차
누운 자리에서 절로 기지개를 켜리라 생각하고서,
그 도시로 차를 몰았다.
그런 밤에는, 그 강 끝에서
공항이 색종이 조각마냥
비행기들을 뱉어내리라.

액셀을 밟으며
고래고래 노래를 불렀다 조수석에다,
면 원피스를 입은 여자들 무리에다,
강둑을 감싼 안개 조각들에다,
비싼 갈고리에 걸린 채 흔들리는 요트들에다 대고.
안개를 헤치며 차를 몰고 도시로 들어가는
강변엔 장미와 제비꽃이 피었다.
나는 너에게 보내지 않은 편지들로 가득했고,
어깨를 감싸는 붉은 코트와
무릎 위에 놓인 하얀 새 장갑.

I dropped through the city
as the river does,
rumbling over and under, as indicated,
past the miles of spotted windows
minding their own business,
through the Summer Tunnel,
trunk by trunk through its sulphurous walls,
tile by tile like a men's urinal,
slipping through
like somebody else's package.

Parked, at last,
on a dime that would never last,
I ran through the airport.
Wild for love, I ran through the airport,
stockings and skirts and dollars.
The night clerk yawned all night at the public,
his mind on tomorrow's wages.
All flights were grounded.
The planes sat and the gulls sat,
heavy and rigid in a pool of glue.

나는 도시를 통과하며 낮아졌다
강이 그러듯이
신호에 따라 아래로 위로 우르릉거리며,
끝없이 늘어선 채 각자의 일에 여념이 없는
더러운 창문들을 지나
섬머 터널을 지나
유황색 벽으로 둘러싸인 도관을 하나씩 통과해
남성용 소변기 같은 타일을 하나씩 통과해
누군가 다른 사람의 소포 꾸러미처럼
미끄러져 지났다.

마침내, 오래갈 리 없는
십 센트에 차를 세우고,
공항 안을 달렸다.
사랑에 미쳐, 공항 안을,
스타킹과 치마와 지폐들을 헤치고 달렸다.
야간 근무자가 밤새 사람들에게 하품을 해댔고,
마음은 내일 받을 급료에 가 있었지.
모든 비행편이 착륙해 있었다.
비행기들이, 갈매기들이, 묵직하고 뻣뻣하게
아교 웅덩이에 앉아 있었다.

Knowing I would never find you
I drove out of the city.
At the airport one thousand cripples
sat nursing a sore foot.
There was more fog
and the rain came down when it thought of it.
I drove past the eye and ear infirmaries,
past the office buildings lined up like dentures,
and along Storrow Drive the streetlights
sucked in all the insects who
had nowhere else to go.

너를 절대 찾지 못하리라는 걸 알고서도
그 도시로 차를 몰았다.
공항에는 천 명의 장애인이
아픈 발을 주무르며 앉아 있었다.
안개가 더 심하게 끼었고
그게 그런 생각을 하자마자 비가 내렸다.
나는 안과와 이비인후과를 지나
틀니처럼 줄지어 선 사무용 빌딩을 지나
스터로우 공원 도로를 따라 차를 달렸다
가로등들이 달리 갈 곳 없는
벌레들을 몽땅 빨아들이고 있었다.

THE BLACK ART

A woman who writes feels too much,
those trances and portents!
As if cycles and children and islands
weren't enough; as if mourners and gossips
and vegetables were never enough.
She thinks she can warn the stars.
A writer is essentially a spy.
Dear love, I am that girl.

A man who writes knows too much,
such spells and fetiches!
As if erections and congresses and products
weren't enough; as if machines and galleons
and wars were never enough.
With used furniture he makes a tree.
A writer is essentially a crook.
Dear love, you are that man.

주술

글 쓰는 여자는 너무 많이 느끼지
저 숱한 무아지경과 전조들!
생리주기와 아이들과 섬들로는
충분치 않다는 듯이. 문상객들과 소문들과
채소들로는 절대 충분치 않다는 듯이.
그녀는 운명의 별자리를 거스를 수 있다 생각하지.
작가는 본질적으로 스파이다.
사랑하는 이여, 내가 그런 여자다.

글 쓰는 남자는 너무 많이 알지,
그런 주문(呪文)들과 페티시들!
숱한 발기와 회합들과 제품들로는
충분치 않다는 듯이, 기계들과 범선들과
전쟁들로는 절대 충분치 않다는 듯이.
그는 중고 가구로 나무를 만들지.
작가는 본질적으로 사기꾼이다.
사랑하는 이여, 당신이 그런 남자다.

Never loving ourselves,
hating even our shoes and our hats,
we love each other, *precious*, *precious*.
Our hands are light blue and gentle.
Our eyes are full of terrible confessions.
But when we marry,
the children leave in disgust.
There is too much food and no one left over
to eat up all the weird abundance.

절대 우리 스스로를 사랑하지 않고,
우리 신발과 모자조차 미워하면서,
우리는 서로를 사랑한다, 소중하고 소중한 이여.
우리 손은 연한 파랑이고 다정하다.
우리 눈은 끔찍한 고백들로 가득하다.
하지만 우리가 결혼하면,
아이들은 넌더리를 내며 떠난다.
음식은 너무 많은데 이 기이한 풍요를 먹어 치울 이
한 명도 남지 않았다.

LETTER WRITTEN DURING A JANUARY NORTHEASTER

Monday

Dearest,
It is snowing, grotesquely snowing,
upon the small faces of the dead.
Those dear loudmouths, gone for over a year,
buried side by side
like little wrens.
But why should I complain?
The dead turn over casually,
thinking ...
                    Good! No visitors today.
My window, which is not a grave,
is dark with my fierce concentration
and too much snowing
and too much silence.
The snow has quietness in it; no songs,
no smells, no shouts or traffic.
When I speak
my own voice shocks me.

1월 북동풍이 부는 동안 쓴 편지

월요일

사랑하는 사람아,
눈이 와, 괴상하게 눈이 와,
죽은 자들의 작은 얼굴에.
일 년도 더 전에 죽은 저 허풍선이들은
작은 굴뚝새처럼
나란히 묻혔지.
하지만 내가 불평할 이유가 있을까?
죽은 이들은 무심히 돌아누우며
이렇게 생각할 뿐…
좋았어! 오늘은 참배객이 없겠군.
내 창문은 무덤도 아닌데
내 치열한 집중과
너무 많은 눈과
너무 많은 침묵으로 캄캄해.
눈은 제 안에 고요를 지녔지. 노래도 없고,
냄새도 없고, 고함이나 오고 가는 차량도 없지.
말을 하면
내 목소리에 내가 놀라.

Tuesday

I have invented a lie.
There is no other day but Monday.
It seemed reasonable to pretend
that I could change the day
like a pair of socks.
To tell the truth
days are all the same size
and words aren't much company.
If I were sick, I'd be a child,
tucked in under the woolens, sipping my broth.
As it is,
the days are not worth grabbing or lying about.
Nevertheless, you are the only one
that I can bother with this matter.

화요일

거짓말 하나를 지어냈어.
세상에 월요일 말고 다른 요일은 없어.
양말을 갈아신듯
요일을 바꿀 수 있는
척하는 게 합당해 보였지.
솔직히 말하자면
요일은 모두 같은 크기이고
단어들은 별로 찾아와주지 않아.
아프면 아이가 될 수 있을 텐데,
포근한 이불 밑에서 묽은 수프를 홀짝거리겠지.
그러하므로,
세월은 부여잡거나 거짓말할 가치가 없어.
그래도, 이런 일로 귀찮게 할 수 있는 사람은
당신밖에 없어.

Monday

It would be pleasant to be drunk:
faithless to my tongue and hands,
giving up the boundaries
for the heroic gin.
Dead drunk
is the term I think of,
insensible,
neither cool nor warm,
without a head or a foot.
To be drunk is to be intimate with a fool.
I will try it shortly.

월요일

취하면 즐거울 텐데.
혀와 손에 대한 신의를 저버리고
영웅적인 독주에
영토를 내주겠지.
고주망태
그게 내가 생각하는 단어,
무감각하고
차갑지도 따뜻하지도 않고
머리도 발도 없지.
취하는 건 바보와 친해지는 것.
곧 시도해볼 거야.

Monday

Just yesterday,
twenty-eight men aboard a damaged radar tower
foundered down seventy miles off the coast.
Immediately their hearts slammed shut.
The storm would not cough them up.
Today they are whispering over Sonar.
Small voice,
what do you say?
Aside from the going down, the awful wrench,
the pulleys and hooks and the black tongue ...
What are your headquarters?
Are they kind?

월요일

바로 어제,
파괴된 레이더 탑에 오른 스물여덟 명의 남자가
해안에서 백 킬로미터쯤 떨어진 곳에서 가라앉았어.
곧바로 그들의 심장이 쾅 닫혔지.
폭풍도 그들을 뱉어내지 않을 거야.
오늘 그들이 수중음파탐지기에 속삭여.
작은 목소리,
뭐라고?
가라앉는 건 둘째로 치더라도, 쥐어짜는 듯한 이 지독한 느낌,
도르래들과 갈고리들과 검은 혀…
너희들 본부는 어때?
상냥해?

Monday

It must be Friday by now.
I admit I have been lying.
Days don't freeze
and to say that the snow has quietness in it
is to ignore the possibilities of the word.
Only the tree has quietness in it;
quiet as the crucifix,
pounded out years ago
like a handmade shoe.
Someone once
told an elephant to stand still.
That's why trees remain quiet all winter.
They're not going anywhere.

월요일

지금쯤이면 금요일이 됐겠지.
거짓말하고 있었다는 걸 인정해.
세월은 얼어붙지 않고
눈[雪]이 제 안에 고요를 지녔다고 말하는 건
단어의 가능성을 무시하는 짓이지.
나무만이 제 안에 고요를 지니고 있어.
수제화(手製靴)처럼
오래전에 쾅쾅 두들겨진
십자가 같은 고요를.
한번은 누군가가
코끼리에게 가만히 서 있으라고 했어.
그게 나무들이 겨우내 고요히 지낸 이유야.
그들은 어디로도 가지 않아.

Monday

Dearest,
where are your letters?
The mailman is an impostor.
He is actually my grandfather.
He floats far off in the storm
with his nicotine mustache and a bagful of nickels.
His legs stumble through
baskets of eyelashes.
Like all the dead
he picks up his disguise,
shakes it off and slowly pulls down the shade,
fading out like an old movie.
Now he is gone
as you are gone.
But he belongs to me like lost baggage.

월요일

사랑하는 사람아,
네 편지들은 어디에 있어?
우체부는 사기꾼이야.
사실은 내 할아버지지.
니코틴에 전 콧수염에 동전 한 자루를 지닌 채
그는 멀리 폭풍 속에 떠 있어.
속눈썹을 담은 바구니 사이를 지나는
그의 다리가 비틀거리지.
모든 죽은 자들처럼
그도 가면을 집어 들고,
탈탈 털어서는 천천히 음영을 끌어내려
옛날 영화처럼 페이드 아웃.
이제 그는 없어
네가 없듯이.
하지만 분실된 수하물처럼 그는 내 것이야.

II

AND ONE FOR MY DAME

A born salesman,
my father made all his dough
by selling wool to Fieldcrest, Woolrich and Faribo.

A born talker,
he could sell one hundred wet-down bales
of that white stuff. He could clock the miles and sales

and make it pay.
At home each sentence he would utter
had first pleased the buyer who'd paid him off in butter.

Each word
had been tried over and over, at any rate,
on the man who was sold by the man who filled my plate.

My father hovered
over the Yorkshire pudding and the beef:
a peddler, a hawker, a merchant and an Indian chief.

Roosevelt! Willkie! and war!
How suddenly gauche I was
with my old-maid heart and my funny teenage applause.

그리고 하나는 우리 마님께*

타고난 영업사원인
아버지는 필드크레스트와 울리치와 패리보**에 양모를 팔아
큰돈을 벌었다.

타고난 호객꾼인
아버지는 물을 적셔 무게를 불린 그 하얀 것을 백 포씩
팔아넘겼다. 그는 거리와 판매량을 측정할 줄 알았고

거기서 돈을 뽑아냈다.
집에서 그는 앞서 구매자를 만족시켜 돈을 내놓게 만든
달콤한 문장들을 낱낱이 읊곤 했다.

단어 하나하나가
내 밥그릇을 채우는 남자에게 넘어가 물건을 구매한 사람에게
어떻게든 자꾸자꾸 시도되었다.

아버지는
요크셔푸딩과 쇠고기 위를 맴돌았다.
판매원, 행상인, 장사꾼 그리고 인디언 추장이었다.

루스벨트! 윌키!*** 전쟁!
소심한 늙은이의 심장으로 웃기는 십대의 박수갈채를 보내며
문득문득 나는 얼마나 눈치가 없었던가.

Each night at home
my father was in love with maps
while the radio fought its battles with Nazis and Japs.

Except when he did
in his bedroom on a three-day drunk,
he typed out complex itineraries, packed his trunk,

his matched luggage
and pocketed a confirmed reservation,
his heart already pushing over the red routes of the nation.

I sit at my desk
each night with no place to go,
opening the wrinkled maps of Milwaukee and Buffalo,

the whole U.S.,
its cemeteries, its arbitrary time zones,
through routes like small veins, capitals like small stones.

He died on the road,
his heart pushed from neck to back,
his white hanky signaling from the window of the Cadillac.

집에서 밤마다
아버지가 지도와 사랑에 빠져 있는 동안
라디오는 나치와 일본놈들을 상대로 전투를 벌였다.

자기 침실에서
사흘짜리 주정뱅이가 되어 있을 때를 빼고,
아버지는 복잡한 여정을 타자기로 정리하고 짐을 꾸렸다

트렁크와 그에 맞춤한 휴대용 수화물을 챙기고
확정된 예약권을 주머니에 넣고,
그의 심장은 이미 이 나라의 고속도로들을 뒤집고 있었다.

나는 매일 밤 달리 갈 곳 없이
책상에 앉아
구겨진 지도를 펼친다. 밀워키와 버펄로 지도,

미국 전도,
전국의 공동묘지들, 제멋대로인 미국의 시간대들,
가는 핏줄 같은 길들과 작은 돌멩이 같은 주도(州都)들을
통과한다.

아버지는 길에서 죽었다
목부터 등까지 가슴이 눌려서
캐딜락 창문으로 보이던 그의 하얀 손수건.

My husband,
as blue-eyed as a picture book, sells wool:
boxes of card waste, laps and rovings he can pull

to the thread
and say *Leicester*, *Rambouillet*, *Merino*,
a half-blood, it's greasy and thick, yellow as old snow.

And when you drive off, my darling,
Yes, sir! Yes, sir! It's one for my dame,
your sample cases branded with my father's name,

your itinerary open,
its tolls ticking and greedy,
its highways built up like new loves, raw and speedy.

January 25, 1962

내 남편은
그림책에 나올 듯한 푸른 눈으로 양모를 팔지
양털 찌꺼기가 담긴 상자들과 실을 감고 잣는 기계들로

그는 실을 뽑아내고
레스터, 랑부이에, 메리노****와
끈끈하고 굵고 오래된 눈처럼 누런 '잡종'을 이야기한다.

그리고 내 사랑, 당신은 차를 몰고 떠나지,
그럼요, 나리! 그럼요, 나리! 하나는 우리 마님께,
내 아버지의 이름이 찍힌 당신의 견본 상자들,

정해지지 않은 당신의 여정,
차곡차곡 쌓여 탐욕스러운 그 통행세,
새로운 사랑처럼 후루룩 세워지는 그 탄탄대로들.

1962년 1월 25일

* 18세기부터 알려진 오래된 영국 자장가 〈매애, 매애, 검은 양아〉의 가사. 조금씩 다른 가사로 알려졌으나 대체로는 다음과 같다. '매애 매애 검은 양아 / 양털이 있니? / 그럼요 나리 그럼요 나리 / 세 자루가 있지요 / 하나는 주인님께 / 그리고 하나는 마님께 / 그리고 하나는 골목 아랫집 / 어린 꼬마에게.'

** 필드크레스트와 울리치와 패리보는 모두 대형 직물 제조 기업이었다.

*** 1940년 미국 대통령 선거에서 재선에 나선 민주당 후보 프랭클린 D. 루스벨트와 맞붙은 공화당 후보 웬델 루이스 윌키를 뜻한다.

**** 레스터와 랑부이에, 메리노는 모두 양의 품종 이름이다.

THE SUN

I have heard of fish
coming up for the sun
who stayed forever,
shoulder to shoulder
avenues of fish that never got back,
all their proud spots and solitudes
sucked out of them.

I think of flies
who come from their foul caves
out into the arena.
They are transparent at first.
Then they are blue with copper wings.
They glitter on the foreheads of men.
Neither bird nor acrobat
they will dry out like small black shoes.

I am an identical being.
Diseased by the cold and the smell of the house
I undress under the burning magnifying glass.
My skin flattens out like sea water.
O yellow eye,
let me be sick with your heat,
let me be feverish and frowning.
Now I am utterly given.
I am your daughter, your sweet-meat,

태양

물고기 이야기를 들었다
태양을 향해 올랐다가
영원히 머무르게 되었다는,
어깨와 어깨를 맞대고
절대 되돌아가지 않는 물고기들의 길,
그들의 자랑스러운 반점들과 고독은
모두 빨려 나갔다지.

파리를 생각한다
저마다의 역겨운 동굴에서 나와
무대에 오르는 파리.
처음에는 투명하다.
그러고는 구릿빛 날개가 달린 푸른색.
파리들이 사람들 이마에 붙어서 반짝인다.
새도 아니고 곡예사도 아닌,
그것들은 작고 검은 구두처럼 마를 것이다.

나는 동일한 존재다.
추위와 집 냄새로 병을 얻어
작열하는 확대경 아래에서 옷을 벗는다.
피부가 바닷물처럼 평평해진다.
아 노란 눈이여,
네 열기로 날 앓게 하라,
열에 들뜨게 하고 얼굴 찌푸리게 하라.
이제 나는 완전히 내맡겨졌다.
나는 너의 딸, 너의 사탕,

your priest, your mouth and your bird
and I will tell them all stories of you
until I am laid away forever,
a thin gray banner.

May 1962

너의 사제, 너의 입, 너의 새
그리고 나는 네 모든 것을 까발릴 테다
내가 얇은 회색 깃발로
영원히 안치될 때까지

1962년 5월

FLEE ON YOUR DONKEY

Ma faim, Anne, Anne,
Fuis sur ton âne ... Rimbaud

Because there was no other place
to flee to,
I came back to the scene of the disordered senses,
came back last night at midnight,
arriving in the thick June night
without luggage or defenses,
giving up my car keys and my cash,
keeping only a pack of Salem cigarettes
the way a child holds on to a toy.
I signed myself in where a stranger
puts the inked-in X's —
for this is a mental hospital,
not a child's game.

Today an interne knocks my knees,
testing for reflexes.
Once I would have winked and begged for dope.
Today I am terribly patient.
Today crows play black-jack
on the stethoscope.

당나귀를 타고 달아나라

나의 허기여, 안느, 안느,
당나귀를 타고 달아나라…* 랭보

달리 달아날 곳이
없었으므로
나는 혼란스러운 감각의 현장으로 돌아왔다
어젯밤 한밤중에
짐도 저항도 없이
농후한 6월의 밤에 이곳에 도착해
순순히 차 열쇠와 현금을 내주고
어린아이가 장난감 챙기듯
살렘 담배 한 갑만을 챙겼지.
낯선 이가 가위표를 그려준 곳에
나는 직접 서명했다
이곳은 정신병원이므로
아이들 장난이 아니므로

오늘 인턴이 내 무릎을 두드려
반사를 시험한다
한때 나는 윙크하며 약을 조르곤 했지
오늘 나는 지독하게 환자답다
오늘 까마귀들이 청진기 위에서
블랙잭 놀이를 한다.

Everyone has left me
except my muse,
that good nurse.
She stays in my hand,
a mild white mouse.

The curtains, lazy and delicate,
billow and flutter and drop
like the Victorian skirts
of my two maiden aunts
who kept an antique shop.

Hornets have been sent.
They cluster like floral arrangements on the screen.
Hornets, dragging their thin stingers,
hover outside, all knowing,
hissing: *the hornet knows.*
I heard it as a child
but what was it that he meant?
The hornet knows!
What happened to Jack and Doc and Reggy?

모두가 날 떠났다
나의 뮤즈
그 좋은 간호사만 빼고.
그녀는 내 손안에 머문다
온순한 하얀 쥐

느리고 섬세한 커튼들이
부풀어 펄럭이다 떨어진다
골동품 가게를 운영했던
독신이던 두 이모의
빅토리아풍 치마처럼.

말벌들이 파견되었다.
방충망에 꽃장식처럼 뭉쳐 있다.
말벌들이 가느다란 침을 끌며
바깥에서 떠돈다, 다 알고서,
쉿쉿거린다. 말벌은 안다.
어릴 때 들은 말이지만,
그는 무슨 뜻으로 그런 말을 했을까?
말벌은 안다!
잭과 닥과 레지는 어떻게 됐을까?

Who remembers what lurks in the heart of man?
What did The Green Hornet mean, *he knows?*
Or have I got it wrong?
Is it The Shadow who had seen
me from my bedside radio?

Now it's *Dinn, Dinn, Dinn!*
while the ladies in the next room argue
and pick their teeth.
Upstairs a girl curls like a snail;
in another room someone tries to eat a shoe;
meanwhile an adolescent pads up and down
the hall in his white tennis socks.
A new doctor makes rounds
advertising tranquilizers, insulin, or shock
to the uninitiated.

남자의 마음속에 무엇이 도사리는지 누가 기억하겠는가?
그는 안다니, 그린 호넷**은 무슨 뜻으로 그런 말을 했을까?
아니면 내가 잘못 들었나?
침대 옆 라디오에서 날
보던 건 섀도우***인가?

이제는 딘, 딘, 딘!
옆방 숙녀들이 말다툼을 하면서
이를 쑤신다.
위층에서는 여자애 하나가 달팽이처럼 몸을 만다
다른 방에서 누가 신발을 먹으려 한다
그 와중에 청소년 하나는 타박타박
흰 테니스 양말을 신고 복도를 오간다.
새 의사가 풋내기들에게
진정제와 인슐린을, 혹은 충격요법을 광고하며
회진을 돈다.

Six years of such small preoccupations!
Six years of shuttling in and out of this place!
O my hunger! My hunger!
I could have gone around the world twice
or had new children — all boys.
It was a long trip with little days in it
and no new places.

In here,
it's the same old crowd,
the same ruined scene.
The alcoholic arrives with his golf clubs.
The suicide arrives with extra pills sewn
into the lining of her dress.
The permanent guests have done nothing new.
Their faces are still small
like babies with jaundice.

이런 사소한 일에 몰두하며 육 년이라니!
이런 곳을 들락거리며 육 년이라니!
오 나의 허기! 나의 허기여!
세계를 두 번은 돌 수 있었다
아니면 아이를 더, 사내애들로만 가질 수도 있었다.
낮도 거의 없고 새로운 곳도 없는,
이것은 긴 여행이었다.

여기서는,
늘 똑같은 익숙한 사람들,
늘 똑같은 망한 장면뿐이다.
알코올중독 환자가 골프채를 든 채로 온다
자살시도자는 입은 옷 솔기에
여분의 약을 꿰매 넣은 채 도착한다
이곳의 종신 손님들은 아무 새로운 일도 하지 않았다
황달에 걸린 아기들처럼
그들의 얼굴은 여전히 작다

Meanwhile,
they carried out my mother,
wrapped like somebody's doll, in sheets,
bandaged her jaw and stuffed up her holes.
My father, too. He went out on the rotten blood
he used up on other women in the Middle West.
He went out, a cured old alcoholic
on crooked feet and useless hands.
He went out calling for his father
who died all by himself long ago —
that fat banker who got locked up,
his genes suspended like dollars,
wrapped up in his secret,
tied up securely in a straitjacket.

But you, my doctor, my enthusiast,
were better than Christ;
you promised me another world
to tell me who
I was.

그러는 사이,
사람들이 어머니를 실어 갔다
누군가의 인형처럼 시트로 싸서
턱을 붕대로 감고 온몸의 구멍을 다 막고서
아버지도 마찬가지다. 그는 중서부에서
다른 여자들에게 다 써버린 썩은 피로 죽었다
그는 죽었다, 구부러진 발과 쓸모없는 손을 한
치유된 늙은 알코올중독 환자
그는 오래전에 외톨이로 죽은
자신의 아버지를 부르며 죽었다
갇혀 살았던 그 뚱뚱한 은행가
그의 유전자는 돈처럼 동결되고
그의 비밀에 싸여
안전하게 구속복에 묶였지

하지만 당신, 나의 의사 선생님, 나의 광신자
당신이 그리스도보다 나았어
당신은 내게 또 다른 세상을 약속했지
내가 누구인지
내게 알려주려고

I spent most of my time,
a stranger,
damned and in trance — that little hut,
that naked blue-veined place,
my eyes shut on the confusing office,
eyes circling into my childhood,
eyes newly cut.
Years of hints
strung out — a serialized case history —
thirty-three years of the same dull incest
that sustained us both.
You, my bachelor analyst,
who sat on Marborough Street,
sharing your office with your mother
and giving up cigarettes each New Year,
were the new God,
the manager of the Gideon Bible.

나는 내 시간의 대부분을 써버렸어,
이방인으로,
저주받고 최면에 빠진 채, 저 작은 오두막,
저 발가벗은 푸른 정맥이 뻗은 곳에서,
혼란스러운 진료실을 차단한 내 눈,
빙빙 돌면서 내 어린 시절로 파고드는 눈,
새로이 깎은 눈.
수년의 실마리들이
줄줄이, 번호 붙은 일련의 병력으로 늘어서고
우리 둘을 지탱해준
똑같이 단조로운 근친상간의 서른세 해.
말보로가에 앉은
당신, 나의 총각 정신과 의사 선생님
어머니와 사무실을 나눠 쓰고
새해를 맞을 때마다 금연하는
당신은 새로운 신,
기드온 성경의 관리자.

I was your third-grader
with a blue star on my forehead.
In trance I could be any age,
voice, gesture — all turned backward
like a drugstore clock.
Awake, I memorized dreams.
Dreams came into the ring
like third string fighters,
each one a bad bet
who might win
because there was no other.

I stared at them,
concentrating on the abyss
the way one looks down into a rock quarry,
uncountable miles down,
my hands swinging down like hooks
to pull dreams up out of their cage.
O my hunger! My hunger!

나는 이마에 푸른 별을 붙인
당신의 삼학년생.
최면 속에서 나는 아무 나이
아무 목소리 아무 몸짓이 될 수 있었지 모든 것이
약국 시계처럼 거꾸로 돌았어.
깨어나면, 꿈을 기록했지.
꿈은 삼류 권투선수들처럼
링에 들어섰고,
하나하나 별 볼일 없으나
상대가 아무도 없으니
이길 터였다.

나는 그들을 응시했다,
채석장에서 헤아릴 수 없이 깊은 수 킬로미터 아래를
내려다보는 것처럼
심연에 집중하며,
갈고리처럼 늘어져 흔들리는 내 두 손
갇힌 우리에서 꿈들을 끌어당기려 하고.
오 나의 허기! 나의 허기!

Once,
Outside your office,
I collapsed in the old-fashioned swoon
between the illegally parked cars.
I threw myself down,
pretending dead for eight hours.
I thought I had died
into a snowstorm.
Above my head
chains cracked along like teeth
digging their way through the snowy street.
I lay there
like an overcoat
that someone had thrown away.
You carried me back in,
awkwardly, tenderly,
with the help of the red-haired secretary
who was built like a lifeguard.
My shoes,
I remember,
were lost in the snowbank
as if I planned never to walk again.

한번은,
당신 사무실 바깥,
불법 주차된 차량 틈에서
옛날식으로 졸도해 쓰러진 적이 있지.
여덟 시간 동안 죽은 체하며
몸을 던져 드러누웠어.
나는 내가 눈보라 속에서
죽었다고 생각했다.
머리 위에서
쇠사슬들이 이빨처럼 날카로운 소리를 내며
눈 덮인 도로를 파들어가고 있었다.
나는 거기
누군가가 내던진 외투처럼
누워 있었다.
당신이 나를 다시 데리고 들어갔지
어색하게, 다정하게,
인명구조원 같은 체격을 한
붉은 머리 비서의 도움을 받아.
내 신발은,
기억하기에,
마치 다시는 걷지 않을 계획이라도 세운 듯이
그 눈더미 속에서 잃어버렸다.

That was the winter
that my mother died,
half mad on morphine,
blown up, at last,
like a pregnant pig.
I was her dreamy evil eye.
In fact,
I carried a knife in my pocketbook —
my husband's good L. L. Bean hunting knife.
I wasn't sure if I should slash a tire
or scrape the guts out of some dream.

You taught me
to believe in dreams;
thus I was the dredger.
I held them like an old woman with arthritic fingers,
carefully straining the water out —
sweet dark playthings,
and above all, mysterious
until they grew mournful and weak.
O my hunger! My hunger!
I was the one
who opened the warm eyelid
like a surgeon
and brought forth young girls
to grunt like fish.

그때가 모르핀으로 반쯤 미친
내 어머니가 마침내
새끼 밴 돼지처럼
부풀어 올라 죽은
그 겨울이었다.
나는 어머니의 꿈꾸는 듯한 사악한 눈이었다.
사실,
지갑에 칼을 넣고 다녔지.
남편의 훌륭한 L. L. 빈표 사냥용 칼.
뭘 할지는 몰랐다, 타이어라도 베어야 할지
아니면 어떤 꿈의 내장이라도 긁어내야 할지

당신은 꿈을 믿도록
나를 가르쳤고
그래서 나는 바닥을 긁어 올리는 어부.
손마디마다 관절염을 앓는 늙은 여자처럼 꿈을 잡고
조심스럽게 물 밖으로 끌어당겼지.
달콤한 암흑의 장난감이여,
그리고 무엇보다, 신비로웠다
그러다 꿈들은 슬픔에 잠겨 시들어갔지.
오 나의 허기! 나의 허기!
외과의처럼
따뜻한 눈꺼풀을 열고
물고기처럼 툴툴거리는
어린 여자애들을 낳은
그 사람이 나였다.

I told you,
I said —
but I was lying —
that the knife was for my mother ...
and then I delivered her.

The curtains flutter out
and slump against the bars.
They are my two thin ladies
named Blanche and Rose.
The grounds outside
are pruned like an estate at Newport.
Far off, in the field,
something yellow grows.

당신에게 말했지,
나는 말했어—
하지만 거짓말을 하고 있었어—
칼을 어머니한테 쓸 작정이었다고…
그러고는 내가 어머니를 낳았다고.

양쪽 커튼이 펄럭 날렸다가
떨어지며 창살에 부딪힌다.
둘은 내 가냘픈 숙녀들
이름은 블랑쉬와 로즈.
바깥 마당은
뉴포트에 있는 어느 사유지처럼 전정(剪定)되었다.
저 멀리, 들판에,
무언가가 노랗게 자라난다.

Was it last month or last year
that the ambulance ran like a hearse
with its siren blowing on suicide —
Dinn, dinn, dinn! —
a noon whistle that kept insisting on life
all the way through the traffic lights?

I have come back
but disorder is not what it was.
I have lost the trick of it!
The innocence of it!
That fellow-patient in his stovepipe hat
with his fiery joke, his manic smile —
even he seems blurred, small and pale.
I have come back,
recommitted,
fastened to the wall like a bathroom plunger,
held like a prisoner
who was so poor
he fell in love with jail.

지난 달이었던가 지난 해였던가
자살을 고백하는 사이렌을 울리며
구급차가 영구차처럼 달렸던 때가—
딘, 딘, 딘!—
교통신호를 통과해 달리는 내내
정오의 시보(時報)가 생을 고집했던 때가?

나는 돌아왔지만
병 때문은 아니었다.
나는 그것의 비결을 잃었다!
그것의 무고함을!
원통형 모자를 쓴 저 동료 환자의
신랄한 농담, 병적인 웃음—
그조차도 흐릿하고 작고 창백해 보인다.
나는 돌아왔고,
다시 위탁되었고,
욕실용 배관 청소기처럼 벽에 묶였고,
너무 가난해서
감옥과 사랑에 빠진
죄수처럼 갇혔다.

I stand at this old window
complaining of the soup,
examining the grounds,
allowing myself the wasted life.
Soon I will raise my face for a white flag,
and when God enters the fort,
I won't spit or gag on his finger.
I will eat it like a white flower.
Is this the old trick, the wasting away,
the skull that waits for its dose
of electric power?

This is madness
but a kind of hunger.
What good are my questions
in this hierarchy of death
where the earth and the stones go
Dinn! Dinn! Dinn!
It is hardly a feast.
It is my stomach that makes me suffer.

나는 이 익숙한 창가에 서서
수프 맛에 불평하고,
바깥마당을 살피고,
내게 헛된 삶을 허한다.
곧 백기처럼 얼굴을 들어 올릴 테고,
신이 요새로 들어가실 때,
그 손가락에 침을 뱉지도 구역질하지도 않으리라.
나는 하얀 꽃인 양 그것을 먹을 것이다.
이것은 오래된 장난, 말라비틀어짐,
제 몫의 전력을 기다리는
두개골인가?

이것은 광기
하지만 일종의 허기.
흙과 돌멩이들이 사라지는
이 죽음의 위계 속에서
내 질문들이 무슨 소용인가
딘! 딘! 딘!
이것이 축하연은 아닐 것이다.
나를 괴롭히는 것은 내 위장.

Turn, my hungers!
For once make a deliberate decision.
There are brains that rot here
like black bananas.
Hearts have grown as flat as dinner plates.
Anne, Anne,
flee this sad hotel,
ride out on some hairy beast,
gallop backward pressing
your buttocks to his withers,
sit to his clumsy gait somehow.
Ride out
any old way you please!
In this place everyone talks to his own mouth.
That's what it means to be crazy.
Those I loved best died of it —
the fool's disease.

June 1962

돌아라, 나의 허기들이여!
한 번만은 신중한 결정을 내려라.
여기 검은 바나나처럼
썩어가는 두뇌들이 있다.
마음들은 만찬 접시만큼 납작해졌다.
앤, 앤,
이 슬픈 호텔에서 달아나라,
털 난 짐승이라도 타고 가라,
그 양 어깨뼈 사이에 궁둥이를
꽉 붙이고 뒷걸음질해 달려가라,
어떻게든 앉아서 그 꼴사나운 걸음을 버텨라.
뭐가 됐든 네가 익숙한 방법으로
달려가라!
여기서는 모두가 자기 입에 대고 말한다.
미친다는 것은 그런 뜻이다.
내가 가장 사랑하는 이들이 그걸로 죽었지
바보의 병으로.

1962년 6월

* 랭보가 쓴 「허기의 축제」에서 발췌한 구절이다. 여기서 '안느(Anne)'를 영어식으로 읽으면 시인의 이름인 '앤(Anne)'이 된다.

** '그린 호넷(The Green Hornet)'은 1936년에 조지 트렌들과 프랜 스트라이커가 만든 라디오 드라마의 주인공으로 가면을 쓰고 범죄와 싸우는 영웅이다. 이 캐릭터를 토대로 다양한 형태의 오락물이 만들어졌다. 여기서는 동명 라디오 드라마의 주인공을 뜻한다.

*** '섀도우(The Shadow)'는 1930년대 대중소설 잡지에 처음 소개된 후 다양한 형태의 오락물로 가공된 액션 영웅이다. 여기서는 동명 라디오 드라마의 주인공을 뜻한다.

IMITATIONS OF DROWNING

Fear
of drowning,
fear of being that alone,
kept me busy making a deal
as if I could buy
my way out of it
and it worked for two years
and all of July.

This August I began to dream of drowning. The dying
went on and on in water as white and clear
as the gin I drink each day at half-past five.
Going down for the last time, the last breath lying,
I grapple with eels like ropes — it's ether, it's queer
and then, at last, it's done. Now the scavengers arrive,
the hard crawlers who come to clean up the ocean floor.
And death, that old butcher, will bother me no more.

I
had never
had this dream before
except twice when my parents
clung to rafts
and sat together for death,
frozen
like lewd photographs.

익사 흉내 내기

익사의
공포,
그토록 혼자가 되는 공포,
그래서 나는 부지런히 거래했다
빠져나오는 길을 돈으로
살 수 있다는 듯이
그건 효과가 있었지 두 해 동안
그리고 7월 내내.

올 8월에 익사하는 꿈을 꾸기 시작했다. 죽음이
매일 다섯 시 반에 마시는 진만큼
투명하고 맑은 물에서 일어나고 또 일어났다.
마지막으로 가라앉고, 마지막으로 숨을 놓고,
나는 밧줄인 양 뱀장어들을 붙잡는다. 이건 에테르, 기묘해
그러고는, 마침내, 끝. 이제 청소 동물들이 당도한다
대양의 바닥을 청소하러 기어 오는 딱딱한 것들.
죽음은, 저 늙은 푸주한은, 더는 나를 괴롭히지 않을 것이다.

전에는
이런 꿈을
꾼 적이 없었다
부모님이 뗏목에 달라붙어
외설적인 사진처럼
꽁꽁 언 채
나란히 앉아 죽음을 기다리던
그 두 번 말고는.

Who listens to dreams? Only symbols for something —
like money for the analyst or your mother's wig,
the arm I almost lost in the washroom wringer,
following fear to its core, tugging the old string.
But real drowning is for someone else. It's too big
to put in your mouth on purpose, it puts hot stingers
in your tongue and vomit in your nose as your lungs break.
Tossed like a wet dog by that juggler, you die awake.

Fear,
a motor,
pumps me around and around
until I fade slowly
and the crowd laughs.
I fade out, an old bicycle rider
whose odds are measured
in actuary graphs.

This weekend the papers were black with the new highway
fatalities and in Boston the strangler found another victim
and we were all in Truro drinking beer and writing checks.
The others rode the surf, commanding rafts like sleighs.
I swam — but the tide came in like ten thousand orgasms.
I swam — but the waves were higher than horses' necks.
I was shut up in that closet, until, biting the door,
they dragged me out, dribbling urine on the gritty shore.

누가 꿈에 귀 기울일까? 고작해야 정신과 의사에게 줄 돈이나
당신 어머니의 가발, 아니면 하마터면 세탁실 빨래 짜는 기계에
잃을 뻔한 내 팔 따위의 상징일 뿐
다만 공포의 근원까지 쫓아가 오래된 기억의 줄을 당기지.
하지만 진짜 익사는 다른 사람의 일. 일부러
입에 넣기에는 너무 크다. 폐가 망가지는 사이
그것은 우리 혀에 짜릿한 가시를 쏘고는 우리 코에 대고 토한다.
저 마술사가 던진 젖은 개처럼, 우리는 깬 채로 죽는다.

공포가,
모터가,
빙글빙글 나를 펌프질한다
내가 천천히 시들고
군중이 폭소할 때까지.
나는 점점 소실된다, 존재 가능성이
보험 계리사의 그래프로 측정되는
늙은 자전거 운전자.

이번 주말 신문들은 새 고속도로 참사 소식으로 시커멨고
보스턴에서는 그 교살범이 또 희생자를 찾아냈고
우리는 모두 트루로*에서 맥주를 마시고 수표를 썼다.
다른 사람들은 뗏목을 썰매처럼 부리며 파도를 탔다.
나는 헤엄쳤다—하지만 조수가 만 번의 오르가슴처럼 닥쳤다.
나는 헤엄쳤다—하지만 파도가 말의 목덜미보다 높았다.
나는 그 벽장에 갇혀 문짝을 물어뜯었다. 그러다
해변으로 끌려나갔지, 모래 해변에 오줌을 질질 흘리며.

Breathe!
And you'll know ...
an ant in a pot of chocolate,
it boils
and surrounds you.
There is no news in fear
but in the end it's fear
that drowns you.

September 1962

숨 쉬어!
그러면 알게 될 거야…
초콜릿 냄비에 든 개미여,
초콜릿은 끓어
너를 둘러싼다.
공포에 새로울 건 하나도 없지만
결국 너를 익사시키는 건
공포다.

1962년 9월

* 영국 콘월주의 주도(州都). 잉글랜드 남서쪽 끝에 위치하여 대서양과 접하고 오래된 성당들로 유명하다.

MOTHER AND JACK AND THE RAIN

I have a room of my own.
Rain drops onto it. Rain drops down like worms
from the trees onto my frontal bone.
Haunted, always haunted by rain, the room affirms
the words that I will make alone.
I come like the blind feeling for shelves,
feeling for wood as hard as an apple,
fingering the pen lightly, my blade.
With this pen I take in hand my selves
and with these dead disciples I will grapple.
Though rain curses the window
let the poem be made.

Rain is a finger on my eyeball.
Rain drills in with its old unnecessary stories ...
I went to bed like a horse to its stall.
On my damp summer bed I cradled my salty knees
and heard father kiss me through the wall
and heard mother's heart pump like the tides.
The fog horn flattened the sea into leather.
I made no voyages, I owned no passport.
I was the daughter. Whiskey fortified
my father in the next room. He outlasted the weather,
counted his booty and brought
his ship into port.

어머니와 책과 비

내겐 나만의 방이 있다.
그 방에 비가 떨어진다. 나무에서 떨어지는
벌레들처럼 비가 내 이마뼈에 떨어진다.
사로잡혀, 늘 비에 사로잡혀, 방이 확언한다
내가 혼자서 만들 말들을.
나는 눈먼 사람처럼 온다. 책장 선반을 더듬으며
사과처럼 단단한 목재를 더듬으며
펜을, 나의 검을 살짝이 만져보며.
이 펜으로 나는 나의 자아들을 보살필 책임을 떠맡고
이 죽은 문하생들을 데리고 나는 격투를 벌일 것이다.
비가 창문을 저주하더라도
시는 지어질지어다.

비는 내 눈알에 닿는 손가락.
비는 불필요한 제 옛이야기들을 자꾸 가르치고…
나는 마구간으로 향하는 말처럼 침대로 갔다.
눅눅한 여름 침대에 소금기 묻은 무릎을 껴안고 누워
벽 너머로 아버지가 내게 키스하는 소리와
어머니의 심장이 파도치는 소리를 들었다.
안개주의보가 바다를 두드려 가죽처럼 펼쳐놓았다.
나는 아무 데도 가지 않았고, 아무 여권도 없었다.
나는 딸이었다. 위스키로 기운이 돋은
옆방의 아버지. 그는 풍파를 견뎌냈고,
전리품을 챙겨 배를 몰고
항구로 돌아왔다.

Rain, rain, at sixteen
where I lay all night with Jack beside a tiny lake
and did nothing at all, lay as straight as a bean.
We played bridge and beer games for their own sake,
filled up the lamp with kerosene,
brushed our teeth, made sandwiches and tea
and lay down on the cabin bed to sleep.
I lay, a blind lake, feigning sleep while Jack
pulled back the woolly covers to see
my body, that invisible body that girls keep.
All that sweet night we rode out
the storm back to back.

Now Jack says the Mass
and mother died using her own bones for crutches.
There is rain on the wood, rain on the glass
and I'm in a room of my own. I think too much.
Fish swim from the eyes of God. Let them pass.
Mother and Jack fill up heaven; they endorse
my womanhood. Near land my ship comes about.
I come to this land to ride my horse,
to try my own guitar, to copy out
their two separate names like sunflowers, to conjure
up my daily bread, to endure,
somehow to endure.

October 1962

비, 비, 열여섯에
나는 작은 호숫가에 밤새 잭과 나란히
아무것도 하지 않고, 콩처럼 똑바로 누워 있었다.
우리는 카드놀이와 맥주 게임을 위한 맥주 게임을 했고,
램프에 등유를 채웠고,
이를 닦았고, 샌드위치와 차를 만들었고
잠을 자려고 오두막 침대에 누웠다.
잭이 내 몸을, 여자애들이 가진
보이지 않는 몸을 보려고 양모 이불을 젖힐 때
나는 눈먼 호수, 잠든 체하며 누워 있었다.
달콤하기만 했던 그 밤 우리는
등을 맞대고 폭풍을 견뎌냈다.

이제 잭은 미사를 드리고
어머니는 자기 뼈를 목발로 쓰다 죽었다.
숲에는 비가, 유리에는 비가
그리고 나는 나만의 방에 있다. 나는 생각이 너무 많다.
물고기들이 신의 눈에서 헤엄쳐 나온다. 지나가게 두라.
어머니와 잭이 천국을 채운다. 두 사람이
나의 여성성에 배서(背書)한다. 뭍 가까이에 내 배가 나타난다.
나는 내 말을 타려고 이 땅에 온다
내 기타를 쳐보려고, 해바라기들처럼
따로인 두 이름을 베끼려고, 내 일용할
양식을 마련하려고, 견디려고
어떻게든 견디려고.

1962년 10월

CONSORTING WITH ANGELS

I was tired of being a woman,
tired of the spoons and the pots,
tired of my mouth and my breasts,
tired of the cosmetics and the silks.
There were still men who sat at my table,
circled around the bowl I offered up.
The bowl was filled with purple grapes
and the flies hovered in for the scent
and even my father came with his white bone.
But I was tired of the gender of things.

Last night I had a dream
and I said to it ...
"You are the answer.
You will outlive my husband and my father."
In that dream there was a city made of chains
where Joan was put to death in man's clothes
and the nature of the angels went unexplained,
no two made in the same species,
one with a nose, one with an ear in its hand,
one chewing a star and recording its orbit,
each one like a poem obeying itself,
performing God's functions,
a people apart.

천사들과 사귀기

나는 여자로 사는 일에 지쳤고,
숟가락과 냄비들에 지쳤고,
내 입과 내 가슴에 지쳤고,
화장품과 비단에 지쳤다.
여전히 내가 바친 사발을 둘러싸고
내 식탁에 앉은 남자들이 있었다.
사발에는 보라색 포도가 가득해
파리들이 향기에 취해 떠돌았고
아버지까지 하얀 뼈다귀를 이끌고 왔다.
하지만 나는 사물의 성(性)에 지쳤다.

어젯밤 꿈에
내가 그것에 대고 말했지…
"네가 답이다.
네가 남편과 아버지보다 오래 살 것이다."
꿈속에는 사슬로 만든 도시가 있어
남자 옷을 입은 잔다르크가 죽임을 당할 참이었다
천사들의 성질은 도무지 설명할 수 없을 지경이라,
같은 종인 것은 둘도 없었고,
코가 있는 천사, 손에 귀가 달린 천사,
별을 씹어 그 궤도를 기록하는 천사,
저마다 자신에게 복종하는,
신의 권능을 행사하는,
한 편의 시처럼, 별개의 종족처럼.

"You are the answer,"
I said, and entered,
lying down on the gates of the city.
Then the chains were fastened around me
and I lost my common gender and my final aspect.
Adam was on the left of me
and Eve was on the right of me,
both throughly inconsistent with the world of reason.
We wove our arms together
and rode under the sun.
I was not a woman anymore,
not one thing or the other.

O daughters of Jerusalem,
the king has brought me into his chamber.
I am black and I am beautiful.
I've been opened and undressed.
I have no arms or legs.
I'm all one skin like a fish.
I'm no more a woman
than Christ was a man.

February 1963

"네가 답이다."
나는 말했고, 들어갔고,
도시 입구에 드러누웠다.
그러자 사슬들이 나를 둘둘 감았다.
나는 통성*과 마지막 외관을 잃었다.
아담이 내 왼쪽에 있고
이브가 내 오른쪽에 있으니,
둘은 이성의 세계와는 철저하게 어긋났다.
우리는 서로의 팔을 엮어
태양 밑을 달렸다.
나는 더는 여자가 아니었고,
이것도 저것도 아니었다.

오 예루살렘의 딸들아,
왕이 나를 침소로 데려갔다.
나는 흑인이고 나는 아름답다.
나는 누설되었고 벗기웠다.
내겐 팔도 다리도 없다.
물고기처럼 온통 피부뿐이다.
그리스도가 남자가 아니었듯이
나도 더는 여자가 아니다.

1963년 2월

* 통성(通性)은 남녀 양성에 통용되는 성질을 뜻한다.

LOVE SONG

I was
the girl of the chain letter,
the girl full of talk of coffins and keyholes,
the one of the telephone bills,
the wrinkled photo and the lost connections,
the one who kept saying —
Listen! Listen!
We must never! We must never!
and all those things ...

the one
with her eyes half under her coat,
with her large gun-metal blue eyes,
with the thin vein at the bend of her neck
that hummed like a tuning fork,
with her shoulders as bare as a building,
with her thin foot and her thin toes,
with an old red hook in her mouth,
the mouth that kept bleeding
into the terrible fields of her soul ...

the one
who kept dropping off to sleep,
as old as a stone she was,
each hand like a piece of cement,
for hours and hours

사랑 노래

나는
행운의 편지를 보내는 소녀였고,
관과 열쇠 구멍 얘기로 가득한 소녀였고,
전화 요금 청구서와
쭈글쭈글해진 사진과 끊긴 관계들로 점철된 이였고,
자꾸 이런 말을 하는 이였다
들어봐! 들어봐!
그러면 절대 안 돼! 그러면 절대 안 돼!
그리고 온갖 그런 일들…

그런 사람
눈을 반쯤 코트로 가린,
커다란 암청색 눈을 한,
소리굽쇠처럼 웅웅거리는
목의 굽은 부위에 가는 정맥이 있는,
빌딩처럼 헐벗은 어깨를 한,
발과 발가락이 가느다란,
입에 오래된 붉은 갈고리가 걸린,
입에서 계속 흐르는 피가
끔찍한 영혼의 들판으로 떨어지는…

그런 사람
자꾸만 잠에 빠지는,
돌멩이만큼이나 나이를 먹은 그녀,
두 손은 시멘트 덩어리 같은데,
몇 시간이고 몇 시간이고 잠에 빠졌다가

and then she'd wake,
after the small death,
and then she'd be as soft as,
as delicate as ...

as soft and delicate as
an excess of light,
with nothing dangerous at all,
like a beggar who eats
or a mouse on a rooftop
with no trap doors,
with nothing more honest
than your hand in her hand —
with nobody, nobody but you!
and all those things.
nobody, nobody but you!
Oh! There is no translating
that ocean,
that music,
that theater,
that field of ponies.

April 19, 1963

그러고는 깨어나리라
그 작은 죽음 이후,
그러면 그녀는 더없이 부드럽고,
더없이 섬세해져서…

지나친 빛처럼
부드럽고 섬세하게,
배를 채우는 걸인
혹은 덫 없는
옥상의 쥐처럼
위험할 것 하나 없는,
그녀의 손을 잡은 당신 손보다
더 정직한 것 하나 없는—
아무도, 당신 말고는 아무도 없이!
그리고 그 모든 것들.
아무도, 당신 말고는 아무도!
아! 옮길 말이 없어라
저 대양,
저 음악,
저 극장,
저 조랑말들의 벌판.

1963년 4월 19일

MAN AND WIFE

To speke of wo
that is in mariage ...

We are not lovers.
We do not even know each other.
We look alike
but we have nothing to say.
We are like pigeons ...

that pair who came to the suburbs
by mistake,
forsaking Boston where they bumped
their small heads against a blind wall,
having worn out the fruit stalls in the North End,
the amethyst windows of Louisburg Square,
the seats on the Common
And the traffic that kept stamping
and stamping.

남자와 아내

비애를 말하자면
    모든 결혼생활에 있다…*

우리는 연인이 아니다.
우리는 서로를 알지도 못한다.
우리는 닮아 보이지만
우리는 할 말이 아무것도 없다.
우리는 비둘기 같아라…

실수로
교외로 온 저 한 쌍,
노스엔드에 있는 과일 노점들을,
루이스버그 광장의 자수정 창들을,
커먼 공원의 의자들을 닳도록 들락거리며
꽉 막힌 벽에 작은 머리들을 박아대던
보스턴을 버리고,
계속해서 짓밟고 또 짓밟던
그 차들을 버리고.

Now there is green rain for everyone
as common as eyewash.
Now they are together
like strangers in a two-seater outhouse,
eating and squatting together.
They have teeth and knees
but they do not speak.
A soldier is forced to stay with a soldier
because they share the same dirt
and the same blows.

They are exiles
soiled by the same sweat and the drunkard's dream.
As it is they can only hang on,
their red claws wound like bracelets
around the same limb.
Even their song is not a sure thing.
It is not a language;
it is a kind of breathing.
They are two asthmatics
whose breath sobs in and out
through a small fuzzy pipe.

이제 안약처럼 흔한
모두를 위한 초록 비가 내린다.
이제 둘은 함께다
2인용 변소에 앉은 낯선 사람들처럼
함께 먹고 함께 쪼그리고 앉지.
이와 무릎이 있지만
그들은 말하지 않는다.
병사는 병사와 함께 지내게 된다
둘이 같은 추문과
같은 비난을 공유하기에.

둘은 같은 땀과 같은 주정뱅이의 꿈으로
더럽혀진 추방자들.
그리하여 그들은 오직 견딜 뿐이다
붉은 발톱을 수갑처럼
같은 다리에 차고서.
그들의 노래조차 확실한 것은 아니다.
그건 언어가 아니니까.
그건 일종의 호흡.
솜털로 덮인 작은 관으로
숨이 흐느낌으로 들고 나는
그들은 두 천식 환자다.

Like them
we neither talk nor clear our throats.
Oh darling,
we gasp in unison beside our window pane,
drunk on the drunkard's dream.
Like them
we can only hang on.

But they would pierce our heart
if they could only fly the distance.

May 1963

그들처럼 우리도
말하지도 목청을 가다듬지도 않는다.
아 사랑하는 이여,
우리는 주정뱅이의 꿈에 취해
창가에서 호흡을 맞춰 헐떡거린다.
그들처럼
우리도 견딜 뿐이다.

하지만 그 거리를 날 수만 있다면
그들은 우리 심장을 꿰뚫으리라.

1963년 5월

* 초서의 『캔터베리 이야기』 중 「배스 부인」 도입부에 나오는 구절이다.

SYLVIA'S DEATH

for Sylvia Plath

O sylvia, Sylvia,
with a dead box of stones and spoons,

with two children, two meteors
wandering loose in the tiny playroom,

with your mouth into the sheet,
into the roofbeam, into the dumb prayer,

(Sylvia, Sylvia,
where did you go
after you wrote me
form Devonshire
about raising potatoes
and keeping bees?)

what did you stand by,
just how did you lie down into?

Thief! —
how did you crawl into,

crawl down alone
into the death I wanted so badly and for so long,

실비아의 죽음

실비아 플라스를 기리며

오 실비아, 실비아,
돌멩이와 숟가락이 담긴 죽은 상자가 있는데,

조그만 놀이방을 제멋대로 돌아다니는
두 아이, 두 유성이 있는데,

책장이 되고, 대들보가 되고,
말 없는 기도가 된 너의 말이 있는데,

(실비아, 실비아,
데본셔에서
감자 키우고
벌 친다고
적어 보내더니,
너는 어디로 갔니?)

너는 무얼 지키고 있었니,
대체 어쩌다 거기 누운 거니?

이 도둑!—
어떻게 기어 들어갔니,

내가 그토록 오랫동안 절박하게 원했던 죽음 속으로
어떻게 혼자 기어 내려갔니,

the death we said we both outgrew,
the one we wore on our skinny breasts,

the one we talked of so often each time
we downed three extra dry martinis in Boston,

the death that talked of analysts and cures,
the death that talked like brides with plots,
the death we drank to,
the motives and then the quiet deed?

(In Boston
the dying
ride in cabs,
yes death again,
that ride home
with *our* boy.)

O Sylvia, I remember the sleepy drummer
who beat on our eyes with an old story,

how we wanted to let him come
like a sadist or a New York fairy

우리 둘 다 벗어났다고 말했던 죽음,
우리 비쩍 마른 가슴에 두르고 있던 그것,

우리 보스턴에서 그렇게나 자주 얘기하던,
그럴 때마다 드라이 마티니를 석 잔은 더 마셔야 했던 그것,

정신과 의사들과 치료법을 얘기하던 죽음,
음모를 꾸미는 신부들처럼 얘기하던 죽음,
우리가 건배를 올리던 죽음,
동기(動機)들, 그러고는 조용한 실행?

(보스턴에서
죽어가는 이들은
택시를 타지,
그래 다시 죽음 얘기야,
우리 아들과 같이
집으로 가는 택시를.)

오 실비아, 옛이야기로 우리 눈을 두드리는
졸음의 고수(鼓手)를 나는 기억해.

새디스트나 뉴욕 요정처럼
그를 맞이하기를 우리는 얼마나 바랐던가

to do his job,
a necessity, a window in a wall or a crib,

and since that time he waited
under our heart, our cupboard,

and I see now that we store him up
year after year, old suicides

and I know at the news of your death,
a terrible taste for it, like salt.

(And me,
me too.
And now, Sylvia,
you again
with death again,
that ride home
with *our* boy.)

And I say only
with my arms stretched out into that stone place,

what is your death
but an old belonging,

와서 그의 일을 하라고,
벽에 난 창문이나 요람 같은 일, 필수적인 일을,

그리고 그때 이후로 그가 기다렸어
우리 심장 밑에서, 우리 찬장 밑에서,

우리가 한 해 한 해 그를 쌓아 왔음을
나는 이제 알아, 오래된 자살들이야

그리고 네가 죽었다는 소식을 듣고 나는 알지,
소금 같은, 그것에 대한 끔찍한 취향을.

(그리고 나,
나 역시도.
그리고 이제, 실비아,
너도 다시
우리 아들과 같이
집으로 가는
죽음과 같이 다시.)

그리고 나는 그저 그 돌로 된 공간 속으로
두 팔을 뻗으며 말하지

네 죽음이 오래된 속성이
아니라면 대체 무엇일까,

a mole that fell out
of one of your poems?

(O friend,
while the moon's bad,
and the king's gone,
and the queen's at her wit's end
the bar fly ought to sing!)

O tiny mother,
you too!
O funny duchess!
O blonde thing!

February 17, 1963

네 시(詩) 어딘가에서 떨어진
점이 아니라면 말이야?

(오 친구여,
나쁜 달이 뜬 틈에,
그리고 왕이 없는 틈에,
그리고 여왕이 어찌할 바를 모르는 틈에
술꾼은 노래해야 마땅하리!)

오 자그만 어머니여,
너도 노래해!
오 유쾌한 공작부인이여!
오 금발머리여!

1963년 2월 17일

FOR THE YEAR OF THE INSANE

a prayer

O Mary, fragile mother,
hear me, hear me now
although I do not know your words.
The black rosary with its silver Christ
lies unblessed in my hand
for I am the unbeliever.
Each bead is round and hard between my fingers,
a small black angel.
O Mary, permit me this grace,
this crossing over,
although I am ugly,
submerged in my own past
and my own madness.
Although there are chairs
I lie on the floor.
Only my hands are alive,
touching beads.
Word for word, I stumble.
A beginner, I feel your mouth touch mine.

I count beads as waves,
hammering in upon me.
I am ill at their numbers,
sick, sick in the summer heat
and the window above me
is my only listener, my awkward being.

미친 자들의 해[年]를 위하여
기도문

오 마리아, 약하디약한 어머니시여,
저는 당신의 언어를 모르지만
제 얘기를 들으소서, 지금 제 얘기를 들어주소서.
은 십자가가 달린 검은 묵주가
축성받지 못한 채 제 손에 놓여 있습니다
저는 믿지 않는 자니까요.
제 손가락에 감긴 구슬 하나하나가 둥글고 딱딱한
작고 검은 천사입니다.
오 마리아, 제게 이 은총을,
이 건너감을 허하소서,
비록 제가 흉하고,
저만의 과거와
저만의 광기에 잠겨 있다 해도요.
의자가 있어도
저는 바닥에 눕습니다.
저의 두 손만이 살아,
구슬을 만집니다.
한마디 한마디, 저는 더듬거립니다.
초심자지만 당신의 입술이 제 입술에 닿는 것을 느낍니다.

저는 저를 내려치는
파도를 세듯 구슬을 셉니다.
저는 그 숫자들에 병들고,
여름 열기에 아프고, 아픕니다
저 위의 창문은
제 유일한 청자, 제 서투른 존재입니다.

She is a large taker, a soother.
The giver of breath
she murmurs,
exhaling her wide lung like an enormous fish.

Closer and closer
comes the hour of my death
as I rearrange my face, grow back,
grow undeveloped and straight-haired.
All this is death.
In the mind there is a thin alley called death
and I move through it as
through water.
My body is useless.
It lies, curled like a dog on the carpet.
It has given up.
There are no words here except the half-learned,
the *Hail Mary* and the *full of grace*.
Now I have entered the year without words.
I note the queer entrance and the exact voltage.
Without words they exist.
Without words one may touch bread
and be handed bread
and make no sound.

O Mary, tender physician,
come with powders and herbs
for I am in the center.
It is very small and the air is gray
as in a steam house.
I am handed wine as a child is handed milk.

그녀는 넓게 받아주는 사람, 달래는 사람.
숨을 주는 사람인
그녀가 중얼거립니다
거대한 물고기처럼 커다란 폐로 숨쉬며.

가까이 더 가까이
죽음의 시간이 오고
저는 제 얼굴을 다시 정렬하고, 다시 자라고,
갈수록 미숙해지고 직모가 됩니다.
이 모든 것이 죽음입니다.
마음속에 죽음이라 불리는 좁다란 오솔길이 있고
저는 물을 통과하듯이
그곳을 통과해 움직입니다.
제 몸은 쓸모가 없습니다.
개처럼 웅크린 채 카펫에 누워 있습니다.
몸은 이미 포기했습니다.
은총이 가득하신 마리아님과 기뻐하소서
어렴풋이 배운 이 말 외에 여기엔 아무 말도 없습니다.
이제 저는 말 없는 한 해에 들어섰습니다.
저는 그 기묘한 입구와 정확한 전압을 기록합니다.
말없이 그들은 존재합니다.
말없이 누군가는 빵에 손을 대고
빵을 건네받고
아무 소리도 내지 않겠지요.

오 마리아, 다정한 의사시여,
가운데에 있는 저를 위해
가루와 약초를 가지고 오십시오.
여기는 아주 좁고 증기탕처럼
공기가 회색입니다.
아이에게 우유가 건네지듯 제게 포도주가 건네집니다.

It is presented in a delicate glass
with a round bowl and a thin lip.
The wine itself is pitch-colored, musty and secret.
The glass rises on its own toward my mouth
and I notice this and understand this
only because it has happened.
I have this fear of coughing
but I do not speak,
a fear of rain, a fear of the horseman
who comes riding into my mouth.
The glass tilts in on its own
and I am on fire.
I see two thin streaks burn down my chin.
I see myself as one would see another.
I have been cut in two.

O Mary, open your eyelids.
I am in the domain of silence,
the kingdom of the crazy and the sleeper.
There is blood here
and I have eaten it.
O mother of the womb,
did I come for blood alone?
O little mother,
I am in my own mind.
I am locked in the wrong house.

August 1963

포도주는 둥글고 입술이 얇은
섬세한 유리잔에 담겨 있습니다.
포도주 자체는 역청색에 곰팡내 나고 비밀스럽습니다.
유리잔이 저절로 입술을 향해 떠오르고
그런 일이 일어났으니
저는 그런 일을 알아채고 이해합니다.
이럴 때 기침이라도 하면 어쩌나 두렵지만
말하지 않습니다.
비에 대한 두려움을, 제 입 속으로 달려드는
말 탄 남자에 대한 두려움을 말하지 않습니다.
유리잔이 저절로 기울어지고
저는 불타오릅니다.
저는 턱을 태우는 가는 양 갈래 불 줄기를 봅니다.
저는 다른 사람을 보듯 저를 봅니다.
저는 둘로 갈라졌습니다.

오 마리아, 눈을 뜨소서.
저는 침묵의 영토에,
미친 자들과 잠자는 이들의 왕국에 있습니다.
이곳엔 피가 있고
전 피를 먹었습니다.
오 자궁의 어머니시여,
제가 온 건 그저 피 때문이었나요?
오 어린 어머니시여,
저는 제 마음속에 있습니다.
저는 엉뚱한 집에 갇혔습니다.

1963년 8월

MENSTRUATION AT FORTY

I was thinking of a son.
The womb is not a clock
nor a bell tolling,
but in the eleventh month of its life
I feel the November
of the body as well as of the calendar.
In two days it will be my birthday
and as always the earth is done with its harvest.
This time I hunt for death,
the night I lean toward,
the night I want.
Well then —
speak of it!
It was in the womb all along.

I was thinking of a son ...
You! The never acquired,
the never seeded or unfastened,
you of the genitals I feared,
the stalk and the puppy's breath.
Will I give you my eyes or his?
Will you be the David or the Susan?
(Those two names I picked and listened for.)
Can you be the man your fathers are —
the leg muscles from Michelangelo,
hands from Yugoslavia,

마흔의 월경

나는 아들을 생각하고 있었다.
자궁은 시계도 아니고
울리는 종도 아니지만,
그 생의 열한 번째 달에
나는 달력뿐만 아니라
몸의 11월도 느낀다.
이틀 후면 내 생일이고
늘 그렇듯이 지구는 추수를 마친다.
이번에 나는 죽음을 찾아 나서지,
내가 열중하는 밤,
내가 원하는 밤.
그렇다면—
말하라!
그건 내내 자궁 안에 있었다.

나는 아들을 생각하고 있었지…
너! 얻어지지 못한 것,
씨 뿌려지거나 풀려나지 못한 것,
내가 두려워하는 성기를 가진 너,
가는 줄기와 강아지의 숨.
너는 내 눈을 닮았을까 그의 눈을 닮았을까?
너는 데이비드가 될까 수전이 될까?
(내가 고르고 들었던 두 이름.)
너는 네 아버지들 같은 남자가 될 수 있을까—
미켈란젤로의 다리 근육,
유고슬라비아 혈통의 손,

somewhere the peasant, Slavic and determined,
somewhere the survivor, bulging with life —
and could it still be possible,
all this with Susan's eyes?

All this without you —
two days gone in blood.
I myself will die without baptism,
a third daughter they didn't bother.
My death will come on my name day.
What's wrong with the name day?
It's only an angel of the sun.
Woman,
weaving a web over your own,
a thin and tangled poison.
Scorpio,
bad spider —
die!

My death from the wrists,
two name tags,
blood worn like a corsage
to bloom
one on the left and one on the right —
It's a warm room,
the place of the blood.
Leave the door open on its hinges!

Two days for your death
and two days until mine.

어딘가는 슬라브적인 결연한 농부 같고,
어딘가는 생명력으로 가득 찬 생존자 같은—
이 모든 것이 여전히 가능할까,
이 모든 것이 수전의 눈을 하고도?

이 모든 것이 너 없이—
이틀이 피에 젖어 사라졌다.
나로 말하자면, 세례받지 않고 죽을 테지,
아무도 개의치 않은 셋째 딸.
내 죽음은 내 영명 축일에 오리라.
영명 축일에 무슨 문제 있어?
그건 그저 태양의 천사일 뿐.
여자,
너의 거미줄 위에 거미줄을 치는,
가늘고 엉킨 독약.
전갈자리,
나쁜 거미—
죽어라!

손목에서 시작되는 나의 죽음,
두 개의 이름표,
꽃장식처럼 달린 피가
피어나리라
하나는 왼쪽에서 하나는 오른쪽에서—
여기는 따뜻한 방,
피의 자리.
경첩 달린 문은 열린 채로 두어라!

너의 죽음에 이틀
나의 죽음까지 이틀.

Love! That red disease —
year after year, David, you would make me wild!
David! Susan! David! David!
full and disheveled, hissing into the night,
never growing old,
waiting always for you on the porch ...
year after year,
my carrot, my cabbage,
I would have possessed you before all woman,
calling your name,
calling you mine.

November 7, 1963

사랑! 그 붉은 질병—
데이비드, 해가 갈수록 넌 날 미치게 만들 테지!
데이비드! 수전! 데이비드! 데이비드!
완전하고 헝클어진 채, 밤을 향해 쉭쉭거리며,
절대 나이 들지 않고서,
언제나 포치에서 너를 기다리는…
한 해 또 한 해,
나의 당근, 나의 양배추,
난 어떤 여자보다 먼저 너를 가졌을 텐데,
너의 이름을 부르며,
너를 내 것이라 부르며.

1963년 11월 7일

WANTING TO DIE

Since you ask, most days I cannot remember.
I walk in my clothing, unmarked by that voyage.
Then the almost unnameable lust returns.

Even then I have nothing against life.
I know well the grass blades you mention,
and furniture you have placed under the sun.

But suicides have a special language.
Like carpenters they want to know which tools.
They never ask *why build*.

Twice I have so simply declared myself,
have possessed the enemy, eaten the enemy,
have taken on his craft, his magic.

In this way, heavy and thoughtful,
warmer than oil or water,
I have rested, drooling at the mouth-hole.

I did not think of my body at needle point.
Even the cornea and the leftover urine were gone.
Suicides have already betrayed the body.

죽기를 소망한다

물음에 답하자면, 대부분의 날들에 나는 기억하지 못한다.
그 항해의 아무 흔적 없이, 나는 몸을 감싸고 걷는다.
그러다가 이름 붙이기도 힘든 그 갈망이 돌아온다.

그럴 때조차 내게는 생을 거스를 무엇 하나 없다.
네가 말하는 그 풀잎들은 잘 알지
네가 햇볕 아래 둔 가구들도.

하지만 자살에는 특별한 언어가 있다.
목수들처럼 딱 맞는 도구를 찾고 싶어 하지.
왜 지어야 하는지는 절대 묻지 않는다.

나는 두 번이나 너무나 명료하게 스스로를 선언했고,
적을 홀렸고, 적을 먹어 치웠고,
적의 기술을, 적의 마법을 취했다.

진지하고 사려 깊은,
물이나 기름보다 더 따뜻한 이런 방식으로,
나는 내내 가만히 있다, 입구멍으로 침을 흘리며.

바늘 끝에 놓인 내 육신은 생각하지 않았다.
각막과 잔뇨조차도 사라졌다.
자살은 이미 육신을 배신했다.

Still-born, they don't always die,
but dazzled, they can't forget a drug so sweet
that even children would look on and smile.

To thrust all that life under your tongue! —
that, all by itself, becomes a passion.
Death's a sad bone; bruised, you'd say,

and yet she waits for me, year after year,
to so delicately undo an old wound,
to empty my breath from its bad prison.

Balanced there, suicides sometimes meet,
raging at the fruit, a pumped-up moon,
leaving the bread they mistook for a kiss,

leaving the page of the book carelessly open,
something unsaid, the phone off the hook
and the love, whatever it was, an infection.

February 3, 1964

사산되었다고 다 죽는 것은 아니지,
다만 어리둥절할 뿐, 너무 달콤해서 아이들조차
구경하며 미소 지을 마약을 사람들은 잊지 못한다.

그런 생을 전부 혀 밑에다 찔러 넣기!
그건, 저절로 수난이 된다.
죽음은 슬픈 뼈. 멍들었다고, 너는 말하겠지.

그런데도 죽음은 나를 기다리지, 한 해 또 한 해,
너무도 우아하게 오래된 상처를 지우려고,
내 숨을 그 지독한 감옥에서 비워내려고.

거기서 균형을 잡았어도, 종종 자살을 만나지
결실인 부푼 달에 격노하며,
키스로 착각한 빵을 남기며,

아무렇게나 펼쳐진 책을 남기며,
말해지지 않은 무언가를, 내려놓은 수화기와
사랑을, 뭐가 됐든, 전염병일 뿐인 사랑을 남기며.

1964년 2월 3일

THE WEDDING NIGHT

There was this time in Boston
before spring was ready — a short celebration —
and then it was over.
I walked down Marlborough Street the day you left me
under branches as tedious as leather,
under branches as stiff as drivers' gloves.
I said, (but only because you were gone)
"Magnolia blossoms have rather a southern sound,
so unlike Boston anyhow,"
and whatever it was that happened, all that pink,
and for so short a time,
was unbelievable, was pinned on.

The magnolias had sat once, each in a pink dress,
looking, of course, at the ceiling.
For weeks the buds had been as sure-bodied
as the twelve-year-old flower girl I was
at Aunt Edna's wedding.
Will they bend, I had asked,
as I walked under them toward you,
bend two to a branch,
cheek, forehead, shoulder to the floor?
I could see that none were clumsy.
I could see that each was tight and firm.
Not one of them had trickled blood —

결혼식 날 밤

보스턴에 이런 때가 있었다
봄이 준비되기 전의 '짧은 축전(祝典)',
그러고는 끝나버리지.
네가 떠나던 날 난 말보로가를 걸었다
가죽처럼 지루한 가지들 밑으로,
운전용 장갑처럼 뻣뻣한 가지들 밑으로.
나는 말했어, (하지만 그저 네가 떠나고 없기 때문이었다)
"목련꽃이라는 말은 어쩐지 남부적이야,
어쨌든 보스턴하고는 너무 안 어울려."
그리고 무슨 일이 일어났는지 모르겠지만, 그 엄청난 분홍,
게다가 그처럼 짧은 기간의 분홍은,
믿기지 않았고, 뇌리에 박혔다.

목련은 일찍이 저마다 분홍 드레스를 떨쳐입고
당연히 천장을 쳐다보며 앉아 있었다.
몇 주 동안이나 그 봉오리들은 확실한 실체였다
에드나 이모의 결혼식에서
열두 살 먹은 화동이었던 나만큼이나.
저들이 구부러질까, 나는 그 밑을 지나
너에게 가면서 물었지,
둘을 구부려 한 가지로,
뺨이, 이마가, 어깨가 바닥에 닿을 때까지?
꼴사나운 것은 하나도 없었다.
다들 탄탄하고 견고했다.
갈매기 부리처럼 반들반들하게,

waiting as polished as gull beaks,
as closed as all that.

I stood under them for nights, hesitating,
and then drove away in my car.
Yet one night in the April night
someone (someone!) kicked each bud open —
to disprove, to mock, to puncture!
The next day they were all hot-colored,
moist, not flawed in fact.
Then they no longer huddled.
They forgot how to hide.
Tense as they had been,
they were flags, gaudy, chafing in the wind.
There was such abandonment in all that!
Such entertainment
in their flaring up.

After that, well —
like faces in a parade,
I could not tell the difference between losing you
and losing them.
They dropped separately after the celebration,
handpicked,
one after the other like artichoke leaves.
After that I walked to my car awkwardly
over the painful bare remains on the brick sidewalk,
knowing that someone had, in one night,
passed roughly through,
and before it was time.

April 27–May 1, 1964

다들 그렇게 꽉 닫힌 채 기다리면서
어느 것 하나 피 흘리지 않았다.

나는 밤마다 그 밑에 서 있었다, 주저하면서,
그러고는 차를 몰고 떠나버렸지.
그러다 4월의 어느 밤
누군가가 (누군가가!) 봉오리를 모조리 차서 열어놓았지.
반박하려고, 조롱하려고, 구멍 내려고!
다음 날 꽃봉오리들은 모두 강렬한 색에
촉촉했고, 사실은 흠 하나 나지 않았다.
그러고 더는 움츠리지 않았지.
그들은 숨는 법을 잊었다.
예전처럼 긴장했지만,
그들은 바람에 쓸리는 화려한 깃발이었다.
그 모두에 그런 단념이 깃들어 있었다니!
그 불타오름에
그런 즐거움이.

그 뒤로, 음—
행진하는 대열 속의 얼굴들처럼,
너를 잃는 것과 그 꽃들을 잃는 것의
차이를 나는 구분할 수 없었다.
축전 뒤에 꽃들은 제각기 떨어졌다,
신중하게 지명된 순서대로
아티초크 잎들처럼 한 잎씩 한 잎씩.
그 뒤로 벌거벗은 채 보도블록에 떨어져 누운
고통스러운 잔해들을 피하느라 나는 뒤뚱대며 차로 향했지
누군가가, 어느 밤에,
때가 되기도 전에
거칠게 뚫고 갔음을 나는 알았다.

1964년 4월 27일~5월 1일

SELF IN 1958

What is reality?
I am a plaster doll; I pose
with eyes that cut open without landfall or nightfall
upon some shellacked and grinning person,
eyes that open, blue, steel, and close.
Am I approximately an I. Magnin transplant?
I have hair, black angel,
black-angel-stuffing to comb,
nylon legs, luminous arms
and some advertised clothes.

I live in a doll's house
with four chairs,
a counterfeit table, a flat roof
and a big front door.
Many have come to such a small crossroad.
There is an iron bed,
(Life enlarges, life takes aim)
a cardboard floor,
windows that flash open on someone's city,
and little more.

Someone plays with me,
plants me in the all-electric kitchen,
Is this what Mrs. Rombauer said?
Someone pretends with me —

1958년의 나

현실이란 뭘까?
나는 석고 인형, 술 취해 싱글거리는
누군가를 덮치는 산사태나 일몰 없이도
절개되어 열린 두 눈으로 자세를 취하지
푸른, 강철 같은, 열리고 또 닫히는 두 눈으로.
나는 대략 아이 매그닌* 이식형인가?
내겐 머리카락이 있다, 블랙 엔젤,
빗질할 수 있는 블랙 엔젤 충전형,
나일론 다리, 빛나는 팔
그리고 어디선가 광고하는 옷가지들.

나는 인형의 집에서 산다
의자가 네 개,
가짜 탁자, 평평한 지붕
그리고 커다란 현관문.
그처럼 작은 교차로에 많이도 왔다.
철제 침대가 있고,
(삶은 확장하고, 삶은 목표를 가진다)
판지 바닥,
누군가의 도시로 활짝 열리는 창이 있고,
몇 가지가 더.

누군가가 나를 가지고 논다,
완전히 기계화된 주방에 나를 세워둔다,
롬바우어 부인**이 얘기하던 게 이건가?
누군가가 나를 가지고 흉내 내기 놀이를 하고—

I am walled in solid by their noise —
or puts me upon their straight bed.
They think I am me!
Their warmth? Their warmth is not a friend!
They pry my mouth for their cups of gin
and their stale bread.

What is reality
to this synthetic doll
who should smile, who should shift gears,
should spring the doors open in a wholesome disorder,
and have no evidence of ruin or fears?
But I would cry,
rooted into the wall that
was once my mother,
if I could remember how
and if I had the tears.

June 1958–June 1965

그들의 소음으로 나는 완전히 갇히고—
또는 나를 그들의 똑바른 침대에 둔다.
그들은 내가 나라고 생각한다!
그들의 온정? 그들의 온정은 친구가 아니다!
그들은 진이 담긴 컵과 딱딱해진 빵으로
내 입을 비틀어 연다.

이 합성 인형에게
현실이란 뭘까
웃어야 하고, 소품을 바꾸어야 하고,
온전한 무질서 속에서 문을 활짝 열어야 하지만
파멸이나 두려움의 흔적은 없어야 하는 인형에게?
하지만 나는 울 테다
한때 내 어머니였던
벽에 뿌리내린 채,
우는 법을 기억하고 있다면
그리고 눈물이 있다면.

1958년 6월~1965년 6월

* 아이 매그닌(I. Magnin)은 1876년에 창립하여 1994년에 해체된 미국 캘리포니아주 샌프란시스코에 본사를 둔 고급 패션 및 고급백화점 브랜드이다.

** 이르마 롬바우어(Irma S. Rombauer, 1877~1962)는 세계적으로 유명한 요리책 『요리하는 기쁨』의 저자이다.

SUICIDE NOTE

You speak to me of narcissism but I reply that it is a matter of my life ... Artaud

At this time let me somehow bequeath all the leftovers to my daughters and their daughters ... Anonymous

Better,
despite the worms talking to
the mare's hoof in the field;
better,
despite the season of young girls
dropping their blood;
better somehow
to drop myself quickly
into an old room.
Better (someone said)
not to be born
and far better
not to be born twice
at thirteen
where the boardinghouse
each year a bedroom,
caught fire.

자살 메모

너는 나르시시즘을 얘기하지만 나는 목숨이 달린 문제라
답한다… 아르토*

이번에는 어떻게든 유품 전부를 딸들과 딸들의 딸들에게
전하고 싶다… 미상

낫지,
들판에서 암말의 발굽에 대고
얘기하는 벌레들에도 불구하고,
낫지,
피를 뚝뚝 흘리는
어린 여자애들의 계절에도 불구하고,
어떻게든
나 자신을 재빨리
낡은 방 안으로 떨어뜨리는 게 낫지.
낫지 (누군가 말했다)
태어나지 않는 편이
그리고 훨씬 낫지
두 번 태어나지 않는 편이
한 학년이 한 침실을 쓰는,
기숙사에
불이 났던
열세 살로는.

Dear friend,
I will have to sink with hundreds of others
on a dumbwaiter into hell.
I will be a light thing.
I will enter death
like someone's lost optical lens.
Life is half enlarged.
The fish and owls are fierce today.
Life tilts backward and forward.
Even the wasps cannot find my eyes.

Yes,
eyes that were immediate once.
Eyes that have been truly awake,
eyes that told the whole story —
poor dumb animals.
Eyes that were pierced,
little nail heads,
light blue gunshots.

친애하는 친구여,
나는 수백 명의 다른 이들과 같이
음식용 승강기에 실려 지옥으로 가라앉아야 할 거야.
나는 가벼운 것이 될 거야.
누군가가 잃어버린 렌즈처럼
죽음에 들 거야.
삶은 반쯤 확장됐어.
오늘은 물고기들과 올빼미들이 사나워.
삶이 앞뒤로 기우뚱거려.
말벌들조차 내 눈을 못 찾아.

그래,
한때 아주 가까웠던 눈.
정말로 깨어 있었던 눈,
자초지종을 들려줬던 눈—
불쌍한 말 못하는 짐승.
꿰뚫린 눈,
작은 못대가리들,
연파랑 총상들.

And once with
a mouth like a cup,
clay colored or blood colored,
open like the breakwater
for the lost ocean
and open like the noose
for the first head.

Once upon a time
my hunger was for Jesus.
O my hunger! My hunger!
Before he grew old
he rode calmly into Jerusalem
in search of death.

This time
I certainly
do not ask for understanding
and yet I hope everyone else
will turn their heads when an unrehearsed fish jumps
on the surface of Echo Lake;
when moonlight,
its bass note turned up loud,
hurts some building in Boston,
when the truly beautiful lie together.

그리고 한때 컵 같은 입이
있었지
점토색 또는 피 색
잃어버린 대양을 갈망하는
방파제처럼 벌어진 입
최초의 머리를 갈망하는
교수대의 올가미처럼 벌어진 입.

옛날 옛적에
내 허기는 예수를 향했어.
오 나의 허기! 나의 허기!
나이 들기 전에
그는 고요히 말을 타고 예루살렘에 갔지
죽음을 찾아서.

이번에는
정말로
이해를 바라지는 않지만
에코 호수 수면 위로
계획에 없던 물고기가 뛰어오를 때
다들 고개를 돌려주길 바라.
달빛이,
시끄럽게 높여진 그 베이스 음이
보스턴에 있는 어떤 빌딩을 상하게 할 때,
정말로 아름다운 것들이 같이 누울 때.

I think of this, surely,
and would think of it far longer
if I were not ... if I were not
at that old fire.

I could admit
that I am only a coward
crying *me me me*
and not mention the little gnats, the moths,
forced by circumstance
to suck on the electric bulb.
But surely you know that everyone has a death,
his own death,
waiting for him.
So I will go now
without old age or disease,
wildly but accurately,
knowing my best route,
carried by that toy donkey I rode all these years,
never asking, "Where are we going?"
We were riding (if I'd only known)
to this.

나는 이런 생각을 해, 정말로,
그리고 훨씬 오랫동안 이런 생각을 할 테지만
그 오래된 불에
내가 없다면… 내가 없다면.

내가 나, 나, 나를 울부짖는
겁쟁이에 불과하다고
인정할 수 있다
상황에 떠밀려
전구를 빼는
작은 각다귀들, 나방들은 말할 것도 없이.
하지만 누구에게나 죽음이
저마다 기다리는 죽음이 있다는 걸
분명히 너는 안다.
그러니 나는 이제 갈 것이다
늙지도 병들지도 않고,
막무가내지만 정확하게,
내 최적의 경로를 알고서,
요 몇 년간 늘 타던 그 장난감 당나귀에 실려,
"우리 어디로 가는 거야?" 절대 묻지 않고서.
우리는 달리고 있었다 (내가 알았더라면)
이것을 향해.

Dear friend,
please do not think
that I visualize guitars playing
or my father arching his bone.
I do not even expect my mother's mouth.
I know that I have died before —
once in November, once in June.
How strange to choose June again,
so concrete with its green breasts and bellies.
Of course guitars will not play!
The snakes will certainly not notice.
New York City will not mind.
At night the bats will beat on the trees,
knowing it all,
seeing what they sensed all day.

June 1965

친애하는 친구여,
내가 둥둥 울리는 기타 혹은
자기 뼈를 구부리는 아버지를 떠올리고 있다고
생각지는 말아줘.
나는 어머니의 입조차 기대하지 않아.
내가 전에 죽었다는 건 알아—
11월에 한 번, 6월에 한 번.
다시 6월을 고르다니 참 이상하지,
초록 가슴과 배[腹]를 가진 너무나 구체적인 6월을.
당연히 기타는 울리지 않을 거야!
당연히 뱀들은 눈치채지 못하겠지.
뉴욕은 신경 쓰지 않을 거야.
밤새 박쥐들이 나무 위에서 퍼덕거릴 테지,
속속들이 알고서,
종일 감지했던 것을 보면서.

1965년 6월

* 프랑스의 극작가이자 시인이며 20세기 연극계와 유럽 아방가르드 예술운동의 대표적인 배우인 앙토냉 아르토(Antoine Artaud, 1896~1948)를 뜻한다.

THE ADDICT

Sleepmonger,
deathmonger,
with capsules in my palms each night,
eight at a time from sweet pharmaceutical bottles
I make arrangements for a pint-sized journey.
I'm the queen of this condition.
I'm an expert on making the trip
and now they say I'm an addict.
Now they ask why.
Why!

Don't they know
that I promised to die!
I'm keeping in practice.
I'm merely staying in shape.
The pills are a mother, but better,
every color and as good as sour balls.
I'm on a diet from death.

중독자

꿈장수,
죽음장수,
매일 밤 손바닥엔 캡슐들
다정한 약병들에서 한 번에 여덟 알씩
나는 자그마한 여행을 준비한다.
나는 이 상황의 여왕.
나는 이 여행을 성사시키는 전문가이고
이제 사람들은 나를 중독자라 부르지.
지금 그들이 왜냐고 묻는다.
왜!

그들은 모른단 말인가
내가 죽기로 약속했다는 걸!
나는 계속 연습하고 있다.
그저 형태만 유지하고 있을 뿐.
약들은 어머니, 하지만 어머니보다 낫지,
온갖 색깔에다 새콤한 사탕들만큼이나 다정해.
나는 죽음으로 연명한다.

Yes, I admit
it has gotten to be a bit of a habit —
blows eight at a time, socked in the eye,
hauled away by the pink, the orange,
the green and the white goodnights.
I'm becoming something of a chemical
mixture.
That's it!

My supply
of tablets
has got to last for years and years.
I like them more than I like me.
Stubborn as hell, they won't let go.
It's a kind of marriage.
It's a kind of war
where I plant bombs inside
of myself.

그래, 인정해
약간은 버릇이 되었지—
한꺼번에 눈을 강타하는 여덟 번의 주먹질,
분홍색, 주황색, 초록색,
하얀색 밤 인사에 끌려갔지.
나는 뭔가 화학적
혼합물이 되어가는 중이야.
그뿐이야!

나의 알약
공급은
해가 가고 또 가도 계속되게 되었지.
나는 나보다 그 알약들을 더 좋아해.
지독한 고집불통, 그 알약들은 나를 놔주지 않을 거야.
이건 일종의 결혼.
이건 내가 내 안에
폭탄을 심는
일종의 전쟁.

Yes
I try
to kill myself in small amounts,
an innocuous occupation.
Actually I'm hung up on it.
But remember I don't make too much noise.
And frankly no one has to lug me out
and I don't stand there in my winding sheet.
I'm a little buttercup in my yellow nightie
eating my eight loaves in a row
and in a certain order as in
the laying on of hands
or the black sacrament.

It's a ceremony
but like any other sport
it's full of rules.
It's like a musical tennis match where
my mouth keeps catching the ball.
Then I lie on my altar
elevated by the eight chemical kisses.

그래
나는 조금씩
나를 죽이려 노력하지,
무해한 직업이야.
사실은 거기에 매달리고 있어.
하지만 내가 그다지 시끄럽게 굴지는 않는다는 걸 기억해.
그리고 솔직히 누가 나를 끌고 나갈 필요는 없어
내가 수의를 입고 거기 서 있지도 않아.
나는 노란 잠옷을 입은 작은 미나리아재비
차례차례로, 그리고 안수(按手)할 때나
검은 성체를 나눌 때처럼
특정한 순서에 따라
여덟 덩어리 빵을 먹지.

이건 의례이지만
여느 스포츠처럼
규칙들로 가득 차 있어.
이건 음악적인 테니스 경기 같아서
내 입은 자꾸 공을 잡곤 해.
그러고서 나는 여덟 번의 화학적 키스로 고양된
나의 제단에 눕지.

What a lay me down this is
with two pink, two orange,
two green, two white goodnights.
Fee-fi-fo-fum —
Now I'm borrowed.
Now I'm numb.

First of February 1966

나를 눕히는 이것은 무엇인가
분홍색 두 개, 주황색 두 개,
초록색 두 개, 하얀색 두 개의 밤 인사.
피-피-포-품—
이제 나는 대여된다.
이제 나는 감각이 없다.

1966년 2월 1일

LIVE

Live or Die, but don't poison everything ...

Well, death's been here
for a long time —
it has a hell of a lot
to do with hell
and suspicion of the eye
and the religious objects
and how I mourned them
when they were made obscene
by my dwarf-heart's doodle.
The chief ingredient
is mutilation.
And mud, day after day,
mud like a ritual,
and the baby on the platter,
cooked but still human,
cooked also with little maggots,
sewn onto it maybe by somebody's mother,
the damn bitch!

Even so,
I kept right on going on,
a sort of human statement,
lugging myself as if
I were a sawed-off body
in the trunk, the steamer trunk.
This became a perjury of the soul.

살아라

살든가 죽든가, 하지만 모든 것에 독을 뿌리지는 말아라…

그래, 죽음은 오래전부터
여기 있었어—
할 일이 지독하게 많지
지옥에 관해서
그리고 눈의 의심에 관해서
그리고 종교적인 물건들에 관해서
그리고 내 옹졸한 마음의 낙서로
그것들이 저속해질 때
내가 얼마나 슬퍼하는지에 관해서.
주재료는
절단.
그리고 진창, 날이면 날마다,
의식(儀式) 같은 진창,
그리고 접시에 담긴 아기
요리됐지만 여전히 인간,
곁들여 요리된 작은 구더기들,
그걸 바느질해 단 사람도 아마 누군가의 어머니,
빌어먹을 년!

그렇더라도,
나는 아랑곳없이 계속했지
나 자신이 트렁크, 크고 납작한 트렁크에 든
잘린 몸통이라도 되는 양
이리저리 끌고 다니며,
그건 일종의 인간적 진술.

It became an outright lie
and even though I dressed the body
it was still naked, still killed.
It was caught
in the first place at birth,
like a fish.
But I played it, dressed it up,
dressed it up like somebody's doll.
Is life something you play?
And all the time wanting to get rid of it?
And further, everyone yelling at you
to shut up. And no wonder!
People don't like to be told
that you're sick
and then be forced
to watch
you
come
down with the hammer.

Today life opened inside me like an egg
and there inside
after considerable digging
I found the answer.
What a bargain!
There was the sun,
her yolk moving feverishly,
tumbling her prize —
and you realize that she does this daily!
I'd known she was a purifier

이것이 영혼의 위증이 되었다.
그건 노골적인 거짓말이 되었고
옷을 입혔어도
그건 여전히 발가벗은, 여전히 죽임당한 육신.
애초에 태어나면서부터
사로잡혔지
물고기처럼.
하지만 나는 그 육신을 연기했고, 옷을 입혔고,
누군가의 인형인 양 옷을 입혔고.
삶이란 연기해야 하는 어떤 것인가?
늘 그것에서 벗어나길 원하며?
게다가, 다들 네게 소리치지
닥치라고. 무리도 아니야!
사람들은 네가 아프다는 얘기를
듣는 것도
네가
기어이
방아쇠와 더불어
쓰러지는 걸
봐야 하는 것도 좋아하지 않는다.

오늘 생이 내 안에서 알처럼 열리고
나는 한참을 파고든 뒤에야
거기 안에서
대답을 찾았어.
웬 횡재인가!
거기 태양이 있었어
포획물을 쓰러뜨리며
열광적으로 움직이는 태양의 노른자—
그리고 넌 태양이 매일 이런다는 걸 깨닫지!
태양이 정화제라는 건 알았지만

but I hadn't thought
she was solid,
hadn't known she was an answer.
God! It's a dream,
lovers sprouting in the yard
like celery stalks
and better,
a husband straight as a redwood,
two daughters, two sea urchins,
picking roses off my hackles.
If I'm on fire they dance around it
and cook marshmallows.
And if I'm ice
they simply skate on me
in little ballet costumes.

Here,
all along,
thinking I was a killer,
anointing myself daily
with my little poisons.
But no.
I'm an empress.
I wear an apron.
My typewriter writes.
It didn't break the way it warned.
Even crazy, I'm as nice
as a chocolate bar.
Even with the witches' gymnastics
they trust my incalculable city,
my corruptible bed.

진짜라고는
생각지 않았어
태양이 답이라는 건 몰랐지.
세상에! 이건 꿈이야,
연인들이 셀러리 줄기처럼
뜰에서 움트고,
더 좋은 건
미국삼나무처럼 쭉 곧은 남편,
딸 둘, 성게 둘,
내 목덜미 깃털에서 장미꽃을 딴다.
내가 불타면 그들은 춤추며 주변을 돌면서
마시멜로를 굽지.
내가 얼음이 되면
그들은 그저 작은 발레용 의상을 입고
스케이트를 탈 뿐이다.

여기서,
줄곧,
나는 살인자라 생각하면서,
매일 스스로에게
소소한 독들을 바르면서.
하지만 아니다.
나는 여제(女帝)다.
나는 앞치마를 둘렀다.
내 타자기는 쓴다.
예고했던 방식으로 망가지지는 않았다.
미쳤어도 나는 초콜릿 바만큼
멋지다.
마녀들의 훈련을 받았어도
그들은 예상할 수 없는 나의 도시를,
쉬이 타락하는 내 침대를 신뢰한다.

O dearest three,
I make a soft reply.
The witch comes on
and you paint her pink.
I come with kisses in my hood
and the sun, the smart one,
rolling in my arms.
So I say *Live*
and turn my shadow three times round
to feed our puppies we didn't drown,
despite the warnings: The abort! The destroy!
Despite the pails of water that waited
to drown them, to pull them down like stones,
they came, each one headfirst,
blowing bubbles the color of cataract-blue
and fumbling for the tiny tits.

오 친애해 마지않는 세 마녀여,
나는 부드럽게 응답한다.
마녀가 방문하고
넌 마녀를 분홍색으로 칠하지.
나는 두건 안에 입맞춤을 품고 오고
태양이, 그 영리한 것이,
내 품 안에서 구른다.
그러니 나는 말한다 살아라
그리고 내 그림자를 세 번 빙빙 돌리지
중단! 파괴! 경고들에도 불구하고
우리가 익사시키지 않은 강아지들을 먹이기 위해.
익사시키려고, 돌멩이마냥 끌고 들어가려고
물통들이 기다리는 데도,
강아지들이 태어났다, 제각기 머리부터,
백내장 같은 푸르스름한 거품을 뿜어내며
조그만 젖꼭지들을 찾아 꼼지락거리며.

Just last week, eight Dalmatians,
¾ of lb., lined up like cord wood
each
like a
birch tree.
I promise to love more if they come,
because in spite of cruelty
and the stuffed railroad cars for the ovens,
I am not what I expected. Not an Eichmann.
The poison just didn't take.
So I won't hang around in my hospital shift,
repeating The Black Mass and all of it.
I say *Live*, *Live* because of the sun,
the dream, the excitable gift.

February the last, 1966

바로 지난주에 350그램짜리
달마티안 여덟 마리가
저마다
한 그루
자작나무인 양
통나무처럼 나란히 누웠다.
나는 그들이 오면 더욱 사랑하리라 약속한다,
잔인성에도 불구하고
시체소각실로 향하는 속이 꽉 찬 기차들에도 불구하고
나는 내가 기대한 사람이 아니기 때문이다. 아이히만은 아니다.
독약은 통 듣지 않았다.
그래서 나는 병원 교대 시간에 악마의 미사와
그 온갖 것을 되뇌며 어슬렁거리지 않을 것이다.
나는 말한다 **살아라**, **살아라**, 태양을 이유로,
꿈을 이유로, 그 쉬이 흥분하는 선물을 이유로.

1966년 2월 마지막 날

THE TOUCH

For months my hand had been sealed off
in a tin box. Nothing was there but subway railings.
Perhaps it is bruised, I thought,
and that is why they have locked it up.
But when I looked in it lay there quietly.
You could tell time by this, I thought,
like a clock, by its five knuckles
and the thin underground veins.
It lay there like an unconscious woman
fed by tubes she knew not of.

The hand had collapsed,
a small wood pigeon
that had gone into seclusion.
I turned it over and the palm was old,
its lines traced like fine needlepoint
and stitched up into the fingers.
It was fat and soft and blind in places.
Nothing but vulnerable.

접촉

여러 달째 손이 양철 상자에
봉인돼 있었다. 거기 지하철 가드레일 말고는 아무것도 없었다.
아마 멍들었겠지, 나는 생각했고,
사람들이 가둔 이유도 그래서였다.
하지만 들여다보니 손은 고요히 누워 있었다.
이것으로 시간을 알 수도 있으리라, 나는 생각했다
시계처럼, 다섯 손가락 관절과
그 아래 가느다란 정맥들로.
손은 자기는 모르는 관으로 영양분을 공급받는
의식 잃은 여성처럼 거기 누워 있었다.

손은 쓰러진 것이었다,
은둔에 들어간
조그만 산비둘기.
손을 뒤집었더니 손바닥은 늙어서
손금들이 가는 바늘 끝처럼 봉합 흔적을 남기며
손가락들로 이어졌다.
손은 뚱뚱했고 부드러웠고 곳곳에서 눈이 멀었다.
취약하기 짝이 없었다.

And all this is metaphor.
An ordinary hand — just lonely
for something to touch
that touches back.
The dog won't do it.
Her tail wags in the swamp for a frog.
I'm no better than a case of dog food.
She owns her own hunger.
My sisters won't do it.
They live in school except for buttons
and tears running down like lemonade.
My father won't do it.
He comes with the house and even at night
he lives in a machine made by my mother
and well oiled by his job, his job.

The trouble is
that I'd let my gestures freeze.
The trouble was not
in the kitchen or the tulips
but only in my head, my head.

그리고 이 모든 것이 비유다.
그저 만질 것이, 마주 만져주는 무언가가
그리운 보통의 손일 뿐.
개는 그러지 않을 것이다.
늪지에서 개구리를 보고 꼬리를 흔든다.
나는 개 사료 상자보다 나을 것이 없다.
개에게는 자신만의 허기가 있다.
언니들은 그러지 않을 것이다.
급사와 레모네이드처럼 흘러내리는 눈물을
빼면 언니들은 학교에서 산다.
아버지는 그러지 않을 것이다.
아버지에게는 집이 딸려 있고 밤에도
어머니가 만들고 아버지의 일, 일, 일로
잘 관리된 기계 속에서 산다.

문제는
내가 내 몸짓이 얼어붙도록 놔두리라는 점.
문제는
주방이나 튤립들 속이 아니라
오직 내 머리, 내 머릿속에 있다.

Then all this became history.
Your hand found mine.
Life rushed to my fingers like a blood clot.
Oh, my carpenter,
the fingers are rebuilt.
They dance with yours.
They dance in the attic and in Vienna.
My hand is alive all over America.
Not even death will stop it,
death shedding her blood.
Nothing will stop it, for this is the kingdom
and the kingdom come.

그러고는 이 모든 것이 역사가 되었다.
네 손이 내 손을 발견했다.
생이 핏덩이처럼 내 손가락들로 밀려들었다.
아, 나의 목수여,
손가락들이 재건된다.
내 손가락이 네 손가락과 춤춘다.
다락방에서 빈에서 춤춘다.
내 손이 미국 전역에 살아 있다.
죽음도 그걸 막지는 못할 것이다.
죽음은 자기 몫의 피를 흘릴 뿐.
아무도 그걸 막지 못할 것이다, 이것은 왕국이고
그 왕국이 오고 있기에.

THE KISS

My mouth blooms like a cut.
I've been wronged all year, tedious
nights, nothing but rough elbows in them
and delicate boxes of Kleenex calling *crybaby*
crybaby, you fool!

Before today my body was useless.
Now it's tearing at its square corners.
It's tearing old Mary's garments off, knot by knot
and see — Now it's shot full of these electric bolts.
Zing! A resurrection!

Once it was a boat, quite wooden
and with no business, no salt water under it
and in need of some paint. It was no more
than a group of boards. But you hoisted her, rigged her.
She's been elected.

My nerves are turned on. I hear them like
musical instruments. Where there was silence
the drums, the strings are incurably playing. You did this.
Pure genius at work. Darling, the composer has stepped
into fire.

키스

베인 상처처럼 입이 피어난다.
나는 일 년 내내 부당한 대우를 받았다, 지루한
밤들, 거친 팔꿈치들과 울보야, 울보야, 너 이 바보야!
불러대는 부드러운 클리넥스 상자들 말고는 아무것도 없다.

오늘이 오기까지 내 몸은 쓸모없었다.
이제 몸은 네모난 모서리에서 찢어지고 있다.
몸은 늙은 마리아의 외피를 가닥가닥 찢으며
본다. 이제 이 전기 광선들로 가득 차 발사된다.
핑! 부활!

한때 이것은 배, 상당히 딱딱하고
아무 일도, 아래에 짠물도 없는
칠을 좀 할 필요가 있는 배. 그저 한 무더기
판자에 불과했다. 하지만 넌 그걸 일으켜 범장(帆檣)을 달았지.
배가 세워졌다.

신경에 불이 켜진다. 나는 악기 소리를 듣듯
그 소리를 듣는다. 침묵이 있던 곳에
북이, 현악기가 손쓸 수 없이 울리고 있다. 네가 한 일이다.
순수한 천재가 임한다. 사랑하는 이여, 작곡가는 불 속에
발을 들였다.

THE BREAST

This is the key to it.
This is the key to everything.
Preciously.

I am worse than the gamekeeper's children,
picking for dust and bread.
Here I am drumming up perfume.

Let me go down on your carpet,
your straw mattress — whatever's at hand
because the child in me is dying, dying.

It is not that I am cattle to be eaten.
It is not that I am some sort of street.
But your hands found me like an architect.

Jugful of milk! It was yours years ago
when I lived in the valley of my bones,
bones dumb in the swamp. Little playthings.

A xylophone maybe with skin
stretched over it awkwardly.
Only later did it become something real.

가슴

이것이 그것의 열쇠.
이것이 모든 것의 열쇠.
소중하게도.

나는 모래와 빵을 구별하는 데는
사냥터지기네 아이들보다 형편없지.
여기 나는 향수를 짜내고 있다.

너의 카펫에, 너의 밀짚 잠자리에,
뭐든 손에 잡히는 것에 쓰러지게 해다오
내 안에 있는 아이가 죽어가니까, 죽어가니까.

내가 잡아 먹힐 소라는 건 아니다.
내가 일종의 거리[道]라는 건 아니다.
하지만 네 손은 건축가처럼 나의 기초를 세운다.

찰랑찰랑 넘치는 젖! 오래전엔 네 것이었지
내가 내 뼈다귀, 늪에 빠져 말 못하는
내 뼈다귀의 골짜기에 살 적에. 작은 장난감.

어쩌면 어색하게 감싼
피부가 있었을지도 모르는 실로폰.
나중에서야 그것은 실재하는 무언가가 되었다.

Later I measured my size against movie stars.
I didn't measure up. Something between
my shoulders was there. But never enough.

Sure, there was a meadow,
but no young men singing the truth.
Nothing to tell truth by.

Ignorant of me I lay next to my sisters
and rising out of the ashes I cried
my sex will be transfixed!

Now I am your mother, your daughter,
your brand new thing — a snail, a nest.
I am alive when your fingers are.

I wear silk — the cover to uncover —
because silk is what I want you think of.
But I dislike the cloth. It is too stern.

So tell me anything but track me like a climber
for here is the eye, here is the jewel,
here is the excitement the nipple learns.

나중에 영화배우들과 크기를 견주어보았지.
상대가 안 되었어. 내 양어깨 사이에
무언가가 있긴 했지. 하지만 충분하지는 않았다.

확실히, 거기엔 평원이 있었지만
젊은 남자들은 아무도 진실을 노래하지 않았어.
진실을 말할 건더기가 없었지.

스스로에 무지한 채 나는 언니들 옆에 누웠고
잿더미에서 일어나며 소리쳤어
내 성(性)은 고정될 것이다!

이제 나는 너의 엄마, 너의 딸,
갓 생긴 너의 무언가, 달팽이, 둥지다.
너의 손가락이 살아 있을 때 나는 살아 있다.

나는 실크를 입는다, 벗기기 위한 껍질,
네가 생각하는 게 실크면 좋을 것 같아서.
하지만 나는 그 천을 싫어하지. 실크는 너무 엄격해.

그러니 덩굴풀처럼 뒤쫓지 말고 뭐든 말해줘
여기에 눈이, 여기에 보석이,
여기에 젖꼭지가 알게 된 흥분이 있으니까.

I am unbalanced — but I am not mad with snow.
I am mad the way young girls are mad,
with an offering, an offering ...

I burn the way money burns.

나는 불안정하지, 하지만 눈[雪]에 미치지는 않았어.
나는 어린 여자애들이 미치듯이 미쳤지,
공물에, 공물에…

나는 돈이 타는 식으로 타오른다.

THAT DAY

This is the desk I sit at
and this is the desk where I love you too much
and this is the typewriter that sits before me
where yesterday only your body sat before me
with its shoulders gathered in like a Greek chorus,
with its tongue like a king making up rules as he goes,
with its tongue quite openly like a cat lapping milk,
with its tongue — both of us coiled in its slippery life.
That was yesterday, that day.

That was the day of your tongue,
your tongue that came from your lips,
two openers, half animals, half birds
caught in the doorway of your hearth.
That was the day I followed the king's rules,
passing by your red veins and your blue veins,
my hands down the backbone, down quick like a firepole,
hands between legs where you display your inner knowledge,
where diamond mines are buried and come forth to bury,
come forth more sudden than some reconstructed city.
It is complete within seconds, that monument.
The blood runs underground yet brings forth a tower.
A multitude should gather for such an edifice.
For a miracle one stands in line and throws confetti.
Surely The Press is here looking for headlines.
Surely someone should carry a banner on the sidewalk.

그날

이것은 내가 앉는 책상이고
이것은 내가 너를 너무 많이 사랑한 책상이고
이것은 내 앞에 놓인 타자기이고
어제 내 앞에는 네 몸만이 앉아 있었지
그리스 합창단처럼 모인 그 어깨로,
가는 데마다 율령을 선포하는 왕 같은 그 혀로,
우유를 홀짝이는 고양이처럼 상당히 공공연한 그 혀로,
우리 둘이 그 미끄러운 생에 휘감겼던 그 혀로.
그게 어제, 그날이었다.

그건 네 혀의 날이었다
네 입술, 네 집 문간에 붙들린
반은 동물 반은 새인 두 문지기
사이에서 나오는 너의 혀.
그건 네 붉은 혈맥과 푸른 혈맥을 지나며
내가 왕의 율령을 따르는 날이었고,
내 손은 등뼈를 따라 밑으로, 소방서 철봉 타듯 재빨리 밑으로,
손은 네가 너의 내적 지식을 전시하는 다리 사이에,
거기는 다이아몬드 광산들이 묻혀 있고 또 묻으러 나타나는 곳,
어느 재건된 도시보다 더 갑작스럽게 나타나는 곳.
순식간에 완성되지, 그 기념비는.
피는 지하로 흐르지만 탑을 낳는다.
그런 건물이라면 구름 같은 군중이 모여야 마땅하리라.
기적을 위해 줄을 서고 색종이 조각을 뿌릴 것이다.
분명 기자들도 뉴스거리를 찾아왔을 것이다.
분명 누군가가 인도에 플래카드를 걸었으리라.

If a bridge is constructed doesn't the mayor cut a ribbon?
If a phenomenon arrives shouldn't the Magi come bearing gifts?
Yesterday was the day I bore gifts for your gift
and came from the valley to meet you on the pavement.
That was yesterday, that day.

That was the day of your face,
your face after love, close to the pillow, a lullaby.
Half asleep beside me letting the old fashioned rocker stop,
our breath became one, became a child-breath together,
while my fingers drew little o's on our shut eyes,
while my fingers drew little smiles on your mouth,
while I drew I LOVE YOU on your chest and its drummer,
"Sh. We're driving to Cape Cod. We're heading for the Bourne
Bridge. We're circling around the Bourne Circle." Bourne!
Then I knew you in your dream and prayed of our time
that I would be pierced and you would take root in me
and that I might bring forth your born, might bear
the you or the ghost of you in my little household.
Yesterday I did not want to be borrowed
but this is the typewriter that sits before me
and love is where yesterday is at.

다리가 완공되면 시장이 리본을 자르지 않던가?
특별한 현상이 발생하면 동방박사들이 선물을 들고 와야 하지
    않나?
어제는 내가 너의 재능에 바치는 선물들을 품고
골짜기에서 나와 길거리에서 너를 만난 날이었다.
그게 어제, 그날이었다.

그건 네 얼굴의 날이었다,
사랑을 나눈 뒤 베개를 벤 너의 얼굴은, 자장가.
한물간 록 가수가 노래를 그치도록 내 옆에서 반쯤 잠든 너,
우리의 숨은 하나가 되었고, 함께 아이의 숨이 되었고,
내 손이 우리 감긴 눈에 작은 동그라미를 그리는 동안,
내 손이 네 입에 작은 미소를 그리는 동안,
내가 네 가슴과 심장에 사랑해를 그리는 동안,
"쉬. 우리는 케이프코드로 가고 있어. 우리는 본브릿지로
향하고 있어. 우리는 본 로터리를 돌고 있어." 본!
그때 나는 네 꿈속에서 너를 알았고 우리의 시간을 기도했다
내게 구멍이 뚫리고 네가 내 안에 뿌리를 내릴 거라고
내가 너를 낳을지도 모른다고,
너 혹은 너의 유령을 내 작은 가정 안에 품을지도 모른다고.
어제 나는 나를 빌려주고 싶지 않았지만
내 앞에 놓인 이것은 타자기이고
사랑은 어제가 있는 곳에 있다.

IN CELEBRATION OF MY UTERUS

Everyone in me is a bird.
I am beating all my wings.
They wanted to cut you out
but they will not.
They said you were immeasurably empty
but you are not.
They said you were sick unto dying
but they were wrong.
You are singing like a school girl.
You are not torn.

Sweet weight,
in celebration of the woman I am
and of the soul of the woman I am
and of the central creature and its delight
I sing for you. I dare to live.
Hello, spirit. Hello, cup.
Fasten, cover. Cover that does contain.
Hello to the soil of the fields.
Welcome, roots.

내 자궁을 축하하며

내 안의 모두는 새.
나는 모든 날개를 치고 있다.
사람들은 너를 제거하고 싶어 했지만
그러지 않을 것이다.
사람들은 네가 무한히 텅 비었다고 했지만
너는 그렇지 않다.
사람들은 네가 아파서 죽어간다고 했지만
그들이 틀렸다.
너는 여학생처럼 노래를 부르고 있다.
너는 찢기지 않았다.

달콤한 무게,
나라는 여성을 축하하며
나라는 여성의 영혼을 축하하며
그 중심에 있는 생명체와 그 생명체의 기쁨을 축하하며
나 너를 위해 노래한다. 나는 감히 살아간다.
안녕, 정신아. 안녕, 컵아.
묶어라, 덮어라. 담는 저것을 덮어라.
들판의 흙에 인사를.
환영한다, 뿌리여.

Each cell has a life.
There is enough here to please a nation.
It is enough that the populace own these goods.
Any person, any commonwealth would say of it,
"It is good this year that we may plant again
and think forward to a harvest.
A blight had been forecast and has been cast out."
Many women are singing together of this:
one is in a shoe factory cursing the machine,
one is at the aquarium tending a seal,
one is dull at the wheel of her Ford,
one is at the toll gate collecting,
one is trying the cord of a calf in Arizona,
one is straddling a cello in Russia,
one is shifting pots on the stove in Egypt,
one is painting her bedroom walls moon color,
one is dying but remembering a breakfast,
one is stretching on her mat in Thailand,
one is wiping the ass of her child,
one is staring out the window of a train
in the middle of Wyoming and one is
anywhere and some are everywhere and all
seem to be singing, although some can not
sing a note.

세포 각각에 생이 있다.
여기 족히 한 국가를 만족시킬 생이 있다.
대중이 이런 재화를 소유하는 것으로 충분하다.
어느 개인이나, 어느 국가나 이렇게 말하겠지
"올해는 날이 좋아서 다시 작물을 심고
추수를 기대해도 될 듯하다.
마름병이 예보되었으나 퇴치되었다."
수많은 여자들이 입을 모아 부르고 있다.
누구는 신발 공장에서 기계를 저주하고,
누구는 아쿠아리움에서 물범을 보살피고,
누구는 포드 운전석에서 지루해하고,
누구는 톨게이트에서 요금을 받고,
누구는 애리조나에서 송아지 목줄을 시험해보고,
누구는 러시아에서 두 다리로 첼로를 지탱하고,
누구는 이집트에서 난로 위 냄비들을 옮기고,
누구는 침실 벽을 달의 색깔로 칠하고,
누구는 죽어가면서도 아침 식사를 떠올리고,
누구는 태국에서 돗자리 위에서 기지개를 켜고,
누구는 아이의 엉덩이를 닦고,
누구는 와이오밍 한복판을 달리는
기차에서 창밖을 내다보고 누구는
어디에나 있고 누구누구는 온갖 곳에 있고 모두
노래하는 듯하다, 비록 어떤 이들은 한 음도
내지 못하지만.

Sweet weight,
in celebration of the woman I am
let me carry a ten-foot scarf,
let me drum for the nineteen-year-olds,
let me carry bowls for the offering
(if that is my part).
Let me study the cardiovascular tissue,
let me examine the angular distance of meteors,
le me suck on the stems of flowers
(if that is my part).
Let me make certain tribal figures
(if that is my part).
For this thing the body needs
let me sing
for the supper,
for the kissing,
for the correct
yes.

달콤한 무게,
나라는 여성을 축하하며
열 발짜리 스카프를 나르게 해다오,
열아홉 살짜리들을 위해 북을 치게 해다오,
공물을 담을 사발을 들게 해다오
(그게 나의 역할이라면).
심장 혈관의 조직을 연구하게 해다오,
유성들의 각거리를 재게 해다오,
꽃대를 빨게 해다오
(그게 나의 역할이라면).
어떤 부족의 조상(彫像)들을 만들게 해다오
(그게 나의 역할이라면).
몸이 필요로 하는 이런 것을 위해
노래하게 해다오
저녁 식사를 위해,
키스를 위해,
올바른
'예스'를 위해.

LOVING THE KILLER

Today is the day they shipped
home our summer in two crates
and tonight is All Hallows Eve
and today you tell me the oak leaves
outside your office window will
outlast the New England winter.
But then, love is where our summer
was.

Though I never touched a rifle,
love was under the canvas,
deep in the bush of Tanzania.
Though I only carried a camera,
love came after the gun,
after the kill,
after the martinis and
the eating of the kill.
While Saedi, a former cannibal,
served from the left
in his white gown and red fez,
I vomited behind the dining tent.
Love where the hyena laughed
in the middle of nowhere
except the equator. Love!

살인자 사랑하기

오늘은 상자 두 개에 든
우리 여름이 집으로 배송되는 날이고
오늘 밤은 핼러윈이고
오늘 너는 사무실 창밖
참나무 잎들이 뉴잉글랜드의 겨울을
견뎌낼 거라 내게 말한다.
그렇지만 사랑은 우리 여름이 있었던 곳에
있다.

나는 총에 손도 대지 않았지만,
사랑은 캔버스 천 밑에,
탄자니아 덤불숲 깊은 곳에 있었다.
나는 카메라만 들었지만,
사랑은 총 다음에,
살해 다음에,
마티니 여러 잔과
사냥한 짐승을 먹은 다음에 왔다.
과거에 식인종이었던 사에디가
하얀 가운을 입고 붉은 페즈를 쓰고
왼쪽에서 시중을 드는 동안,
나는 식당용 천막 뒤에서 토했다.
사랑은 적도를 제외한
어딘지 모를 곳에서
하이에나가 깔깔 웃는 곳. 사랑!

Yet today our dog is full
of our dead dog's spirit
and limps on three legs,
holding up the dead dog's paw.
Though the house is full of
candy bars the wasted ghost
of my parents is poking
the keyhole, rubbing the bedpost.
Also the ghost of your father,
who was killed outright.
Tonight we will argue and shout,
"My loss is greater than yours!
My pain is more valuable!"

Today they shipped home our summer
in two crates wrapped in brown
waxed paper and sewn in burlap.
The first crate holds our personal
effects, sweaty jackets, 3 lb. boots
from the hold of the S.S. MORMACRIO
by way of Mombassa, Dar es Salaam,
Tanga, Lourence Marques and Zanzibar,
through customs along with the other
merchandise; ash blonde sisal like
horse's tails, and hairy strings,

하지만 오늘 우리 개는
우리 죽은 개의 영혼으로 가득해
죽은 개의 발을 쳐들고
세 다리로 절룩댄다.
집은 막대사탕들로 가득하지만
쇠약해진 부모님 유령은
침대 기둥을 문지르면서
열쇠 구멍을 찔러대고 있다.
또 대놓고 목숨을 빼앗긴
당신 아버지의 유령도.
오늘 밤 우리는 싸우고 소리칠 것이다
"내가 당신보다 잃은 게 더 많아!
내 고통이 더 귀해!"

오늘 우리 여름이 왁스 먹인
갈색 종이에 싸여 올 굵은 삼베로 봉합된
상자 두 개에 담겨 배송되었다.
첫 번째 상자에는 우리 소지품이,
땀에 전 재킷들, 1.5kg짜리 부츠가
잔지바르와 로렌스 마르케스, 탕가
다르에스살람, 몸바사를 거쳐
S.S. 모마크리오 호의 짐칸에서 나와,
말총 같은 빛바랜 금빛 사이잘 삼과
털이 숭숭 난 밧줄들과
케이프타운 경매에 나온 끈끈한

bales of grease wool from the auctions
at Cape Town and something else. Bones!

Bones piled up like coal, animal bones
shaped like golf balls, school pencils,
fingers and noses. Oh my Nazi,
with your S.S. sky-blue eye —
I am no different from Emily Goering.
Emily Goering recently said she
thought the concentration camps
were for the re-education of Jews
and Communists. She thought!
So far the continents stay on the map
but there is always a new method.

The other crate we own is dead.
Bones and skins from Hold #1
going to New York for curing and
mourning. We have not touched these
skulls since a Friday in Arusha where
skulls lay humbly beside the Land Rover,
flies still sucking on eye pits,
all in a row, head by head,
beside the ivory that cost more
than your life. The wildebeest
skull, the eland skull, the Grant's
skull, the Thomson's skull, the impala
skull and the hartebeest skull,
on and on to New York along with
the skins of zebras and leopards.

양털 무더기들과 그렇고 그런
다른 물품들과 함께 세관을 통과했다. 그 뼈들!

뼈가 석탄처럼 쌓여 있었다, 골프공처럼,
학생용 연필처럼, 손가락과 코처럼 생긴
동물 뼈들이. 오 나의 나치여,
네 나치 친위대의 하늘색 눈을 한,
나는 에밀리 괴링*과 다를 것이 없다.
에밀리 괴링이 최근에 말하기를, 자신은
강제수용소가 유대인들과
공산주의자들의 재교육을 위한 것이라
생각했단다. 그 여자가 생각을 했다니!
지금까지 대륙들은 지도상에 남아 있지만
세상에는 늘 새로운 방법이 있는 법이다.

우리의 다른 상자는 죽었다.
1번 짐칸에서 나온 뼈와 가죽이
치료와 애도를 위해 뉴욕으로 향한다.
아루샤에서 보낸 어느 금요일 이후로
우리는 이 두개골들을 건드리지 않았다
두개골들이 랜드로버 옆에 아무렇게나 놓이고
파리들이 여전히 눈구멍을 빨아대는 아루샤,
모두가 나란히 줄지어, 대가리 옆에 대가리가,
사람 목숨보다 더 값나가는
상아 옆에 놓였다. 누의 두개골,
일런드영양의 두개골, 그랜트**의
두개골, 톰슨***의 두개골, 임팔라의
두개골, 하테비스트영양의 두개골이
얼룩말과 표범의 가죽과 함께
쉼 없이 뉴욕으로 향했다.

And tonight our skins, our bones,
that have survived our fathers,
will meet, delicate in the hold,
fastened together in an intricate
lock. Then one of us will shout,
"My need is more desperate!" and
I will eat you slowly with kisses
even though the killer in you
has gotten out.

그리고 오늘 밤 우리 아버지들을 견뎌 살아남은
우리 가죽과 우리 뼈가
짐칸에서 예의 바르게,
복잡한 자물쇠로 한데 묶인 채,
만날 것이다. 그러면 하나가 소리칠 테지.
"내 요구가 더 절박해!" 그리고
나는 키스를 곁들여 천천히 당신을 먹을 것이다.
당신 안의 살인자는
빠져나갔다 하더라도.

* 독일의 배우이자 나치 독일의 군인 헤르만 괴링의 부인인 에마 괴링(Emma Göring, 1893~1973)의 오기인 듯하다. '에미'라는 애칭으로 불렸던 에마 괴링은 요제프 괴벨스의 부인인 마그다 괴벨스와 함께 독신인 히틀러를 위해 퍼스트 레이디 역할을 수행하여 '제3제국의 퍼스트 레이디'라고 불렸다.

** 그랜트가젤을 이르는 동시에 해당 이름을 붙인 19세기 영국 탐험가인 그랜트 중령을 의미한다.

*** 톰슨가젤을 이르는 동시에 해당 이름을 붙인 19세기 스코틀랜드 탐험가인 톰슨을 의미한다.

FOR MY LOVER, RETURNING TO HIS WIFE

She is all there.
She was melted carefully down for you
and cast up from your childhood,
cast up from your one hundred favorite aggies.

She has always been there, my darling.
She is, in fact, exquisite.
Fireworks in the dull middle of February
and as real as a cast-iron pot.

Let's face it, I have been momentary.
A luxury. A bright red sloop in the harbor.
My hair rising like smoke from the car window.
Littleneck clams out of season.

She is more than that. She is your have to have,
has grown you your practical your tropical growth.
This is not an experiment. She is all harmony.
She sees to oars and oarlocks for the dinghy,

has placed wild flowers at the window at breakfast,
sat by the potter's wheel at midday,
set forth three children under the moon,
three cherubs drawn by Michelangelo,

아내에게로 돌아가는 나의 애인에게

그녀는 전부 거기에 있다.
그녀는 너를 위해 조심스럽게 녹여져
네 어린 시절로부터,
네가 제일 좋아했던 구슬 백 개로부터 주조되었다.

그녀는 늘 거기에 있었다, 내 사랑.
그녀는 사실 아주 절묘하다.
지루한 2월 중순에 터지는 불꽃놀이이고
주물 냄비만큼이나 현실적이다.

사실을 직면하자, 나는 순간이었다.
사치품. 항구에 있는 선명한 빨강 요트.
차창에서 연기처럼 피어오르는 내 머리카락.
제철이 아닌 새끼 대합들.

그녀는 그 이상이다. 그녀는 네게 있어야만 하는 것이고,
실제적이고 비유적인 너의 성장을 이끌어냈다.
이것은 실험이 아니다. 그녀는 조화 그 자체다.
그녀는 작은 배의 노와 노걸이를 수리하고,

아침에는 창가에 야생화를 두었고,
정오에는 도공의 물레 옆에 앉았고,
달 밑에서 세 아이를 낳았다,
미켈란젤로가 그린 세 아기 천사를,

done this with her legs spread out
in the terrible months in the chapel.
If you glance up, the children are there
like delicate balloons resting on the ceiling.

She has also carried each one down the hall
after supper, their heads privately bent,
two legs protesting, person to person,
her face flushed with a song and their little sleep.

I give you back your heart.
I give you permission —

for the fuse inside her, throbbing
angrily in the dirt, for the bitch in her
and the burying of her wound —
for the burying of her small red wound alive —

for the pale flickering flare under her ribs,
for the drunken sailor who waits in her left pulse,
for the mother's knee for the stockings,
for the garter belt, for the call —

그녀는 다리를 활짝 벌리고 해냈다
예배당에서 끔찍한 달들을 보내던 중에.
고개를 들면, 저 위에 아이들이 있을 것이다.
천장에서 쉬고 있는 예민한 풍선들처럼.

저녁을 먹은 후에 그녀는 아이를 차례로 안고 복도로
나갔지, 은밀하게 숙인 두 고개,
저항하는 두 다리, 얼굴을 맞대고,
그녀의 얼굴은 노래와 아이들의 어린 잠으로 붉었다.

네 심장을 돌려주마.
허락을 내리마.

먼지 속에서 분노로 고동치는
그녀 안의 도화선을 위해, 그녀 안의 쌍년을
그리고 그녀의 상처를 매장하기 위해—
그녀의 작고 붉은 상처를 산 채로 매장하기 위해—

그녀 갈비뼈 밑에서 깜박이는 창백한 불꽃을 위해,
그녀의 왼쪽 맥박에서 기다리는 술 취한 뱃사람을 위해,
스타킹을 찾는 어머니의 무릎을 위해,
가터벨트를 위해, 그 부름을 위해—

the curious call
when you will burrow in arms and breasts
and tug at the orange ribbon in her hair
and answer the call, the curious call.

She is so naked and singular.
She is the sum of yourself and your dream.
Climb her like a monument, step after step.
She is solid.

As for me, I am a watercolor.
I wash off.

그 이상한 부름
네가 품속으로 젖가슴 사이로 파고들 때
그리고 그녀의 머리를 묶은 주황색 리본을 풀 때
그리고 부름에, 그 이상한 부름에 답할 때.

그녀는 너무나 적나라하고 독특하다.
그녀는 너 자신과 네 꿈의 합계다.
기념비를 오르듯, 한 발 한 발 그녀를 오르라.
그녀는 견고하다.

나로 말하자면, 나는 수채화다.
나는 씻겨 나간다.

JUST ONCE

Just once I knew what life was for.
In Boston, quite suddenly, I understood;
walked there along the Charles River,
watched the lights copying themselves,
all neoned and strobe-hearted, opening
their mouths as wide as opera singers;
counted the stars, my little campaigners,
my scar daisies, and knew that I walked my love
on the night green side of it and cried
my heart to the eastbound cars and cried
my heart to the westbound cars and took
my truth across a small humped bridge
and hurried my truth, the charm of it, home
and hoarded these constants into morning
only to find them gone.

딱 한 번

딱 한 번 삶이 무슨 의미인지 알았다.
보스턴에서, 별안간에, 나는 이해했다
찰스강을 따라 걸었고,
오페라 가수들처럼 활짝 입을 벌린,
온통 네온으로 치장하고 번쩍거리며
자신을 복제하는 불빛들을 지켜보았다.
별들을, 내 작은 노병들을,
내 흉터의 꽃잎들을 세었고, 내가 내 사랑을
밤의 녹색 쪽으로 걸리고 있음을 알았고,
동쪽으로 가는 차들에 대고 내 마음을 외쳤고
서쪽으로 가는 차들에 대고 내 마음을 외쳤고
나의 진실을 등 굽은 작은 다리 너머로 데려갔고
나의 진실을, 그 매혹을 집으로 재촉했고
이 불변의 것들을 쌓아 아침을 맞았으나
돌아보니 문득 사라졌을 뿐.

AGAIN AND AGAIN AND AGAIN

You said the anger would come back
just as the love did.

I have a black look I do not
like. It is a mask I try on.
I migrate toward it and its frog
sits on my lips and defecates.
It is old. It is also a pauper.
I have tried to keep it on a diet.
I give it no unction.

There is a good look that I wear
like a blood clot. I have
sewn it over my left breast.
I have made a vocation of it.
Lust has taken plant in it
and I have placed you and your
child at its milk tip.

Oh the blackness is murderous
and the milk tip is brimming
and each machine is working
and I will kiss you when
I cut up one dozen new men
and you will die somewhat,
again and again.

다시 그리고 다시 그리고 다시

너는 분노가 돌아올 거라고 했다
사랑이 그런 것처럼.

나는 좋아하지 않는 어두운 표정을
하고 있다. 시험 삼아 써본 가면이다.
내가 그쪽으로 옮겨 가면 그 개구리가
내 입술에 앉아 똥을 싼다.
그건 늙었다. 가난뱅이이기도 하다.
나는 그것의 먹이를 조절하려 애썼다.
아무 성유(聖油)도 주지 않았다.

내가 핏덩어리처럼 걸치는
좋은 표정이 있다. 그걸로
왼쪽 가슴을 꿰매 덮었다.
나는 그것으로 천직을 삼았다.
정욕이 그 안에 뿌리내렸고
나는 너와 네 아이를
그 젖꼭지에다 두었지.

아 어둠은 살인적이고
젖꼭지는 넘쳐흐르고
각각의 기계가 작동하고
나는 너에게 키스할 것이다
내가 열두 명의 새로운 남자들을 난도질할 때
그리고 너는 얼마간 죽을 것이다
다시 그리고 다시.

YOU ALL KNOW THE STORY OF THE OTHER WOMAN

It's a little Walden.
She is private in her breathbed
as his body takes off and flies,
flies straight as an arrow.
But it's a bad translation.
Daylight is nobody's friend.
God comes in like a landlord
and flashes on his brassy lamp.
Now she is just so-so.
He puts his bones back on,
turning the clock back an hour.
She knows flesh, that skin balloon,
the unbound limbs, the boards,
the roof, the removable roof.
She is his selection, part time.
You know the story too! Look,
when it is over he places her,
like a phone, back on the hook.

다들 다른 여자 얘기를 알지

이것은 작은 월든.
그녀가 숨자리에 홀로 있을 때
그의 몸은 이륙해서 난다,
화살처럼 똑바로 난다.
하지만 이것은 나쁜 번역.
낮은 누구의 친구도 아니지.
신은 집주인처럼 찾아와
놋쇠 램프 빛에 번쩍인다.
이제 그녀는 그냥 그렇다.
그는 자기 뼈들을 다시 집어넣고,
시계를 한 시간 전으로 되돌린다.
그녀는 육신을 안다, 그 가죽 풍선,
묶이지 않은 사지, 무대,
가정, 없어질 수도 있는 가정.
그녀는 그의 선택, 임시직이지.
당신들도 이 얘기를 안다! 보라,
상황이 끝나자 그가 그녀를
돌려놓는다, 수화기처럼 제자리에.

THE BALLAD OF
THE LONELY MASTURBATOR

The end of the affair is always death.
She's my workshop. Slippery eye,
out of the tribe of myself my breath
finds you gone. I horrify
those who stand by. I am fed.
At night, alone, I marry the bed.

Finger to finger, now she's mine.
She's not too far. She's my encounter.
I beat her like a bell. I recline
in the bower where you used to mount her.
You borrowed me on the flowered spread.
At night, alone, I marry the bed.

Take for instance this night, my love,
that every single couple puts together
with a joint overturning, beneath, above,
and abundant two on sponge and feather,
kneeling and pushing, head to head.
At night, alone, I marry the bed.

외로운 수음자의 발라드

연애의 끝은 언제나 죽음.
그녀는 나의 작업장. 불안정한 눈,
나의 숨결은 내 일족에서 빠져나와
네가 사라져버린 걸 알아챈다. 끔찍하다
수수방관하는 이들. 신물이 난다.
밤에, 홀로, 나는 침대와 결혼한다.

손가락에 손가락을 맞대고, 이제 그녀는 내 것.
그리 멀지 않다. 그녀는 나의 시합.
나는 종처럼 그녀를 두드린다. 나는 눕는다
네가 그녀를 올라타곤 했던 나무 그늘에.
넌 꽃무늬 침대보 위에서 날 빌려 갔지.
밤에, 홀로, 나는 침대와 결혼한다.

예를 들자면 오늘 밤, 사랑아,
커플이란 커플은 모조리 짝을 지어
같이 몸을 뒤집지, 아래로, 위로,
스펀지와 깃털 위에서 흐드러지는 둘,
머리와 머리를 맞대고, 무릎을 꿇고 밀어대지.
밤에, 홀로, 나는 침대와 결혼한다.

I break out of my body this way,
an annoying miracle. Could I
put the dream market on display?
I am spread out. I crucify.
My little plum is what you said.
At night, alone, I marry the bed.

Then my black-eyed rival came.
The lady of water, rising on the beach,
a piano at her fingertips, shame
on her lips and a flute's speech.
And I was the knock-kneed broom instead.
At night, alone, I marry the bed.

She took you the way a woman takes
a bargain dress off the rack
and I broke the way a stone breaks.
I give back your books and fishing tack.
Today's paper says that you are wed.
At night, alone, I marry the bed.

나는 이런 식으로 몸을 깨고 나온다
성가신 기적. 나는 그 꿈의 시장을
전시할 수 있을까?
나는 활짝 펼쳐졌다. 나는 억누른다.
내 작은 귀염둥이, 네가 말했지.
밤에, 홀로, 나는 침대와 결혼한다.

그러고 검은 눈의 적수가 왔지.
해변으로 오르는, 물의 숙녀,
그녀의 손가락 끝에는 피아노, 그 입술에는
부끄러움과 플루트 같은 그 음성.
대신에 나는 안짱다리 빗자루였지.
밤에, 홀로, 나는 침대와 결혼한다.

그녀는 옷걸이에 걸린 할인 상품을
채가듯이 너를 데려갔고
나는 돌멩이가 깨지듯이 부서졌다.
나는 네 책과 낚시 도구들을 돌려준다.
오늘 신문은 너의 혼인을 알린다.
밤에, 홀로, 나는 침대와 결혼한다.

The boys and girls are one tonight.
They unbutton blouses. They unzip flies.
They take off shoes. They turn off the light.
The glimmering creatures are full of lies.
They are eating each other. They are overfed.
At night, alone, I marry the bed.

오늘 밤 소년과 소녀는 하나다.
블라우스 단추를 푼다. 지퍼를 내린다.
신을 벗는다. 불을 끈다.
어렴풋이 빛나는 그 생명체들은 거짓말로 가득하다.
둘은 서로를 먹는다. 배불리 먹는다.
밤에, 홀로, 나는 침대와 결혼한다.

NOW

See. The lamp is adjusted. The ash tray
was carelessly broken by the maid.
Still, balloons saying *love me, love me*
float up over us on the ceiling.
Morning prayers were said as we sat
knee to knee. Four kisses for that!
And why in hell should we mind
the clock? Turn me over from twelve
to six. Then you taste of the ocean.
One day you huddled into a grief ball,
hurled into the corner like a schoolboy.
Oh come with your hammer, your leather
and your wheel. Come with your needle point.
Take my looking glass and my wounds
and undo them. Turn off the light and
then we are all over black paper.

Now it is time to call attention
to our bed, a forest of skin
where seeds burst like bullets.
We are in our room. We are in
a shoe box. We are in a blood box.
We are delicately bruised, yet we
are not old and not stillborn.
We are here on a raft, exiled from dust.

지금이다

봐. 램프가 다시 맞춰졌어. 재떨이는
하녀가 부주의하게 깨버렸고.
여전히, 나를 사랑해줘, 나를 사랑해줘 적힌 풍선들이
머리 위 천장에 떠 있어.
우리가 무릎과 무릎을 맞대고 앉은 사이
아침 기도문들이 읊조려졌지. 그것에 네 번의 키스를!
그리고 대체 왜 우리가 시계를
신경 써야 해? 열두 시부터 여섯 시까지 나를
뒤집어줘. 그러고 너는 대양을 맛보지.
어느 날 너는 웅크려 슬픔의 공이 되었고,
남학생처럼 구석으로 던져졌지.
아 네 망치를, 가죽과
바퀴를 가져와. 네 바늘 끝을 가져와.
내 거울과 상처들을 가져가서
원래대로 돌려줘. 불을 꺼 그러면
우리는 완전히 검은 종이야.

이제 우리 침대로,
씨앗들이 총알처럼 파열하는
피부의 숲으로 주의를 끌 시간.
우리는 우리 방에 있어. 우리는
신발 상자 안에 있어. 우리는 구급차 안에 있어.
우리는 우아하게 멍들었지만, 우리는
늙지 않았고 사산아도 아니야.
우리는 먼지로부터 추방돼 여기 뗏목 위에 있어.

The earth smell is gone. The blood
smell is here and the blade and its bullet.
Time is here and you'll go his way.
Your lung is waiting in the death market.
Your face beside me will grow indifferent.
Darling, you will yield up your belly and be
cored like an apple. The leper will come
and take our names and change the calendar.
The shoemaker will come and he will rebuild
this room. He will lie on your bed
and urinate and nothing will exist.
Now it is time. Now!

흙냄새는 사라졌어. 피 냄새는
여기에 있고 칼날과 총탄도 그렇지.
시간은 여기에 있고 너는 그의 길을 갈 거야.
네 폐는 죽음의 시장에서 기다리고 있어.
내 옆에 있는 네 얼굴은 갈수록 냉담해질 테지.
사랑하는 이여, 너는 배를 드러내고 사과처럼
속이 제거될 거야. 나환자가 와서
우리 이름을 취하고 달력을 바꿀 거야.
제화공(製靴工)이 와서 이 방을
재건할 거야. 그가 네 침대에 누워
오줌을 쌀 테고 그리고 아무것도 존재하지 않을 거야.
지금이 그때야. 지금이야!

US

I was wrapped in black
fur and white fur and
you undid me and then
you placed me in gold light
and then you crowned me,
while snow fell outside
the door in diagonal darts.
While a ten-inch snow
came down like stars
in small calcium fragments,
we were in our own bodies
(that room that will bury us)
and you were in my body
(that room that will outlive us)
and at first I rubbed your
feet dry with a towel
because I was your slave
and then you called me princess.
Princess!

우리

나는 검은
모피와 흰 모피에 휘감겼고
네가 날 원래대로 되돌려서는
황금색 빛 속에 두고
왕관을 씌워주는 사이
문밖에선 눈이
사선으로 내리꽂혔다.
눈이 이십오 센티미터쯤
부서져 작은 칼슘 파편이 된
별처럼 내리는 동안
우리는 우리 몸속에
(우리를 묻을 그 방)
너는 나의 몸속에
(우리보다 오래 살 그 방)
나는 먼저 수건으로
네 발을 닦았다
나는 너의 노예였으니까
그러고 너는 나를 공주님이라 불렀다.
공주님이라니!

Oh then
I stood up in my gold skin
and I beat down the psalms
and I beat down the clothes
and you undid the bridle
and you undid the reins
and I undid the buttons,
the bones, the confusions,
the New England postcards,
the January ten o'clock night,
and we rose up like wheat,
acre after acre of gold,
and we harvested,
we harvested.

아 그때
나는 황금빛 피부를 걸치고 일어섰고
그리고 나는 시편(詩篇)을 짓밟았고
그리고 나는 옷가지들을 짓밟았고
그리고 너는 굴레를 풀었고
그리고 너는 고삐를 풀었고
그리고 나는 단추를,
빼를, 혼란을,
뉴잉글랜드 엽서를,
1월 열 시의 밤을 풀었고,
우리는 밀처럼 솟아올라,
굽이굽이 금빛 들판으로 솟아올라,
우리는 추수를 했지,
우리는 추수를 했다.

KNEE SONG

Being kissed on the back
of the knee is a moth
at the windowscreen and
yes my darling a dot
on the fathometer is
tinkerbelle with her cough
and twice I will give up my
honor and stars will stick
like tacks in the night
yes oh yes yes yes two
little snails at the back
of the knee building bon-
fires something like eye-
lashes something two zippos
striking yes yes yes small
and me maker.

무릎 노래

오금에 입맞춤을
받는 건 방충망에
붙은 나방
아 좋아 내 사랑
음파측심기에 찍힌 점은
기침하는 팅커벨
나는 두 번 영광을
포기할 테고 별들은 납작못처럼
밤에 박힐 것이다
좋아 아 좋아 좋아 좋아 오금에
작은 달팽이 두 마리
뭔가 속눈
썹 같은 뭔가 두 지포
라이터가 작게 찰칵거리는 것 같은
모닥불을 피우는 좋아 좋아 좋아
나를 만드는 이여.

III

THE GOLD KEY

The speaker in this case
is a middle-aged witch, me —
tangled on my two great arms,
my face in a book
and my mouth wide,
ready to tell you a story or two.
I have come to remind you,
all of you:
Alice, Samuel, Kurt, Eleanor,
Jane, Brian, Maryel,
all of you draw near.
Alice,
at fifty-six do you remember?
Do you remember when you
were read to as a child?
Samuel,
at twenty-two have you forgotten?
Forgotten the ten P.M. dreams
where the wicked king
went up in smoke?
Are you comatose?
Are you undersea?

Attention,
my dears,

황금 열쇠

이번 사례를 발표해주실 분은
중년의 마녀, 저입니다
제 거대한 두 팔에 엉킨 채,
얼굴은 책 속에
입은 크게 벌어져
한두 가지 이야기를 드릴 채비를 마쳤지요.
저는 여러분을 일깨우려고 왔습니다
여러분 모두를요
앨리스, 새뮤얼, 커트, 엘리너,
제인, 브라이언, 메리얼,
다들 다가앉으세요.
앨리스,
쉰여섯에 기억하시나요?
누군가 책을 읽어주던
어린아이 때를 기억하세요?
새뮤얼,
스물둘에 잊으셨나요?
사악한 왕이
연기 속에서
일어서던
밤 열 시의 꿈들을 잊었나요?
혼수상태이신가요?
바다 밑에 계신가요?

여러분,
주목하세요,

let me present to you this boy.
He is sixteen and he wants some answers.
He is each of us.
I mean you.
I mean me.
It is not enough to read Hesse
and drink clam chowder,
we must have the answers.
The boy has found a gold key
and he is looking for what it will open.
This boy!
Upon finding a nickel
he would look for a wallet.
This boy!
Upon finding a string
he would look for a harp.
Therefore he holds the key tightly.
Its secrets whimper
like a dog in heat.
He turns the key.
Presto!
It opens this book of odd tales
which transform the Brothers Grimm.
Transform?
As if an enlarged paper clip
could be a piece of sculpture.
(And it could.)

이 소년을 소개하고 싶습니다.
열여섯 살이고 몇 가지 답을 구하고 있습니다.
이 아이는 우리 각자입니다.
당신 말입니다.
저 말입니다.
헤세를 읽고 클램차우더를
들이켜는 것으로는 충분하지 않아요
우리는 답을 찾아야만 합니다.
이 아이는 황금 열쇠를 발견했는데
그것으로 열 수 있는 것을 찾고 있어요.
이 아이!
동전을 발견했다면
지갑을 찾겠지요.
이 아이!
줄을 발견했다면
하프를 찾겠지요.
그러므로 아이는 열쇠를 단단히 쥡니다.
그 비밀이 발정난
개처럼 낑낑거립니다.
아이가 열쇠를 돌립니다.
우르릉 쾅!
열쇠가 이 책을 엽니다
그림 동화를 변형한 이상한 이야기들이 실려 있죠.
변형?
종이 집게를 키우면
한 점 조각상이 될 수 있다는 듯이 말이죠.
(물론 될 수 있습니다.)

SNOW WHITE AND THE SEVEN DWARFS

No matter what life you lead
the virgin is a lovely number:
cheeks as fragile as cigarette paper,
arms and legs made of Limoges,
lips like Vin Du Rhône,
rolling her china-blue doll eyes
open and shut.
Open to say,
Good Day Mama,
and shut for the thrust
of the unicorn.
She is unsoiled.
She is as white as a bonefish.

Once there was a lovely virgin
called Snow White.
Say she was thirteen.
Her stepmother,
a beauty in her own right,
though eaten, of course, by age,
would hear of no beauty surpassing her own.
Beauty is a simple passion,
but, oh my friends, in the end
you will dance the fire dance in iron shoes.
The stepmother had a mirror to which she referred —
something like the weather forecast —

백설공주와 일곱 난쟁이

당신이 어떤 삶을 살고 있더라도
처녀는 사랑스러운 것.
궐련 종이처럼 연약한 두 뺨,
리모주* 도자기로 만든 팔과 다리,
프랑스 론 계곡의 포도주 같은 입술,
깜박깜박
인형 같은 차이나 블루 눈동자를 굴리며,
입을 열어 말하지,
안녕하세요 엄마,
그러다가 유니콘이
찌르면 입을 닫는다.
그녀는 때 묻지 않았다.
그녀는 여을멸**처럼 하얗다.

옛날 옛날에 백설공주라는
사랑스러운 처녀가 있었습니다.
대략 열세 살쯤 되었죠.
아이의 계모는
타고난 미녀였습니다
어쩔 도리 없이 세월에 좀먹긴 했지만,
그녀를 능가하는 미녀가 없다는 얘기를 듣곤 했지요.
아름다움을 추구하는 건 단순한 열정이지만
아, 친구들이여, 마지막에는
무쇠 신발을 신고 불의 춤을 추게 된답니다.
계모에겐 질문에 답을 해주는 거울이 있었는데요,
일기예보처럼 말이죠,

a mirror that proclaimed
the one beauty of the land.
She would ask,
Looking glass upon the wall,
who is fairest of us all?
And the mirror would reply,
You are fairest of us all.
Pride pumped in her like poison.

Suddenly one day the mirror replied,
Queen, you are full fair, 'tis true,
but Snow White is fairer than you.
Until that moment Snow White
had been no more important
than a dust mouse under the bed.
But now the queen saw brown spots on her hand
and four whiskers over her lip
so she condemned Snow White
to be hacked to death.
Bring me her heart, she said to the hunter,
and I will salt it and eat it.
The hunter, however, let his prisoner go
and brought a boar's heart back to the castle.
The queen chewed it up like a cube steak.
Now I am fairest, she said,
lapping her slim white fingers.

Snow White walked in the wild wood
for weeks and weeks.
At each turn there were twenty doorways
and at each stood a hungry wolf,

그 땅의 최고 미녀를
알려주는 거울이었습니다.
계모는 묻곤 했어요,
거울아, 거울아,
우리 중에 누가 제일 아름다워?
그러면 거울이 대답했어요,
여왕님이 우리 중에 제일 아름답습니다.
자만이 독약처럼 퍼져나갔죠.

그러던 어느 날 거울이 대답했습니다
여왕님, 여왕님은 아주 아름답습니다, 그건 사실이지요,
하지만 백설공주가 여왕님보다 더 아름답습니다.
그 순간까지 백설공주는
침대 밑 먼지투성이 쥐만큼도
중요하지 않은 존재였습니다.
하지만 그때 여왕은 손에 생긴 검버섯과
입술 위에 난 수염 네 가닥을 보았고,
그래서 백설공주를 난도질해 죽이라는
명을 내렸습니다.
백설공주의 심장을 가져오너라, 계모가 사냥꾼에게 말했죠,
소금을 쳐서 먹을 것이다.
그러나 사냥꾼은 포로를 풀어주고
수퇘지의 심장을 성으로 가져갔습니다.
여왕이 큐브 스테이크처럼 씹어 먹었죠.
이제 내가 제일 아름답다
여왕이 가늘고 하얀 손가락을 핥으며 말했습니다.

백설공주는 몇 주 동안이나
인적 없는 숲속을 헤맸습니다.
방향을 틀 때마다 스무 개의 문간이 나타났고
문간마다 굶주린 늑대가

his tongue lolling out like a worm.
The birds called out lewdly,
talking like pink parrots,
and the snakes hung down in loops,
each a noose for her sweet white neck.
On the seventh week
she came to the seventh mountain
and there she found the dwarf house.
It was as droll as a honeymoon cottage
and completely equipped with
seven beds, seven chairs, seven forks
and seven chamber pots.
Snow White ate seven chicken livers
and lay down, at last, to sleep.

The dwarfs, those little hot dogs,
walked three times around Snow White,
the sleeping virgin. They were wise
and wattled like small czars.
Yes. It's a good omen,
they said, and will bring us luck.
They stood on tiptoes to watch
Snow White wake up. She told them
about the mirror and the killer-queen
and they asked her to stay and keep house.
Beware of your stepmother,
they said.
Soon she will know you are here.
While we are away in the mines
during the day, you must not
open the door.

벌레 같은 혀를 늘어뜨린 채 앉아 있었습니다.
새들이 분홍앵무처럼
외설적인 소리를 질러댔고,
뱀들이 저마다 고리를 만들어 늘어져서는
백설공주의 사랑스러운 하얀 목에 올가미를 걸었습니다.
일곱 번째 주에
일곱 번째 산에 다다른 백설공주는
난쟁이 집을 발견했습니다.
신혼여행용 오두막처럼 우스꽝스러운 집에
일곱 침대와 일곱 의자와 일곱 포크와
일곱 요강이 완벽하게 갖춰져 있었습니다.
백설공주는 닭 간 일곱 개를 먹어 치우고는
벌렁 누워 마침내 잠이 들었습니다.

난쟁이들, 기뻐서 어쩔 줄 모르는 작은 이들이
잠자는 처녀, 백설공주 주위를 세 번이나
돌았습니다. 그들은 조그만 차르***들처럼
현명하고 투실투실 살이 늘어졌습니다.
그래. 이건 좋은 징조야,
행운이 따를 거야.
그들은 까치발로 서서 백설공주가
깨어나는 것을 지켜보았습니다. 백설공주가
거울과 살인자 여왕 얘기를 털어놓자
난쟁이들은 같이 살자며 살림을 맡겼습니다.
계모를 조심해
난쟁이들이 말했습니다.
네가 여기 있는 걸 금방 알게 될 거야.
우리가 먼 광산에 가 있는
낮 동안에는 절대 문을
열면 안 돼.

Looking glass upon the wall ...
The mirror told
and so the queen dressed herself in rags
and went out like a peddler to trap Snow White.
She went across seven mountains.
She came to the dwarf house
and Snow White opened the door
and bought a bit of lacing.
The queen fastened it tightly
around her bodice,
as tight as an Ace bandage,
so tight that Snow White swooned.
She lay on the floor, a plucked daisy.
When the dwarfs came home they undid the lace
and she revived miraculously.
She was as full of life as soda pop.
Beware of your stepmother,
they said.
She will try once more.

거울아, 거울아…
거울이 입을 열자
여왕은 백설공주를 속이기 위해
행상인처럼 누더기를 걸치고 길을 나섰습니다.
여왕은 일곱 산을 넘었습니다.
여왕이 난쟁이 집에 다다랐고
백설공주는 문을 열고
장식끈을 조금 샀습니다.
여왕이 장식끈을 백설공주의
가슴에 두르고 졸라매었습니다.
압박 붕대만큼이나 꽉,
어찌나 졸라매었던지 백설공주는 졸도해버렸습니다.
꺾인 데이지꽃처럼 바닥에 쓰러졌지요.
난쟁이들이 집에 와 장식끈을 푸니
백설공주가 기적처럼 다시 살아났습니다.
소다수처럼 활기가 넘쳤어요.
계모를 조심해
난쟁이들이 말했습니다.
한 번 더 시도할 거야.

Looking glass upon the wall ...
Once more the mirror told
and once more the queen dressed in rags
and once more Snow White opened the door.
This time she bought a poison comb,
a curved eight-inch scorpion,
and put it in her hair and swooned again.
The dwarfs returned and took out the comb
and she revived miraculously.
She opened her eyes as wide as Orphan Annie.
Beware, beware, they said,
but the mirror told,
the queen came,
Snow White, the dumb bunny,
opened the door
and she bit into a poison apple
and fell down for the final time.
When the dwarfs returned
they undid her bodice,
they looked for a comb,
but it did no good.
Though they washed her with wine
and rubbed her with butter
it was to no avail.
She lay as still as a gold piece.

거울아, 거울아…
거울이 한 번 더 입을 열었고
여왕이 한 번 더 누더기를 입었고
백설공주가 한 번 더 문을 열었습니다.
이번에는 구부러진 이십 센티미터짜리 전갈,
독빗을 사서는
머리카락에 대자마자 또 졸도했습니다.
난쟁이들이 돌아와 빗을 빼니
백설공주가 기적적으로 다시 살아났습니다.
고아 애니처럼 눈을 휘둥그레 떴지요.
조심해, 조심해, 난쟁이들이 말했지만,
거울이 대답을 하고
여왕이 오고
멍청한 토끼 같은 백설공주가
문을 열고
독사과를 깨물고
마지막으로 쓰러졌습니다.
난쟁이들이 돌아와
꽉 죄인 웃옷을 벗기고
빗을 찾아봤지만
아무 소용이 없었습니다.
포도주로 몸을 씻고
버터로 문질러봤지만
헛수고였습니다.
백설공주는 금화처럼 고요히 누워 있었습니다.

The seven dwarfs could not bring themselves
to bury her in the black ground
so they made a glass coffin
and set it upon the seventh mountain
so that all who passed by
could peek in upon her beauty.
A prince came one June day
and would not budge.
He stayed so long his hair turned green
and still he would not leave.
The dwarfs took pity upon him
and gave him the glass Snow White —
its doll's eyes shut forever —
to keep in his far-off castle.
As the price's men carried the coffin
they stumbled and dropped it
and the chunk of apple flew out
of her throat and she woke up miraculously.

일곱 난쟁이는 차마 백설공주를
검은 땅속에 묻을 수가 없어서
유리로 관을 만들어
지나가는 이 누구나
백설공주의 아름다움을 엿볼 수 있도록
일곱 번째 산에 놓아두었습니다.
6월의 어느 날 한 왕자가 오더니
움직이지를 않았습니다.
왕자는 머리카락이 녹색이 되도록 머물렀지만
통 떠날 기미가 없었습니다.
난쟁이들은 왕자를 가엾게 여겨
멀고 먼 왕자의 성에 둘 수 있게
그 인형 같은 눈을 영원히 감은
백설공주의 유리관을 왕자에게 주었습니다.
왕자의 신하들이 관을 나르다가
비틀거리며 관을 떨어뜨렸고
백설공주의 목구멍에서 사과 조각이
튀어나오더니 공주가 기적적으로 깨어났습니다.

As thus Snow White became the prince's bride.
The wicked queen was invited to the wedding feast
and when she arrived there were
red-hot iron shoes,
in the manner of red-hot roller skates,
clamped upon her feet.
First your toes will smoke
and then your heels will turn black
and you will fry upward like a frog,
she was told.
And so she danced until she was dead,
a subterranean figure,
her tongue flicking in and out
like a gas jet.
Meanwhile Snow White held court,
rolling her china-blue doll eyes open and shut
and sometimes referring to her mirror
as women do.

그래서 백설공주는 왕자의 신부가 되었습니다.
사악한 여왕도 피로연에 초대되었는데
도착해보니 빨간 롤러스케이트처럼
빨갛게 달궈진
무쇠 신발이 있었고,
그게 여왕의 발에 신겨졌습니다.
처음에는 발가락이 연기를 내고
그러고는 뒤꿈치가 검게 변하고
그러고는 아래에서 위로 개구리처럼 튀겨질 거라고,
여왕은 얘기를 들었습니다.
그래서 여왕은 죽을 때까지 춤을 추었습니다
지옥의 형상,
여왕의 혀가 가스등 불꽃처럼
입밖을 들락거렸습니다.
그러는 동안 백설공주는 궁정을 다스렸지요
깜박깜박 인형 같은 차이나 블루 눈동자를 굴리며
때때로 거울에게 묻기도 하면서요
여자들이 다 그러듯이요.

* 리모주(Limoges)는 프랑스 파리에서 남쪽으로 370킬로미터 떨어진 리무쟁주의 주도로 도자기로 유명한 곳이다. 12세기부터 칠보자기를 만들기 시작했고 18세기부터는 고령토를 이용한 중국식 백자를 생산하여 유럽 각국의 왕실과 귀족들의 사랑을 받았으며 현재까지도 대표적인 도자기 산지로 인정받고 있다.

** 대서양과 카리브해, 태평양 일부 지역 등에 널리 분포하는 여을멸과의 물고기로 1미터 가까이 자랄 수 있으며 암컷이 수컷보다 크다. 몸이 은색 비늘로 덮여 있다.

*** 제정 러시아의 황제를 이른다.

WHITE SNAKE

There was a day
when all the animals talked to me.
Ten birds at my window saying,
Throw us some seeds,
Dame Sexton,
or we will shrink.
The worms in my son's fishing pail
said, It is Chilly!
It is chilly on our way to the hook!
The dog in his innocence
commented in his clumsy voice,
Maybe you're wrong, good Mother,
maybe they're not real wars.
And then I knew that the voice
of the spirits had been let in —
as intense as an epileptic aura —
and that no longer would I sing
alone.

In an old time
there was a king as wise as a dictionary.
Each night at supper
a secret dish was brought to him,
a secret dish that kept him wise.
His servant,
who had won no roses before,

하얀 뱀

그런 날이 있었다
온갖 동물이 와서 말을 거는.
새 열 마리가 창가에 와서 말했다
섹스턴 마님,
모이 좀 던져주세요,
아니면 저희는 쪼그라들 거예요.
아들의 낚시통에서 지렁이들이
말했다, 추워요!
낚싯바늘까지 가는 길이 추워요!
개가 아무것도 모르면서
괄사나운 목소리로 논했다
어머니, 그건 어머니가 틀렸을 거예요,
그것들이 '진짜' 전쟁이 아닐지도 모르죠.
그때 나는 알았지 영혼들의 목소리가
동물들 안에 깃들었음을—
간질 발작의 전조처럼 강렬하게—
그리고 더는 내가 혼자 노래하는
일이 없으리라는 걸.

옛날 옛적에
사전만큼 지혜로운 왕이 있었습니다.
매일 저녁 식사 때마다
비밀의 요리가 왕에게 대령되었죠,
왕을 지혜롭게 해주는 비밀 요리였습니다.
한 번도 미녀를 얻은 적 없는
왕의 하인이

thought to lift the lid one night
and take a forbidden look.
There sat a white snake.
The servant thought, Why not?
and took a bite.
It was a furtive weed,
oiled and brooding
and desirable slim.
I have eaten the white snake!
Not a whisker on it! he cried.
Because of the white snake
he heard the animals
in all their voices speak.
Thus the aura came over him.
He was inside.
He had walked into to building
with no exit.
From all sides
the animals spoke up like puppets.
A cold sweat broke out on his upper lip
for now he was wise.

Because he was wise
he found the queen's lost ring
diddling around in a duck's belly
and was thus rewarded with a horse
and a little cash for traveling.
On his way
the fish in the weeds
were drowning on air
and he plunked them back in

어느 날 그릇 뚜껑을 들어
몰래 안을 엿보았습니다.
하얀 뱀이 있었습니다.
하인은 생각했지요, 뭐 어때?
그러고는 한 입 먹었습니다.
그것은 기름을 바르고 사려 앉은
가늘고 매력적인
교활한 풀이었습니다.
나는 하얀 뱀을 먹었다!
털이 한 오라기도 없었어! 그가 소리쳤지요.
하얀 뱀 덕분에
동물들이 각자의 목소리로
하는 말이 들렸습니다.
그래서 그는 독특한 분위기를 풍기게 됐지요.
그는 모든 일을 알게 됐습니다.
출구 없는 건물로
걸어 들어간 것이죠.
사방에서
동물들이 꼭두각시처럼 떠들어댔습니다.
이제 지혜로워진 그의
윗입술에 식은땀이 배어났습니다.

지혜로웠으므로
그는 어느 오리 배 속에서 빈둥거리던
왕비가 잃어버린 반지를 발견하고
말 한 필과 약간의 노잣돈을
보상으로 받았습니다.
길을 가는데
물풀에 걸린 물고기들이
공기에 빠져 죽어가고 있었습니다
그가 대수롭지 않게 물에 던져주자

and the fish covered him with promises.
On his way
the army ants in the road pleaded for mercy.
Step on us not!
And he rode around them
and the ants covered him with promises.
On his way
the gallow birds asked for food
so he killed his horse to give them lunch.
They sucked the blood up like whiskey
and covered him with promises.

At the next town
the local princess was having a contest.
A common way for princesses to marry.
Fifty men had perished,
gargling the sea like soup.
Still, the servant was stage-struck.
Nail me to the masthead, if you will,
and make a dance all around me.
Put on the gramophone and dance at my ankles.
But the princess smiled like warm milk
and merely dropped her ring into the sea.
If he could not find it, he would die;
die trapped in the sea machine.

The fish, however, remembered
and gave him the ring.
But the princess, ever woman,
said it wasn't enough.
She scattered ten bags of grain in the yard

물고기들이 꼭 은혜를 갚겠다고 와글거렸습니다.
길을 가는데
길 한가운데에서 군대개미 떼가 자비를 구했습니다.
저희를 밟지 마세요!
그가 개미 떼를 돌아 말을 몰자
개미들이 꼭 은혜를 갚겠다고 와글거렸습니다.
길을 가는데
까마귀들이 먹을 걸 달라고 했습니다
그는 말을 죽여 새들에게 점심거리로 주었습니다.
새들이 위스키를 마시듯 피를 빨고는
꼭 은혜를 갚겠다고 와글거렸습니다.

다음 도시에서는
공주가 선발대회를 열고 있었습니다.
공주들이 결혼하는 일반적인 방식이었죠.
쉰 명의 남자가 바닷물을 수프처럼
들이켜고 죽었습니다.
그래도, 하인은 무대를 꿈꾸는 인물이었죠.
원하신다면 저를 돛대 꼭대기에 못 박고
주위를 빙빙 돌면서 춤추세요.
축음기를 틀어 놓고 제 발치에서 춤추세요.
하지만 공주는 따뜻한 우유 같은 미소를 짓고는
그저 반지를 바다에 빠트릴 뿐이었습니다.
반지를 찾지 못하면 그는 죽은 목숨입니다.
바다라는 장치에 끼어 죽게 되겠지요.

그러나 물고기들이 약속을 기억하고
반지를 가져다주었습니다.
하지만 천상 여자인 공주는
그걸로 충분치 않다고 말했습니다.
공주는 곡식 열 자루를 마당에 흩어놓고

and commanded him to pick them up by daybreak.
The ants remembered
and carried them in like mailmen.
The princess, ever Eve,
said it wasn't enough
and sent him out to find the apple of life.
He set forth into the forest for two years
where the monkeys jabbered, those trolls,
with their wine-colored underbellies.
They did not make a pathway for him.
The pheasants, those archbishops,
avoided him and the turtles
kept their expressive heads inside.
He was prepared for death
when the gallow birds remembered
and dropped that apple on his head.

He returned to the princess
saying, I am but a traveling man
but here is what you hunger for.
The apple was as smooth as oilskin
and when she took a bite
it was as sweet and crisp as the moon.
Their bodies met over such a dish.
His tongue lay in her mouth
as delicately as the white snake.
They played house, little charmers,
exceptionally well.
So, of course,
they were placed in a box
and painted identically blue

새벽이 오기 전에 주워 놓으라고 명령했습니다.
개미들이 약속을 기억하고
우체부처럼 낟알을 날랐습니다.
천상 이브인 공주는
그걸로도 충분치 않다며
나가서 생명의 사과를 찾아오라고 했습니다.
그는 여행길에 올라 이 년 동안 숲속을 헤맸습니다.
원숭이들이 깩깩거렸습니다 아랫배가
포도주색인 그 못생긴 놈들 말입니다.
그놈들이 길을 막고 버텼습니다.
농부들과 대주교들은
그를 피했고 거북이들은
표정이 풍부한 대가리를 등갑에 감추었습니다.
그가 죽음을 받아들였을 때
까마귀들이 약속을 기억하고
생명의 사과를 물어다 그의 머리에 떨어뜨렸습니다.

그는 공주에게 돌아와 말했습니다.
저는 여행자에 불과하지만
여기 공주님이 원하시던 것이 있습니다.
사과는 유포(油布)처럼 매끈했고
공주가 한 입을 베어 무니
달처럼 달콤하고 사각거렸습니다.
그런 음식을 두고 둘의 육체가 만났습니다.
그의 혀가 하얀 뱀처럼 우아하게
공주의 입안에 놓였습니다.
매력적인 두 사람,
소꿉놀이를 유난히 잘했습니다
그래서, 당연하게도,
둘은 상자 안에 놓였고
똑같이 파랗게 칠해졌고

and thus passed their days
living happily ever after —
a kind of coffin,
a kind of blue funk.
Is it not?

그래서 오래오래 행복하게
하루하루를 살았으니—
일종의 관,
일종의 파란 우울.
그렇지 않나요?

RAPUNZEL

A woman
who loves a woman
is forever young.
The mentor
and the student
feed off each other.
Many a girl
had an old aunt
who locked her in the study
to keep the boys away.
They would play rummy
or lie on the couch
and touch and touch.
Old breast against young breast ...

Let your dress fall down your shoulder,
come touch a copy of you
for I am at the mercy of rain,
for I have left the three Christ of Ypsilanti,
for I have left the long naps of Ann Arbor
and the church spires have turned to stumps.
The sea bangs into my cloister
for the young politicians are dying,
are dying so hold me, my young dear,
hold me ...

라푼첼

여자를 사랑하는
여자는
영원히 젊다.
스승과
제자는
서로를 덜어 먹는다.
소녀들에겐
사내애들과 어울리지 못하도록
서재에 가두는
나이 든 고모가 있었다.
둘은 카드놀이를 하거나
긴 의자에 누워
만지고 또 만지곤 했다.
늙은 가슴이 젊은 가슴에 닿고…

옷은 벗어 떨어뜨리고,
와서 너의 복사본을 만져봐
나는 비의 수중에 있으니까,
나는 입실랜티의 세 예수*를 떠났으니까,
나는 앤아버의 긴 낮잠을 떠났고
교회 첨탑들은 그루터기로 변했으니까.
바다가 내 수도원 회랑에 들이치고
젊은 정치가들이 죽어가니까,
죽어가니까 안아줘, 내 젊은 사랑아,
나를 안아줘…

The yellow rose will turn to cinder
and New York City will fall in
before we are done so hold me,
my young dear, hold me.
Put your pale arms around my neck.
Let me hold your heart like a flower
lest it bloom and collapse.
Give me your skin
as sheer as a cobweb,
let me open it up
and listen in and scoop out the dark.
Give me your nether lips
all puffy with their art
and I will give you angel fire in return.
We are two clouds
glistening in the bottle glass.
We are two birds
washing in the same mirror.
We were fair game
but we have kept out of the cesspool.
We are strong.
We are the good ones.
Do not discover us
for we lie together all in green
like pond weeds.
Hold me, my young dear, hold me.

노란 장미는 재로 변할 테고
뉴욕시는 무너질 거야
우리가 끝나기 전에, 그러니 안아줘,
내 젊은 사랑아, 나를 안아줘.
창백한 두 팔을 내 목에 감아줘.
네 심장을 꽃처럼 들려줘
그 심장이 피고 지지 않도록.
거미집처럼 얇은
네 피부를 줘,
그걸 열고
그 안을 엿듣고 어둠을 떠내게 해줘.
지옥의 기술로 온통 부풀어 오른
네 아래의 입술을 줘,
나는 답례로 천사의 불을 주리라.
우리는 유리병 안에서
반짝이는 두 구름.
우리는 같은 거울 속에서
깃을 씻는 두 마리 새.
우리는 안성맞춤의 상대이지만
불결한 곳들을 피해야 했지.
우리는 강해.
우리는 좋은 사람들이야.
우리를 발견하지 마
우리는 연못의 수초들처럼
온통 푸른 초원에 같이 누워 있으니.
안아줘, 내 젊은 사랑아, 나를 안아줘.

They touch their delicate watches
one at a time.
They dance to the lute
two at a time.
They are as tender as bog moss.
They play mother-me-do
all day.
A woman
who loves a woman
is forever young.

Once there was a witch's garden
more beautiful than Eve's
with carrots growing like little fish,
with many tomatoes rich as frogs,
onions as ingrown as hearts,
the squash singing like a dolphin
and one patch given over wholly to magic —
rampion, a kind of salad root,
a kind of harebell more potent than penicillin,
growing leaf by leaf, skin by skin,
as rapt and as fluid as Isadora Duncan.
However the witch's garden was kept locked
and each day a woman who as with child
looked upon the rampion wildly,
fancying that she would die

그들은 한 번에 하나씩
둘의 정밀한 시계를 만진다.
그들은 한 번에 둘씩
류트에 맞춰 춤춘다.
그들은 물이끼처럼 부드럽다.
그들은 종일
'엄마하고 나하고' 놀이를 한다.
여자를 사랑하는
여자는
영원히 젊다.

옛날에 이브의 정원보다 아름다운
마녀의 정원이 있었습니다.
당근이 작은 물고기처럼 자라고
토마토가 개구리처럼 주렁주렁 달리고
양파는 심장처럼 속으로 파고들고
호박은 돌고래처럼 노래를 부르고,
온전히 마법에 맡겨진 한 이랑에는
샐러드용 뿌리 식물이자 페니실린보다 강력한
실잔대의 일종인 램피언**이 줄줄이,
이파리와 줄기도 무성하게,
이사도라 던컨처럼 꿈꾸는 듯 유연하게 자랐습니다.
그렇게 굳게 닫힌 마녀의 정원이지만
매일 지켜보는 사람이 있었습니다.
아이를 밴 어떤 여자가 램피언에
갈망의 시선을 던지며 생각했지요

if she could not have it.
Her husband feared for her welfare
and thus climbed into the garden
to fetch the life-giving tubers.

Ah ha, cried the witch,
whose proper name was Mother Gothel,
you are a thief and now you will die.
However they mad a trade,
typical enough in those times.
He promised his child to Mother Gothel
so of course when it was born
she took the child away with her.
She gave the child the name Rapunzel,
another name for the life-giving rampion.
Because Rapunzel was a beautiful girl
Mother Gothel treasured her beyond all things.
As she grew older Mother Gothel thought:
None but I will ever see her or touch her.

She locked her in a tower without a door
or a staircase. It had only a high window.
When the witch wanted to enter she cried:
Rapunzel, Rapunzel, let down your hair.
Rapunzel's hair fell to the ground like a rainbow.
It was as yellow as a dandelion
and as strong as a dog leash.
Hand over had she shinnied up
the hair like a sailor
and there in the stone-cold room,
as cold as a museum,

저걸 먹지 못하면 죽을 것 같아.
여자의 남편이 아내를 걱정하다 못해
생명을 주는 그 뿌리를 구하려고
담을 넘어 마녀의 정원에 침입했습니다.

아하, 정식 이름이 마더 고델인
마녀가 소리쳤습니다
도둑이로구나, 넌 이제 죽을 것이다.
그러나 둘은 거래를 했습니다.
당시로서는 전형적인 일이었지요.
그는 마녀에게 태어날 아이를 주기로 약속했습니다.
아이가 태어나자 당연하게도
마녀가 와서 아이를 데려갔습니다.
마녀는 아이에게 생명을 주는 램피언의
다른 이름인 라푼첼이라는 이름을 주었습니다.
라푼첼은 아름다운 여자애였으니
마더 고델은 세상 무엇보다 아꼈습니다.
아이가 자라자 마더 고델은 생각했지요.
나 말고는 아무도 이 아이를 보거나 만지지 못하게 해야지.

마녀는 아이를 문도 없고 계단도 없는
탑에 가뒀습니다. 높은 창문 하나밖에 없었지요.
마녀가 들어가고 싶을 때는 소리쳤습니다.
라푼첼, 라푼첼, 머리카락을 내려주렴.
라푼첼의 머리카락이 무지개처럼 밑으로 내려왔습니다.
민들레처럼 노랗고
개 목줄처럼 질긴 머리카락이었습니다.
뱃사람처럼 머리카락을
잡고 기어올라
거기 박물관만큼 추운
얼음장 같은 방에서

Mother Gothel cried:
Hold me, my young dear, hold me,
and thus they played mother-me-do.

Years later a prince came by
and heard Rapunzel singing in her loneliness.
That song pierced his heart like a valentine
but he could find no way to get to her.
Like a chameleon he hid himself among the trees
and watched the witch ascend the swinging hair.
The next day he himself called out:
Rapunzel, Rapunzel, let down you hair,
and thus they met and he declared his love.
What is this beast, she thought,
with muscles on his arms
like a bag of snakes?
What is this moss on his legs?
What prickly plant grows on his cheeks?
What is this voice as deep as a dog?
Yet he dazzled her with his answers.
Yet he dazzled her with his dancing stick.
They lay together upon the yellowy threads,
swimming through them
like minnows through kelp
and they sang out benedictions like the Pope.

마더 고델이 외쳤습니다
안아줘, 내 젊은 사랑아, 나를 안아줘,
그래서 둘은 '엄마하고 나하고' 놀이를 했습니다.

몇 년이 지난 뒤에 어느 왕자가 지나가다가
라푼첼이 홀로 노래하는 소리를 들었습니다.
노래가 발렌타인의 고백처럼 심장을 꿰뚫었지만
그녀에게 갈 방법이 없었습니다.
왕자는 카멜레온처럼 나무 사이에 몸을 숨기고
마녀가 흔들리는 머리카락을 타고 오르는 걸 지켜보았습니다.
다음 날 왕자가 외쳤습니다.
라푼첼, 라푼첼, 머리카락을 내려주렴,
그래서 둘은 만났고, 그는 사랑을 고백했습니다.
이 짐승은 뭐지, 라푼첼은 생각했습니다
팔에 뱀 자루 같은
근육이 있네?
다리에 난 저 이끼는 뭐야?
뺨에 자라는 저 가시투성이 식물은 뭐지?
개처럼 낮은 저 목소리는 또 뭐야?
하지만 왕자는 일일이 답하며 라푼첼을 현혹했습니다.
그러고는 자신의 춤추는 막대로 그녀를 현혹했습니다.
둘은 노란 실 가닥들을 깔고 함께 누워
해초들 틈을 누비는 작은 물고기처럼
그 사이를 헤엄쳤고
교황처럼 큰 소리로 축복을 내렸습니다.

Each day he brought her a skein of silk
to fashion a ladder so they could both escape.
But Mother Gothel discovered the plot
and cut off Rapunzel's hair to her ears
and took her into the forest to repent.
When the prince came the witch fastened
the hair to hook and let it down.
When he saw that Rapunzel had been banished
he flung himself out of the tower, a side of beef.
He was blinded by thorns that pricked him like tacks.
As blind as Oedipus he wandered for years
until he heard a song that pierced his heart
like that long-ago valentine.
As he kissed Rapunzel her tears fell on his eyes
and in the manner of such cure-alls
his sight was suddenly restored.

They lived happily as you might expect
proving that mother-me-do
can be outgrown,
just as the fish on Friday,
just as a tricycle.
The world, some say,
is made up of couples.
A rose must have a stem.

왕자는 매일 둘이 도망갈 사다리를 만들
비단실 타래를 가져다주었습니다.
하지만 마더 고델이 음모를 발견하고는
라푼첼의 귀밑에서 머리카락을 싹둑 자르고는
잘못을 뉘우치도록 숲속으로 데려갔습니다.
왕자가 오자 마녀는 라푼첼의 머리카락을 고리에
고정한 채 밑으로 내렸습니다.
라푼첼이 사라진 것을 알게 된 왕자는
소고기 덩어리처럼 탑에서 몸을 던졌고
납작못처럼 박힌 가시들 때문에 눈이 멀었습니다.
오이디푸스처럼 눈이 먼 채 몇 년을 떠돌다가
왕자는 마침내 그 옛날 발렌타인의 고백처럼
심장을 꿰뚫는 노랫소리를 들었습니다.
왕자가 입을 맞추자 라푼첼의 눈물이 그의 눈에 떨어지고
그런 만병통치약이 흔히 그러듯
갑자기 왕자의 시력이 돌아왔습니다.

예상하셨겠지만 둘은
금요일의 생선처럼,
세발자전거처럼,
'엄마하고 나하고' 놀이도
졸업할 수 있음을 증명하며
행복하게 살았습니다.
누군가는 말하죠, 세상은
커플로 이루어져 있다고.
장미에는 줄기가 있어야 하는 법이라고.

As for Mother Gothel,
her heart shrank to the size of a pin,
never again to say: Hold me, my young dear, hold me,
and only as she dreamt of the yellow hair
did moonlight sift into her mouth.

마더 고델에 대해 말하자면,
심장이 바늘만 하게 쪼그라들어,
다시는 '안아줘, 내 젊은 사랑아, 나를 안아줘'라고 말하지
　　못했고,
노란 머리카락 꿈을 꿀 때에만
달빛이 입속으로 떨어져 내렸습니다.

* 1959년에 사회심리학자 밀턴 로치키는 망상 증상을 연구하기 위해 미국 미시간주에 있는 입실란티 국립병원에 자신이 예수라고 믿는 망상 환자 세 명을 한 방에 모아놓고 각자가 자신의 정체성을 어떻게 증명하는지 관찰하는 실험을 2년 동안 진행했다. 환자 세 명은 모두 자신의 정체성에 의문을 던지는 대신 각자 논리를 세워 다른 환자들이 예수가 아니라고 주장했다.

** 초롱꽃과 식물인 캄파눌라 라푼큘러스(Campanula rapunculus)를 이르는 속칭으로 '라푼첼'이라고도 부른다. 유럽에서는 야생으로 자라는 이 식물의 잎을 시금치처럼 식용하고 통통한 뿌리는 무처럼 식용했다. 그림 형제의「라푼첼」주인공이 이 식물에서 이름을 땄다.

THE FROG PRINCE

Frau Doktor,
Mama Brundig,
take out your contacts,
remove your wig.

I write for you.
I entertain.
But frogs come out
of the sky like rain.

Frogs arrive
With an ugly fury.
You are my judge.
You are my jury.

My guilts are what
we catalogue.
I'll take a knife
and chop up frog.

Frog has no nerves.
Frog is as old as a cockroach.
Frog is my father's genitals.
Frog is a malformed door knob.
Frog is a soft bag of green.

개구리 왕자

여의사 선생님,
마마 브런딕,
콘텍트 렌즈를 빼요,
가발을 벗어요.

전 당신을 위해 씁니다.
전 대접하죠.
하지만 하늘에서 개구리가
비처럼 쏟아집니다.

개구리들이 옵니다
추악한 분노와 함께.
당신은 저의 법관.
당신은 저의 배심원.

저의 죄는 우리가
또박또박 적어놓는 것들.
전 칼을 꺼내
개구리를 토막 낼게요.

개구리에겐 신경이 없습니다.
개구리는 바퀴벌레만큼 오래됐습니다.
개구리는 제 아버지의 성기.
개구리는 일그러진 문손잡이.
개구리는 부드러운 녹색 자루.

The moon will not have him.
The sun wants to shut off
like a light bulb.
At the sight of him
the stone washes itself in a tub.
The crow thinks he's an apple
and drops a worm in.
At the feel of frog
the touch-me-nots explode
like electric slugs.

Slime will have him.
Slime has made him a house.

Mr. Poison
is at my bed.
He wants my sausage.
He wants my bread.

Mama Brundig,
he wants my beer.
He wants my Christ
for a souvenir.

달은 개구리를 낳지 않을 테죠.
태양은 전구처럼
꺼지고 싶습니다.
개구리를 보고
돌멩이는 욕조에서 몸을 씻습니다.
까마귀는 개구리를 사과라 생각하고
안에 벌레를 떨어뜨립니다.
봉선화는 감전된 민달팽이마냥
개구리 기미만 보여도
폭발합니다.

점액이 개구리를 낳을 겁니다.
점액이 개구리에게 집이 되어주었습니다.

독약 씨가
제 침대에 있습니다.
그가 제 소시지를 달랍니다.
그가 제 빵을 달랍니다.

마마 브런딕,
그가 제 맥주를 달래요.
그가 기념품으로
제 예수 그리스도를 달래요.

Frog has boil disease
and a bellyful of parasites.
He says: Kiss me. Kiss me.
And the ground soils itself.

Why
should a certain
quite adorable princess
be walking in her garden
at such a time
and toss her golden ball
up like a bubble
and drop it into the well?
It was ordained.
Just as the fates deal out
the plague with a tarot card.
Just as the Supreme Being drills
holes in our skulls to let
the Boston Symphony through.

But I digress.
A loss has taken place.
The ball has sunk like a cast-iron pot
into the bottom of the well.

개구리는 종기를 앓고
배에는 기생충이 가득.
그가 말합니다. 키스해줘. 키스해줘.
그리고 땅은 스스로를 더럽힙니다.

왜
어떤
아주 귀여운 공주는
그런 시간에
정원을 어정거리다가
황금 공을
비눗방울처럼 하늘에 띄워서는
우물에 빠뜨리는 걸까요?
그렇게 정해진 거죠.
운명이 타로 카드로
역병을 나눠주는 것과 마찬가지로.
최고의 존재가 우리 두개골에
보스턴 심포니가 통과할 수 있도록
구멍을 뚫은 것과 마찬가지로.

제가 샛길로 빠졌네요.
분실 사건이 생겼어요.
공이 주물 냄비처럼
우물 바닥으로 가라앉았거든요.

Lost, she said,
my moon, my butter calf,
my yellow moth, my Hindu hare.
Obviously it was more than a ball.
Balls such as these are not
for sale in Au Bon Marché.
I took the moon, she said,
between my teeth
and now it is gone
and I am lost forever.
A thief had robbed by day.

Suddenly the well grew
thick and boiling
and a frog appeared.
His eyes bulged like two peas
and his body was trussed into place.
Do not be afraid, Princess,
he said, I am not a vagabond,
a cattle farmer, a shepherd,
a doorkeeper, a postman
or a laborer.
I come to you as a tradesman.
I have something to sell.
Your ball, he said,
for just three things.

잃어버렸어,
내 달, 내 어린 송아지,
내 노란 나방, 내 흰두 산토끼.
그것은 분명 단순한 공은 아니었지요.
그런 공은 백화점에서
팔지 않아요.
공주가 말했습니다, 나는 이로
달을 꽉 물었어
그러나 지금은 사라지고
영영 잃어버렸지.
벌건 대낮에 도둑이 훔쳐 가버렸어.

갑자기 우물물이
걸쭉해지면서 부글거리더니
개구리 한 마리가 나타났습니다.
눈이 완두콩처럼 불룩 튀어나왔고
몸은 제자리에 고정돼 있었습니다.
무서워하지 말아요, 공주님,
저는 방랑자도 아니요,
소 치는 농부도, 양치기도
문지기도, 우체부도
인부도 아닙니다.
저는 상인으로 왔습니다.
팔 것을 가지고요
바로 공주님 공이죠, 개구리가 말했습니다.
대가는 세 가지밖에 안 돼요.

Let me eat from your plate.
Let me drink from your cup.
Let me sleep in your bed.
She thought, Old Waddler,
those three you will never do,
but she made the promises
with hopes for her ball once more.
He brought it up in his mouth
like a tricky old dog
and she ran back to the castle
leaving the frog quite alone.

That evening at dinner time
a knock was heard at the castle door
and a voice demanded:
King's youngest daughter,
let me in. You promised;
now open to me.
I have left the skunk cabbage
and the eels to live with you.
The king then heard of her promise
and forced her to comply.
The frog first sat on her lap.
He was as awful as an undertaker.
Next he was at her plate
looking over her bacon
and calves' liver.
We will eat in tandem,
he said gleefully.
Her fork trembled
as if a small machine

공주님과 같은 접시로 먹게 해주세요.
공주님과 같은 컵으로 마시게 해주세요.
공주님의 침대에서 자게 해주세요.
공주는 생각했습니다, 늙은 어기적쟁이야,
네가 그 세 가지를 할 일은 절대 없을 거야,
하지만 공주는 공을 다시 찾고 싶은 마음에
약속했습니다.
개구리가 교활한 늙은 개처럼
공을 물고 올라오자
공주는 개구리를 거들떠보지도 않고
성으로 뛰어갔습니다.

그날 저녁 식사 시간에
성문을 두드리는 소리가 들리고
누군가가 소리쳤습니다.
왕의 막내딸이여,
저를 들이십시오. 당신은 약속했습니다.
이제 문을 열어주십시오.
저는 당신과 살려고 냄새나는 앉은부채와
뱀장어를 두고 왔습니다.
그때 왕이 딸의 이야기를 듣고는
약속을 지키라고 명했습니다.
개구리는 먼저 공주의 무릎에 앉았습니다.
장의사처럼 무시무시했지요.
그러고는 공주의 접시에 앉아
공주의 베이컨과
송아지 간 요리를 살폈습니다.
우리는 함께 먹을 거예요,
개구리가 기분 좋게 말했습니다.
공주의 포크가 안에 작은 모터가
들었나 싶게

had entered her.
He sat upon the liver
and partook like a gourmet.
The princess choked
as if she were eating a puppy.
From her cup he drank.
It wasn't exactly hygienic.
From her cup she drank
as if it were Socrates' hemlock.

Next came the bed.
The silky royal bed.
Ah! The penultimate hour!
There was the pillow
with the pricess breathing
and there was the sinuous frog
riding up and down beside her.
I have been lost in a river
of shut doors, he said,
and I have made my way over
the wet stones to live with you.
She woke up aghast.
I suffer for birds and fireflies
but not frogs, she said,
and threw him across the room.
Kaboom!

덜덜 떨렸습니다.
개구리가 간 위에 앉아
식도락가처럼 같이 먹었습니다.
공주는 강아지라도 먹는 양
목이 콱 막혔습니다.
개구리가 공주의 컵으로 물을 마셨습니다.
딱히 위생적이지는 않았습니다.
소크라테스의 독배라도 되는 듯이
공주가 그 컵으로 물을 마셨습니다.

다음은 침대였습니다.
부드러운 왕실의 침대.
아! 끝에서 두 번째의 시간!
공주가 누워 숨 쉬는
베개가 있었습니다.
그리고 공주 곁에는 오르락내리락하는
울룩불룩한 개구리가 있었습니다.
저는 닫힌 문들의 강에서
길을 잃었죠, 개구리가 말했습니다,
그리고 전 공주님과 같이 살려고
축축한 돌멩이들을 넘어왔어요.
공주가 깜짝 놀라 잠이 깼습니다.
새나 반딧불이라면 견디겠지만
개구리는 아니야, 공주가 말했습니다
그리고는 개구리를 집어 방 건너편으로 던졌습니다.
우르릉 쾅!

Like a genie coming out of a samovar,
a handsome prince arose in the
corner of her royal bedroom.
He had kind eyes and hands
and was a friend of sorrow.
Thus they were married.
After all he had compromised her.

He hired a night watchman
so that on one could enter the chamber
and he had the well
boarded over so that
never agin would she lose her ball,
that moon, that Krishna hair,
that blind poppy, that innocent globe,
that madonna womb.

사모바르에서 나오는 지니처럼
공주의 고귀한 침실 구석에서
잘생긴 왕자가 일어났습니다.
상냥한 눈과 손을 가진 왕자는
슬픔의 친구였습니다.
그래서 둘은 결혼했습니다.
어쨌거나 그가 공주의 명예를 더럽혔으니까요.

왕자는 야간 경비원을 고용해
아무도 방에 들어오지 못하도록 지키게 하고
우물은 판자로 막아
다시는 공주가 공을 잃어버리는 일이 없도록 했습니다.
그 달[月], 그 크리슈나의 머리카락,
그 눈먼 양귀비, 그 순진한 둥근 구,
그 성모마리아의 자궁을 말입니다.

BRIAR ROSE
(SLEEPING BEAUTY)

Consider
a girl who keeps slipping off,
arms limp as old carrots,
into the hypnotists's trance,
into a spirit world
speaking with the gift of tongues.
She is stuck in the time machine,
suddenly two years old sucking her thumb,
as inward as a snail,
learning to talk again.
She's on a voyage.
She is swimming further and further back,
up like a salmon,
struggling into her mother's pocketbook.
Little doll child,
come here to Papa.
Sit on my knee.
I have kisses for the back of your neck.
A penny for your thoughts, Princess.
I will hunt them like an emerald.
Come be my snooky
and I will give you a root.
That kind of voyage,
rank as honeysuckle.

들장미
(잠자는 숲속의 미녀)

생각해봐
시든 당근같이 흐느적거리는 팔
말은 언어적 재능이 넘치게 하면서
자꾸만 최면술사의 최면상태로
영적 세계로
빠져드는 소녀를.
아이는 타임머신에 갇혔고,
갑자기 손가락을 빨며
다시 말을 배우는,
달팽이만큼이나 내향적인 두 살짜리가 되었다.
아이는 여행 중이다.
물을 거스르는 연어처럼
어머니의 핸드백에 들어가려고 발버둥치며,
아이는 더 더 뒤로 헤엄치고 있다.
귀여운 아이야,
여기 아빠한테 와.
내 무릎에 앉아.
네 목덜미에 해줄 뽀뽀가 많단다.
멍하니 무슨 생각을 하니, 공주야.
내가 에메랄드처럼 다 찾아낼 거야.
와서 내 쿵쿵이가 되렴
그러면 뿌리를 줄게.
인동덩굴처럼 무성한,
그런 종류의 여행.

Once
a king had a christening
for his daughter Briar Rose
and because he had only twelve gold plates
he asked only twelve fairies
to the grand event.
The thirteenth fairy,
her fingers as long and thin as straws,
her eyes burnt by cigarettes,
her uterus an empty teacup,
arrived with an evil gift.
She made this prophecy:
The princess shall prick herself
on a spinning wheel in her fifteenth year
and then fall down dead.
Kaputt!
The court fell silent.
The king looked like Munch's Scream.
Fairies' prophecies,
in times like those,
held water.
However the twelfth fairy
had a certain kind of eraser
and thus she mitigated the curse
changing that death
into a hundread-year sleep.

옛날에
어떤 왕이 딸 들장미의
세례식을 열었는데
금쟁반이 열두 개밖에 없어서
열두 요정만
그 성대한 행사에 초청했습니다.
밀짚처럼 길고 가는 손가락에
담뱃불에 지져진 눈,
자궁은 빈 찻잔인
열세 번째 요정이
불길한 선물을 가지고 왔습니다.
요정은 이렇게 예언했습니다.
이 공주는 열다섯 살에
물레에 찔려
쓰러져 죽을 것이다.
우르릉 팍!
궁정이 침묵에 빠졌습니다.
왕은 뭉크의 〈절규〉 속 인물 같았지요.
그 시절에는
요정의 예언이
말이 되었습니다.
그러나 열두 번째 요정에게
모종의 지우개가 있어
그걸로 저주를 완화하여
죽음을 백 년짜리
잠으로 바꾸었습니다.

The king ordered every spinning wheel
exterminated and exorcized.
Briar Rose grew to be a goddess
and each night the king
bit the hem of her gown
to keep her safe.
He fastened the moon up
with a safety pin
to give her perpetual light
He forced every male in the court
to scour his tongue with Bab-o
lest they poison the air she dwelt in.
Thus she dwelt in his odor.
Rank as honeysuckle.

On her fifteenth birthday
she pricked her finger
on a charred spinning wheel
and the clocks stopped.
Yes indeed. She went to sleep.
The king and queen went to sleep,
the courtiers, the flies on the wall.
The fire in the hearth grew still
and the roast meat stopped crackling.
The trees turned into metal
and the dog became china.

왕은 모든 물레를
없애고 정화하라고 명했습니다.
들장미는 여신처럼 아름답게 자랐고
왕은 매일 밤
딸의 안전을 지키기 위해
공주의 치맛자락을 물어뜯었습니다.
그는 딸에게 영원한 빛을 주기 위해
안전핀으로
달을 달아 걸었습니다.
그는 궁정에 있는 모든 남자에게
공주가 마시는 공기를 더럽히지 않도록
세제로 혀를 씻으라 명했습니다.
그래서 공주는 왕의 악취 속에서 살았지요.
인동덩굴처럼 무성한.

열다섯 번째 생일날
공주는 검게 탄 물레에
손가락을 찔리고
시계가 멈추었습니다.
예 정말로요. 공주는 잠에 빠졌습니다.
왕과 왕비도 잠에 빠졌고,
조신들도, 벽에 붙은 파리들도 잠에 빠졌습니다.
벽난로에서 타던 불이 가만히 멈췄고
굽고 있던 고기도 지글거리는 걸 멈췄습니다.
나무들이 금속으로 변하고
개는 도자기가 되었습니다.

They all lay in a trance,
each a catatonic
stuck in the time machine.
Even the frogs were zombies.
Only a bunch of briar roses grew
forming a great wall of tacks
around the castle.
Many princes
tried to get through the brambles
for they had heard much of Briar Rose
but they had not scoured their tongues
so they were held by the thorns
and thus were crucified.
In due time
a hundred years passed
and a prince got through.
The briars parted as if for Moses
and the prince found the tableau intact.
He kissed Briar Rose
and she woke up criying:
Daddy! Daddy!
Presto! She's out of prison!
She married the prince
and all went well
except for the fear —
the fear of sleep.

모두 최면상태에 빠져 누운 그들은
각자 타임머신에 갇힌
긴장형 조현병* 환자였습니다.
개구리들조차 좀비였습니다.
성 주변으로
들장미만 무성하게 자라
납작못들이 튀어나온 거대한 방벽을 이뤘습니다.
숱한 왕자들이
나무딸기 숲을 뚫으려 했습니다.
들장미 얘기를 많이 들었으니까요
하지만 혀를 세척하지 않았으므로
가시에 붙들렸고
그래서 십자가에 못 박혔습니다.
머지않아
백 년이 지나고
한 왕자가 그곳을 통과했습니다.
들장미들이 마치 모세를 맞은 듯 길을 열었고
왕자는 누구의 손도 닿지 않은 극적인 현장을 발견했습니다.
왕자가 입을 맞추자
들장미가 소리를 지르며 깨어났습니다.
아빠! 아빠!
짠! 그녀는 감옥에서 벗어났습니다!
공주는 왕자와 결혼했고
모든 것이 잘 흘러갔습니다.
공포만 빼고요
잠에 대한 공포 말입니다.

Briar Rose
was an insomniac ...
She could not nap
or lie in sleep
without the court chemist
mixing her some knock-out drops
and never in the prince's presence.
It is to come, she said,
sleep must take me unawares
while I am laughing or dancing
so that I do not know that brutal place
where I lie down with cattle prods,
the hole in my cheek open.
Further, I must not dream
for when I do I see the table set
and a faltering crone at my place,
her eyes burnt by cigarettes
as she eats betrayal like a slice of meat.

들장미는
불면증 환자였으니…
기절하듯 잠드는 약물을 조제하는
궁정 약사 없이는
공주는 잠깐 졸지도
누워 잠들지도 못했고
왕자 앞에서는 자는 법이 없었습니다.
그게 올 거예요, 잠은 제가 웃거나 춤추는 사이에
불시에 절 데려갈 거예요
공주가 말했습니다
어딘지 모를 무자비한 곳에
저는 누워 있겠지요, 소몰이용 막대기들과 함께,
뺨에는 구멍이 난 채로요.
게다가, 전 꿈을 꾸지 말아야 해요
꿈을 꾸면 차려진 식탁과
제자리에 앉아 중얼거리는 쪼그랑할멈이 보여요
담뱃불로 지진 눈을 하고서는
고깃점인 양 배신을 씹어먹지요.

I must not sleep
for while asleep I'm ninety
and think I'm dying.
Death rattles in my throat
like a marble.
I wear tubes like earrings.
I lie as still as a bar of iron.
You can stick a needle
through my kneecap and I won't flinch.
I'm all shot up with Novocain.
This trance girl
is yours to do with.
You could lay her in a grave,
an awful package,
and shovel dirt on her face
and she'd never call back: Hello there!
But if you kissed her on the mouth
her eyes would spring open
and she'd call out: Daddy! Daddy!
Presto!
She's out of prison.

저는 잠들면 안 돼요
자는 동안에는 제가 죽어가는
아흔 살 노파인 것만 같거든요.
죽음이 구슬처럼
목구멍에서 달각거려요.
저는 귀걸이처럼 튜브들을 달고 있지요.
쇠막대기처럼 가만히 누워 있어요.
당신이 바늘로 제 무릎을
찔러도 움찔거리지도 않을 거예요.
전 노보카인** 주사를 잔뜩 맞았어요.
이 최면상태에 빠진 여자가
당신이 다룰 당신의 여자예요.
그 여자를 무덤에 눕혀도 돼요
지독한 꾸러미죠
그리고 삽으로 그 얼굴에 흙을 덮어요
그녀는 절대 '아아, 안녕!' 하며 되부르지 않을 거예요.
하지만 그녀의 입에 키스하면
그녀는 눈을 번쩍 뜨고
소리칠 거예요. 아빠! 아빠!
우르릉 꽝!
그녀는 감옥에서 벗어났어요.

There was a theft.
That much I am told.
I was abandoned.
That much I know.
I was forced backward.
I was forced forward.
I was passed hand to hand
like a bowl of fruit.
Each night I am nailed into place
and I forget who I am.
Daddy?
That's another kind of prison.
It's not the prince at all,
but my father
drunkenly bent over my bed,
circling the abyss like a shark,
my father thick upon me
like some sleeping jellyfish.
What voyage this, little girl?
This coming out of prison?
God help —
this life after death?

도둑질이 있었지요.
그 정도는 들었습니다.
저는 버림받았어요.
그 정도는 저도 압니다.
저는 뒤로 가야 했습니다.
저는 앞으로 가야 했습니다.
저는 이 손에서 저 손으로
과일 그릇처럼 넘겨졌습니다.
매일 밤 저는 한 곳에 못 박히고
제가 누구인지 잊습니다.
아빠?
그건 또 다른 감옥이지요.
만취해서 제 침대 위로 몸을 굽히는 건,
상어처럼 심연에서 빙빙 도는 건,
잠자는 해파리처럼
자욱하게 나를 덮은 건
왕자가 아니라
나의 아버지.
아가씨, 이 여행은 어때?
이 출옥은?
살려줘요—
죽음 뒤의 이 삶은?

* 긴장형 조현병은 조현병의 임상 유형 중 하나로 긴장성 혼미, 흥분 등의 특징을 보이며 증세가 심해지면 몇 시간 또는 며칠 동안 꼼짝하지 않고 누워 있는 경우도 있다.

** 염산 프로카인을 주성분으로 만든 국소 마취 주사제.

THE AMBITION BIRD

So it has come to this —
insomnia at 3:15 A.M.,
the clock tolling its engine

like a frog following
a sundial yet having an electric
seizure at the quarter hour.

The business of words keeps me awake.
I am drinking cocoa,
that warm brown mama.

I would like a simple life
yet all night I am laying
poems away in a long box.

It is my immortality box,
my lay-away plan,
my coffin.

All night dark wings
flopping in my heart.
Each an ambition bird.

The bird wants to be dropped
from a high place like Tallahatchie Bridge.

야망새

그래서 이 지경이 되었지
새벽 3시 15분의 불면,
발동기를 울리는 시계

해시계를 따르지만
십오 분마다 전기 발작을 일으키는
개구리처럼.

말의 일이 나를 잠 못 들게 한다.
나는 저 따뜻한 갈색의 엄마,
코코아를 마시고 있다.

단순한 삶을 살고 싶지만
나는 밤새 긴 상자에
시를 낳고 있다.

이건 내 불멸의 상자,
나의 적립식 구매 계획,
나의 관.

밤새 가슴속에서
검은 날개들이 퍼득거린다.
하나하나가 야망새다.

새는 탤러해차이 다리* 같은 높은 곳에서
떨어지고 싶다.

He wants to light a kitchen match
and immolate himself.

He wants to fly into the hand of Michelangelo
and come out painted on a ceiling.

He wants to pierce the hornet's nest
and come out with a long godhead.

He wants to take bread and wine
and bring forth a man happily floating in the Caribbean.

He wants to be pressed out like a key
so he can unlock the Magi.

He wants to take leave among strangers
passing out bits of his heart like hors d'oeuvres.

He wants to die changing his clothes
and bolt for the sun like a diamond.

He wants, I want.
Dear God, wouldn't it be
good enough to just drink cocoa?

새는 주방 성냥에 불을 밝히고
자신을 제물로 바치고 싶다.

새는 미켈란젤로의 손으로 날아 들어가
마침내 천장에 그려지고 싶다.

새는 말벌집을 꿰뚫어
오랜 신성(神性)을 걸치고 나오고 싶다.

새는 빵과 포도주를 먹고
행복하게 카리브해를 떠다니는 남자를 낳고 싶다.

새는 동방박사들을 풀어줄
열쇠로 찍혀 나오고 싶다.

새는 자신의 심장 조각을 전채 요리처럼 나눠주며
이방인들 사이에서 휴가를 보내고 싶다.

새는 옷을 바꿔입다가 죽고 싶고
다이아몬드처럼 태양을 향해 질주하고 싶다.

새는 원한다, 나는 원한다.
신이여, 그냥 코코아를 마시는 것으로는
충분하지 않겠습니까?

I must get a new bird
and a new immortality box.
There is folly enough inside this one.

새로운 새와
새로운 불멸의 상자가 필요하다.
이만한 어리석음으로도 이 상자는 꽉 찼다.

* 탤러해차이 다리는 미시시피주에 있는 탤러해차이 강을 건너는 다리로 원래는 목조였으나 화재로 소실된 후 다시 세워졌다. 1967년 바비 젠트리의 〈빌리 조에게 바치는 송시〉라는 노래 가사에 빌리 조가 이 다리에서 뛰어내리는 내용이 포함돼 있다. 1976년에 이 노래에서 영감을 받은 동명의 영화가 개봉되었다.

OH

It is snowing and death bugs me
as stubborn as insomnia.
The fierce bubbles of chalk,
the little white lesions
settle on the street outside.
It is snowing and the ninety
year old woman who was combing
out her long white wraith hair
is gone, embalmed even now,
even tonight her arms are smooth
muskets at ther side and nothing
issues from her but her last word —
"Oh." Surprised by death.

It is snowing. Paper spots
are falling from the punch.
Hello? Mrs. Death is here!
She suffers according to the digits
of my hate. I hear the filaments
of alabaster. I would lie down
with them and lift my madness
off like a wig. I would lie
outside in a room of wool
and let the snow cover me.
Paris white or flake white

오

눈은 오고 죽음이
불면증처럼 집요하게 나를 괴롭힌다.
사나운 분필 거품들,
저 작고 하얀 상처들이
바깥 거리에 내려앉는다.
눈이 오고 앙상한
긴 백발을 빗던 아흔
먹은 늙은 여자는
죽어 지금도 방부 처리돼 있고,
오늘 밤에도 그녀의 팔은 몸통 옆에 놓인
매끄러운 머스킷총, 그녀에게선 마지막 말
말고는 아무것도 나오지 않고—
"오." 죽음에 놀란 소리.

눈이 온다. 펀치에서
동그란 종잇조각들이 떨어진다.
여보세요? 죽음 부인이 왔어요!
그녀는 내 미움의 자릿수에 따라
괴로워한다. 설화석고로 만든
필라멘트 소리가 들린다. 나는 그들과 같이
누워 나의 광기를
가발처럼 벗어버릴 것이다. 나는
바깥 양털 방에 누워
눈에 덮일 것이다.
파리 화이트 또는 플레이크 화이트*
또는 은색, 모두가 내 입

or argentine, all in the washbasin
of my mouth, calling, "Oh."
I am empty. I am witless.
Death is here. There is no
other settlement. Snow!
See the mark, the pock, the pock!

Meanwhile you pour tea
with your handsome gentle hands.
Then you deliberately take your
forefinger and point it at my temple,
saying, "You suicide bitch!
I'd like to take a corkscrew
and screw out all your brains
and you'd never be back ever."
And I close my eyes over the steaming
tea and see God opening His teeth.
"Oh," He says.
I see the child in me writing, "Oh."
Oh, my dear, not why.

세면대 속에서 "오"를 부르며.
나는 비었다. 나는 어리석다.
죽음이 왔다. 다른 합의 방안은
없다. 눈이여!
흔적을, 마맛자국을, 마맛자국을 보라!

그새 너는 말쑥하고 점잖은 손으로
차를 따른다.
그러고는 신중하게 집게손가락을 들어
내 관자놀이를 가리키며
말하지. "이 자살이나 하는 년!
포도주 병따개로
뇌를 몽땅 뽑아서
다시는 못 돌아오게 하고 싶네."
그리고 나는 김이 오르는 찻잔을 들고 눈을 감은 채
신이 거룩한 입을 여는 것을 본다.
"오." 신이 말한다.
나는 내 안에 든 아이가 쓰는 것을 본다. "오."
오, 얘야, 왜는 안 돼.

* 파리 화이트와 플레이크 화이트는 흰색 물감의 이름이다.

MOTHER AND DAUGHTER

Linda, you are leaving
your old body now.
It lies flat, an old butterfly,
all arm, all leg, all wing,
loose as an old dress.
I reach out toward it but
my fingers turn to cankers
and I am motherwarm and used,
just as your childhood is used.
Question you about this
and you hold up pearls.
Question you about this
and you pass by armies.
Question you about this —
you with your big clock going,
its hands wider than jackstraws —
and you'll sew up a continent.

Now that you are eighteen
I give you my booty, my spoils,
my Mother & Co. and my ailments.
Question you about this
and you'll not know the answer —
the muzzle at the mouth,
the hopeful tent of oxygen,
the tubes, the pathways,

엄마와 딸

린다, 너는 떠나고 있구나
이제는 낡은 네 육신으로부터.
납작하게 누운 너의 육신, 늙은 나비,
온통 팔이, 온통 다리가, 온통 날개가,
낡은 옷처럼 느슨하구나.
손을 내밀어 보지만
내 손가락은 찔레나무로 변하고
나는 어미의 온기이고 소진됐지,
네 어린 시절이 소진된 것처럼.
여기에 대해 물으면
넌 진주를 들어올린다.
여기에 대해 물으면
넌 군대들을 지나친다.
여기에 대해 물으면—
째깍째깍 가는 커다란 시계를 가진 너에게
바늘을 허수아비보다 더 넓게 펼친 시계를 가진 너에게—
넌 대륙을 꿰매낼 것이다.

이제 넌 열여덟이고
난 내 전리품을, 내 성과들을,
내 어머니 주식회사와 내 질병들을 너에게 준다.
여기에 대해 물으면
넌 대답을 모를 테고—
입에 문 재갈,
희망을 담은 산소 텐트,
튜브들, 좁은 길들,

the war and the war's vomit.
Keep on, keep on, keep on,
carrying keepsakes to the boys,
carrying, my Linda, blood to
the bloodletter.

Linda, you are leaving
your old body now.
You've picked my pocket clean
and you've racked up all my
poker chips and left me empty
and, as the river between us
narrows, you do calisthenics,
that womanly leggy semaphore.
Question you about this
and you will sew me a shroud
and hold up Monday's broiler
and thumb out the chicken gut.
Question you about this
and you will see my death
drooling at these gray lips
while you, my burglar, will eat
fruit and pass the time of day.

전쟁과 전쟁이 토해놓은 것들.
계속 가, 계속 가, 계속 가,
소년들에게 줄 기념품을 들고,
피 뽑는 자들에게 줄
피를 담고, 나의 린다.

린다, 너는 떠나고 있구나
이제는 낡은 네 육신으로부터.
넌 내 주머니를 싹 털어갔고
넌 내 포커 칩들을 싹 긁어가서
날 빈털터리로 만들었고
우리 사이에 흐르는 강은
좁고, 너는 미용 체조를,
그 여성스럽고 가냘픈 수신호를 한다.
여기에 대해 물으면
넌 내게 수의를 지어줄 테고
월요일의 닭을 쳐들 테고
엄지로 닭 내장을 긁어낼 테지.
여기에 대해 물으면
넌 이 회색 입에서 침 흘리는
내 죽음을 볼 테고
그동안 너, 나를 약탈한 강도여, 너는 과일을 먹으며
하루의 시간을 보낼 것이다.

THE WIFEBEATER

There will be mud on the carpet tonight
and blood in the gravy as well.
The wife beater is out,
the childbeater is out
eating soil and drinking bullets from a cup.
He strides back and forth
in front of my study window
chewing little red pieces of my heart.
His eyes flash like a birthday cake
and he makes bread out of rock.

Yesterday he was walking
like a man in the world.
He was upright and conservative
but somehow evasive, somehow contagious.
Yesterday he built me a country
and laid out a shadow where I could sleep
but today a coffin for the madonna and child,
today two women in baby clothes will be hamburg.

여자 패는 남자

오늘 밤 카펫 위에는 진흙이
그레이비에는 또 피가 뿌려지겠지.
여자 패는 남자가 바깥에,
아이 패는 남자가 바깥에
흙을 먹고 컵에 든 총알을 마신다.
성큼성큼 오락가락
내 서재 창문 앞에서
내 붉은 심장 조각을 씹는 그.
그의 눈은 생일 케이크처럼 번득이고
그는 바위로 빵을 만든다.

어제 그는 어엿한
사람처럼 걷고 있었다.
꼿꼿하고 보수적이지만
그는 어쩐지 종잡을 수 없고, 어쩐지 전염성이 있다.
어제 그는 내게 한 나라를 건설해주었고
내가 잠잘 수 있게 그늘을 드리워주었지만
오늘은 성모와 성자를 담을 관이 놓이고
오늘은 배내옷을 입은 두 여자가 햄버거가 될 것이다.

With a tongue like a razor he will kiss,
the mother, the child,
and we three will color the stars black
in memory of his mother
who kept him chained to the food tree
or turned him on and off like a water faucet
and made women through all these hazy years
the enemy with a heart of lies.

Tonight all the red dogs lie down in fear
and the wife and daughter knit into each other
until they are killed.

면도날 같은 혀로 그가 입맞출 것이다
어미에게, 아이에게,
그리고 우리 셋은 별을 검게 칠할 것이다
그를 음식 나무에 쇠사슬로 매어 놓거나
그를 수도꼭지처럼 틀었다 잠갔다 했던,
그리고 이 흐릿한 세월을 통과하며 여자들을
가슴에 거짓말을 품은 적으로 만들어버린
그의 어머니를 기리며.

오늘 밤 붉은 개들은 모두 공포에 질려 눕고
아내와 딸이 얽혀 서로를 파고든다
살해당할 때까지.

ANNA WHO WAS MAD

Anna who was mad,
I have a knife in my armpit.
When I stand on tiptoe I tap out messages.
Am I some sort of infection?
Did I make you go insane?
Did I tell you to climb out the window?
Forgive. Forgive.
Say not I did.
Say not.
Say.

Speak Mary-words into our pillow.
Take me the gangling twelve-year-old
into your sunken lap.
Whisper like a buttercup.
Eat me. Eat me up like cream pudding.
Take me in.
Take me.
Take.

미친 애나

미친 애나,
내 겨드랑이에는 칼이 있다.
까치발로 설 때면 나는 메시지를 보낸다.
내가 무슨 전염병이라도 돼?
내가 당신을 미치게 했어?
내가 당신한테 창문으로 뛰어내리라고 했어?
용서해. 용서해.
내가 아니라고 말해.
아니라고 말해.
말해.

우리 베개에 마리아의 말들을 들려줘.
키만 훌쩍 큰 열두 살 나를
당신의 움푹한 곳 속으로 데려가줘.
미나리아재비처럼 속삭여줘.
나를 먹어줘. 나를 크림 푸딩처럼 싹싹 먹어줘.
나를 받아들여줘.
나를 받아줘.
받아줘.

Give me a report on the condition of my soul.
Give me a complete statement of my actions.
Hand me a jack-in-the-pulpit and let me listen in.
Put me in the stirrups and bring a tour group through.
Number my sins on the grocery list and let me buy.
Did I make you go insane?
Did I turn up your earphone and let a siren drive through?
Did I open the door for the mustached psychiatrist
who dragged you out like a golf cart?
Did I make you go insane?
From the grave write me, Anna!
Your are nothing but ashes but nevertheless
pick up the Parker Pen I gave you.
Write me.
Write.

내 영혼의 상태에 관한 보고서를 줘.
내 행위들에 관한 완전한 진술서를 줘.
천남성(天南星)*을 건네주고 귀 기울이게 해줘.
나를 등자에 집어넣고 여행단을 이끌어줘.
쇼핑 목록에 내 죄를 나열하고 내가 장을 보게 해줘.
내가 당신을 미치게 했어?
내가 당신의 보청기를 켜고 사이렌을 울렸어?
골프 카트처럼 당신을 끌고 나간 그
수염 난 정신과 의사에게 내가 문을 열어줬어?
내가 당신을 미치게 했어?
무덤에서 편지를 보내줘, 애나!
당신은 재에 불과하지만 그래도
내가 준 파커 펜을 쥐어.
내게 편지를 써.
써.

* 열매와 구경(球莖)을 사약의 재료로 썼던 유독성 식물로, 영어 이름인 'jack-in-the-pulpit'은 '설교단에 선 남자'라는 뜻이다.

THE HEX

Every time I get happy
the Nana-hex comes through.
Birds turn into plumer's tools,
a sonnet turns into a dirty joke,
a wind turns into a tracheotomy,
a boat turns into a corpse,
a ribbon turns into a noose,
all for the Nana-song,
sour notes calling out in her madness:
You did it. You are the evil.
I was thirteen,
her awkward namesake,
our eyes an identical green.
There is no news in it
except every time I say:
I feel great or
Life is marvelous or
I just wrote a poem,
the heartbeat,
the numb hand,
the eyes going black
from the outer edges,
the xylophone in the ears
and the voice, the voice,
the Nana-hex.
My eyes stutter. I am blind.

징크스

행복해질 때마다
나나* 징크스가 들어온다.
새들이 깃털 사냥꾼의 앞잡이로 바뀌고,
소네트가 저속한 농담으로 바뀌고,
바람이 기관절개로 바뀌고,
보트가 시체로 바뀌고,
리본이 올가미로 바뀌고,
모두가 나나 노래에 쓰이는,
그녀의 광기에서 터져나오는 불쾌한 음들.
네가 그랬어. 너는 악마야.
나는 열세 살,
그녀의 이름을 받은 쭈뼛대는 아이.
우리 눈은 똑같은 녹색이었다.
새로운 소식은 없다
다만 내가 정말 기분 좋아 또는
삶은 놀라워 또는
방금 시 한 편 썼어라는
말을 할 때마다
심장박동이,
감각을 잃은 손이,
가장자리부터
어두워지는 눈이
귀에서 들리는 실로폰 소리가
그리고 목소리, 목소리가,
나나 징크스.
내 눈은 더듬거린다. 나는 눈이 멀었다.

Sitting on the stairs at thirteen,
hands fixed over my ears,
the Hitler-mouth psychiatrist climbing
past me like an undertaker,
and the old woman's shriek of fear:
You did it. You are the evil.
It was the day meant for me.
Thirteen for your whole life,
just the masks keep chaging.
Blood in my mouth,
a fish flopping in my chest
and doom stamping its little feet.
You did it. You are the evil.
She's long gone.
She went out on the death train.
But someone is in the shooting gallery
binding her time.
The dead take aim.
I feel great!
Life is marvelous!
and yet bull's eye,
the hex.

두 손으로 귀를 막고
계단에 앉은 열세 살,
히틀러의 입을 한 정신과 의사가
장의사처럼 나를 지나쳐 계단을 오르고,
늙은 여자의 공포에 질린 비명.
네가 그랬어. 너는 악마야.
나에게 아주 잘 어울리는 날이었다.
그냥 가면만 바꿔가며
너의 평생이 된 열세 살.
입안에는 피
가슴에는 팔딱거리는 물고기
그리고 그 작은 발로 짓밟는 운명.
네가 그랬어. 네가 그 악마야.
그녀는 오래전에 죽었다.
그녀는 죽음의 열차에 실려 갔다.
하지만 누군가가 사격장에서
그녀의 시간을 붙들고 있다.
죽은 자는 겨냥한다.
정말 기분 좋아!
삶은 놀라워!
그런데도 명중,
징크스.

It's all a matter of history.
Brandy is no solace.
Librium only lies me down
like a dead snow queen.
Yes! I am still the criminal.
Yes! Take me to the station house.
But book my double.

다 역사의 문제다.
브랜디는 위안이 안 된다.
진정제는 죽은 눈의 여왕처럼
나를 눕힐 뿐이다.
그래! 나는 여전히 범죄자다.
그래! 나를 경찰서로 데려가라.
하지만 나를 꼭 닮은 나를 고발하라.

* 나나(또는 애나)는 앤 섹스턴에 어릴 때 함께 살았던 미혼의 대고모이다. 부모와 애착 관계를 형성하지 못한 섹스턴이 부모보다 더 의지하는 친밀한 사이였으나 섹스턴이 열세 살 때 정신병이 발발하여 요양시설로 보내진 후 관계가 냉랭해졌다.

THE RED SHOES

I stand in the ring
in the dead city
and tie on the red shoes.
Everything that was calm
is mine, the watch with an ant walking,
the toes, lined up like dogs,
the stove long before it boils toads,
the parlor, white in winter, long before flies,
the doe lying down on moss, long before the bullet.
I tie on the red shoes.

They are not mine.
They are my mother's.
Her mother's before.
Handed down like an heirloom
but hidden like shameful letters.
The house and the street where they belong
are hidden and all the women, too,
are hidden.

All those girls
who wore the red shoes,
each boarded a train that would not stop.
Stations flew by like suitors and would not stop.
They all danced like trout on the hook.
They were played with.

분홍신

죽은 도시
링 안에 서서
분홍신에 발을 묶는다.
고요했던 모든 것은
나의 것, 개미가 걸어가는 시계,
개들처럼 나란히 선 발가락들,
두꺼비들을 끓이기 훨씬 전의 스토브,
파리들 훨씬 전의, 겨울에 하얗던 응접실,
총알 훨씬 전의, 이끼에 누운 암사슴.
나는 분홍신에 발을 묶는다.

내 것은 아니다.
어머니의 것.
이전에는 어머니의 어머니의 것.
가보처럼 전해지지만
부끄러운 편지처럼 숨겨지는 것.
이 신이 속한 집과 거리는
숨겨지고 모든 여성도, 마찬가지로
숨겨진다.

분홍신을 신은
저 모든 여자애들,
다들 멈추지 않을 기차에 올랐다.
역은 구애자들처럼 스쳐 지나갈 뿐 멈추지 않는다.
모두 낚싯바늘에 걸린 송어처럼 춤을 추었다.
그들은 농락당했다.

They tore off their ears like safety pins.
Their arms fell off them and became hats.
Their heads rolled off and sang down the street.
And their feet — oh God, their feet in the market place —
their feet, those two beetles, ran for the corner
and then danced forth as if they were proud.
Surely, people exclaimed,
surely they are mechanical. Otherwise ...

But the feet went on.
The feet could not stop.
They were wound up like a cobra that sees you.
They were elastic pulling itself in two.
They were islands during an earthquake.
They were ships colliding and going down.
Never mind you and me.
They could not listen.
They could not stop.
What they did was the death dance.

What they did would do them in.

그들은 안전핀을 뽑아내듯 귀를 찢어냈다.
팔은 떨어져 모자가 되었다.
머리가 거리를 따라 굴러가며 노래를 불렀다.
그리고 그들의 발은, 아 세상에, 그들의 발은 시장에—
그들의 발, 그 두 마리 딱정벌레는 구석을 찾아 달리고
그러고는 자랑스럽다는 듯이 춤을 추며 나섰다.
확실히, 사람들은 환호했지,
확실히 저 애들은 기계야. 그렇지 않고서야…

하지만 발은 계속해서 나아갔다.
발은 멈출 수 없었다.
발은 너를 본 코브라처럼 긴장했다.
발은 유연해서 스스로를 잡아당겨 둘이 되었다.
발은 지진이 일어나는 동안 섬이었다.
발은 충돌하고 침몰하는 배였다.
너와 나는 신경 쓰지 마.
발은 들을 수 없었다.
발은 멈출 수 없었다.
발이 한 일은 죽음의 춤.

그들이 한 일이 그들을 죽일 것이다.

THE OTHER

Under my bowels, yellow with smoke,
it waits.
Under my eyes, those milk bunnies,
it waits.
It is waiting.
It is waiting.
Mr. Dppelgänger. My brother. My spouse.
Mr. Dppelgänger. My enemy. My lover.
When truth comes spilling out like peas
it hangs up the phone.
When the child is soothed and resting on the breast
it is my other who swallows Lysol.
When someone kisses someone or flushes the toilet
it is my other who sits in a ball and cries.
My other beats a tin drum in my heart.
My other hangs up laundry as I try to sleep.
My other cries and cries and cries
when I put on a cocktail dress.
It cries when I prick a potato.
It cries when I kiss someone hello.
It cries and cries and cries
until I put on a painted mask
and leer at Jesus in His passion.
Then it gigles.
It is a thumbscrew.
Its hatred makes it clairvoyant.

다른 하나

내 창자 밑에서, 담배 연기로 누레진
그것은 기다린다.
내 눈 밑에서, 저 새끼 토끼
그것은 기다린다.
그것은 기다리고 있다.
그것은 기다리고 있다.
도플갱어 씨. 나의 형제. 나의 배우자.
도플갱어 씨. 나의 적. 나의 애인.
진실이 완두콩처럼 쏟아질 때
그것은 전화를 끊는다.
편안해진 아이가 가슴 위에 누워 있을 때
소독제를 들이켜는 건 나의 다른 하나.
누가 누구에게 키스하거나 변기 물을 내릴 때
웅크리고 앉아서 우는 건 나의 다른 하나.
나의 다른 하나가 심장 안에서 양철북을 두드린다.
나의 다른 하나가 내가 자려고 애쓰는 사이에 빨래를 넌다.
내가 칵테일 드레스를 입을 때
나의 다른 하나가 울고 울고 또 운다.
내가 감자를 찔러볼 때 그것은 운다.
내가 누군가에게 안부의 입맞춤을 할 때 그것이 운다.
내가 색칠한 가면을 쓰고
수난에 든 예수를 곁눈질할 때까지
그것이 울고 울고 또 운다.
그러고는 그것이 까르륵거린다.
그것은 작은 고문 도구.
그것은 품은 증오 덕분에 천리안이다.

I can only sign over everything,
the house, the dog, the ladders, the jewels,
the soul, the family tree, the mailbox.

Then I can sleep.

Maybe.

나는 그저 모든 것에 서명할 뿐,
집에, 개에, 사다리에, 보석에,
영혼에, 가계도에, 우편함에.

그러면 나는 잠들 수 있으리.

아마도.

KILLING THE SPRING

When the cold rains kept on and killed the spring,
it was as though a young person had died for no reason.
Ernest Hemingway, *A moveable Feast*

Spring had been bulldozed under.
She would not, would not, would not.
Late April, late May
and the metallic rains kept on.
From my gun-metal window I watched
how the dreadful tulips
swung on their hinges,
beaten down like pigeons.

Then I ignored spring.
I put on blinders and rode on a donkey
in a circle, a warm circle.
I tried to ride for eternity
but I came back.
I swallowed my sour meat
but it came back.
I struck out memory with an X
but it came back.
I tied down time with a rope
but it came back.

봄 죽이기

차가운 비가 계속 내려 봄을 죽였을 때는
마치 젊은 사람이 아무 이유 없이 죽은 것만 같았다.
— 어니스트 헤밍웨이, 『파리는 날마다 축제』

봄은 불도저에 깔아뭉개졌다.
아닐 것이다, 아닐 것이다, 아닐 것이다.
늦은 4월, 늦은 5월
그리고 금속성 비가 계속 내렸다.
암회색 창으로
나는 끔찍한 튤립들이
제 경첩에 매달려 흔들리면서
비둘기처럼 두들겨 맞은 걸 지켜보았다.

그러고는 나는 봄을 외면했다.
곁눈가리개를 쓰고 당나귀에 올라타
원을 그렸다 따뜻한 원을.
영원을 향해 달리려 했지만
돌아왔다.
불쾌한 고기를 삼켰지만
그것이 돌아왔다.
기억에 가위표를 쳤지만
그것이 돌아왔다.
밧줄로 시간을 묶었지만
그것이 돌아왔다.

Then
I put my head in a death bowl
and my eyes shut up like clams.
They didn't come back.
I was declared legally blind
by my books and papers.
My eyes, those two blue gods,
would not come back.
My eyes, those sluts, those whores,
would play no more.

Next I nailed my hands
onto a pine box.
I followed the blue viens
like a neon road map.
My hands, those touchers, those bears,
would not reach out and speak.
They could no longer get in the act.
They were fastened down to oblivion.
They did not come back.
They were through with their abominable habits.
They were in training for a crucifixion.
They could not reply.

그러고는
나는 죽음의 사발에 머리통을 집어넣었고
두 눈이 대합처럼 감겼다.
눈들은 돌아오지 않았다.
내 책과 서류들에 의해
나는 법적으로 눈멀었다고 선언되었다.
내 눈은, 그 두 푸른 신은,
돌아오지 않을 것이다.
내 눈은, 그 쌍년들은, 그 창녀들은
더는 놀아나지 않을 것이다.

다음으로 나는 두 손을
소나무 상자에 못 박았다.
나는 네온 도로 지도인 양
푸른 정맥을 따라갔다.
내 손은, 그 만지는 것들은, 그 곰들은
뻗지도 말하지도 않을 것이다.
두 손은 더는 행위에 가담할 수 없었다.
두 손은 망각에 묶였다.
두 손은 돌아오지 않았다.
두 손은 혐오스러운 버릇들과 절교했다.
두 손은 십자가형을 연습하고 있었다.
두 손은 대답할 수 없었다.

Next I took my ears,
those two cold moons,
and drowned them in the Atlantic.
They were not wearing a mask.
They were not deceived by laughter.
They were not luminous like the clock.
They sank like oiled birds.
They did not come back.
I waited with my bones on the cliff
to see if they'd float in like slick
but they did not come back.

I could not see the spring.
I could not hear the spring.
I could not touch the spring.
Once upon a time a young person
died for no reason.
I was the same.

다음으로 나는 두 귀를,
그 차가운 두 달을 떼어
대서양에 수장시켰다.
두 귀는 가면을 쓰고 있지 않았다.
두 귀는 웃음소리에 속지 않았다.
두 귀는 시계처럼 빛을 내지 않았다.
두 귀는 기름을 뒤집어쓴 새들처럼 가라앉았다.
두 귀는 돌아오지 않았다.
그것들이 유막처럼 뜨는지 보려고
내 뻐다귀들과 함께 절벽 위에서 기다렸건만
두 귀는 돌아오지 않았다.

나는 봄을 볼 수 없었다.
나는 봄을 들을 수 없었다.
나는 봄을 만질 수 없었다.
옛날 옛적에 어느 젊은 사람이
아무 이유 없이 죽었다.
나도 마찬가지였다.

ANGELS OF THE LOVE AFFAIR

"Angels of the love affair, do you know that other,
the dark one, that other me?"

1. *Angel of Fire and Genitals*

Angel of fire and genitals, do you know slime,
that green mama who first forced me to sing,
who put me first in the latrine, that pantomime
of brown where I was beggar and she was king?
I said, "The devil is down that festering hole."
Then he bit me in the buttocks and took over my soul.

Fire woman, you of the ancient flame, you
of the Bunsen burner, you of the candle,
you of the blast furnace, you of the barbecue,
you of the fierce solar energe, Mademoiselle,
take some ice, take some snow, take a month of rain
and you would gutter in the dark, cracking up your brain.

Mother of fire, let me stand at your devouring gate
as the sun dies in your arms and you loosen its terrible weight.

정사(情事)의 천사들

"정사의 천사들이시여, 다른 저, 어두운 쪽의 저,
다른 하나의 저를 아십니까?"

1. 불과 생식기의 천사

불과 생식기의 천사시여, 점액을,
최초로 제게 노래하라 강요한, 최초로 저를 변소에
처넣은 저 녹색 엄마를, 제가 거지이고 그녀가 왕이었던 저 갈색의
무언극을 아십니까?
저는 말했죠. "악마가 저 아래 곪아 터진 구멍에 있어요."
그러자 악마가 제 볼기를 때리고 영혼을 가져갔습니다.

불의 여인이여, 태곳적 불꽃의 당신이여, 분젠 버너*의
당신이여, 촛불의 당신이여,
용광로의 당신이여, 바비큐의 당신이여,
격렬한 태양 에너지의 당신이여, 마드모아젤,
얼음 좀 드세요, 눈[雪]을 먹어요, 한 달 치 비를 마셔요
그러면 당신은 머리통을 패대기치면서 어둠 속에 나부낄 테니.

불의 어머니시여, 태양이 당신 품안에서 죽고 당신이 그 끔찍한
무게를 놓을 때
모든 걸 먹어 치우는 당신의 대문에 저를 서게 하소서.

* 분젠 버너(Bunsen burner)는 일종의 이동식 소형 가스 버너로 주로 실험실에서 시약을 가열할 때 등에 사용한다. 독일 화학자인 로베르트 분젠의 이름을 땄다.

2. *Angel of Clean Sheets*

Angel of clean sheets, do you know bedbugs?
Once in a madhouse they came like specks of cinnamon
as I lay in a chloral cave of drugs,
as old as a dog, as quiet as a skeleton.
Little bits of dried blood. One hundred marks
upon the sheet. One hundred kisses in the dark.

White sheets smelling of soap and Clorox
have nothing to do with this night of soil,
nothing to do with barred windows and multiple locks
and all the webbing in the bed, the ultimate recoil.
I have slept in silk and in red and in black.
I have slept on sand and, one fall night, a haystack.

I have known a crib. I have known the tuck-in of a child
but inside my hair waits the night I was defiled.

2. 깨끗한 침대보의 천사

깨끗한 침대보의 천사시여, 빈대를 아십니까?
한번은 정신병원에서 약물이 만든 최면 동굴 안에
개처럼 늙어서, 해골처럼 조용히 누워 있는데
계피가루 같은 그것들이 왔지요.
점점이 흩어진 마른 핏자국. 침대보에 남은
일백 개의 흔적. 어둠 속 일백 번의 키스.

비누와 표백제 냄새가 나는 하얀 침대보는
이 타락의 밤과 아무런 관련이 없고,
쇠창살로 막힌 창들과 다중 자물쇠와
궁극적 후퇴인 침대에 달린 가죽끈들과 아무런 관련이 없습니다.
저는 실크와 빨강과 검정을 입고 잠들었습니다.
저는 모래와, 어느 가을밤에는, 건초 더미에 누워 잠들었습니다.

저는 요람을 알았습니다. 아이라는 거한 진수성찬을 알았지만
제가 더럽혀진 밤이 제 머리카락 속에서 기다립니다.

3. *Angel of Flight and Sleigh Bells*

Angel of flight and sleigh bells, do you know paralysis,
that ether house where you arms and legs are cement?
You are as still as a yardstick. You have a doll's kiss.
The brain whirls in a fit. The brain is not evident.
I have gone to that same place whithout a germ or a stroke.
A little solo act — that lady with the brain that broke.

In this fashion I have become a tree.
I have become a vase you can pick up or drop at will,
inanimate at last. What unusual luck! My body
passively resisting. Part of the leftovers. Part of the kill.
Angel of flight, you soarer, you flapper, you floater,
you gull that grows out of my back in the dreams I prefer,

stay near. But give me the totem. Give me the shut eye
where I stand in stone shoes as the world's bicycle goes by.

3. 비행과 썰매 방울의 천사

비행과 썰매 방울의 천사시여, 마비를 아시나요,
팔과 다리가 시멘트가 되는 그 에테르의 집을요?
당신은 척도처럼 조용합니다. 당신은 인형의 입맞춤을 받습니다.
뇌가 발작으로 빙빙 돕니다. 뇌의 존재는 분명하지 않습니다.
저는 세균이나 뇌졸중 없이도 같은 곳에 이르렀습니다.
소소한 일인극 — 뇌가 망가진 저 여인.

이런 방식으로 저는 나무가 되었습니다.
저는 당신이 마음대로 들 수도 떨어뜨릴 수도 있는 꽃병,
마침내 생명이 없게 되었죠. 이렇게 드문 행운이라니! 제 몸은
수동적으로 저항합니다. 잔여물의 일부. 살해의 일부.
비행의 천사시여, 비상하는 당신, 펄럭거리는 당신, 떠 있는 당신,
당신은 제가 좋아하는 꿈속에서 제 등에서 자라 나오는 갈매기,

가까이 있어줘요. 하지만 숭배물을 주세요. 제게 감긴 눈을 줘요
세계의 자전거가 지나가는 거기에 제가 돌 구두를 신고
　　서 있어요.

4. Angel of Hope and Calendars

Angel of hope and calendars, do you know despair?
That hole I crawl into with a box of Kleenex,
that hole where the fire woman is tied to her chair,
that hole where leather men are wringing their necks,
where the sea has turned into a pond of urine.
There is no place to wash and no marine beings to stir in.

In this hole your mother is crying out each day.
Your father is eating cake and digging her grave.
In this hole your baby is strangling. Your mouth is clay.
Your eyes are made of glass. They break. You are not brave.
You are alone like a dog in a kennel. Your hands
break out in boils. Your arms are cut and bound by bands

of wire. Your voice is out there. Your voice is strange.
There are no prayers here. Here there is no change.

4. 희망과 달력의 천사

희망과 달력의 천사시여, 절망을 아시나요?
제가 클리넥스 통을 들고 기어드는 그 구멍,
불꽃 여자가 의자에 묶여 있는 그 구멍,
가죽 남자들이 고개를 비비 꼬고 있는 그 구멍,
바다가 오줌 연못으로 변해버린 곳.
거기엔 씻을 곳도 휘젓고 다닐 바다 생물도 없습니다.

이 구멍 안에서 당신의 어머니가 매일 아우성치고 있어요.
당신의 아버지는 케이크를 먹으며 그녀의 무덤을 파고 있죠.
이 구멍 안에서 당신의 아기가 목 졸리고 있어요. 당신의 입은
점토.
당신의 눈은 유리예요. 눈이 깨집니다. 당신은 용감하지
않아요.
당신은 개집 속 개처럼 혼자. 당신의 두 손이
종기에 덮입니다. 당신의 두 팔이 잘리고 끈에 묶이죠

철사 끈으로요. 당신의 목소리가 저기에 있습니다. 당신의
목소리는 이상하지요.
여기엔 아무 기도도 없습니다. 아무 변화도 여기엔 없습니다.

5. Angel of Blizzards and Blackouts

Angel of Blizzards and blackouts, do you know raspberries,
those rubies that sat in the green of my grandfather's garden?
You of the snow tires, you of the sugary wings, you freeze
me out. Let me crawl through the patch. Let me be ten.
Let me pick those sweet kisses, thief that I was,
as the sea on my left slapped its applause.

Only my grandfather was allowed there. Or the maid
who came with a scullery pan to pick for breakfast.
She of the rolls that floated in the air, she of the inlaid
woodwork all greasy with lemon, she of the feather and dust,
not I. Nonetheless I came sneaking across the salt lawn
in bare feet and jumping-jack pajamas in the spongy dawn.

Oh Angel of the blizzard and blackout, Madam white face,
take me back to that red mouth, that July 21st place.

5. 눈보라와 정전의 천사

눈보라와 정전의 천사시여, 나무딸기를 아시나요,
할아버지의 정원 풀밭에 놓여 있던 그 루비들을요?
스노타이어의 당신, 달콤한 날개의 당신, 당신이
날 몰아내요. 밭을 가로질러 기어가게 해줘요. 날 열 살이게
해줘요.
왼쪽에 있는 바다가 와르르 박수를 칠 때, 저는 도둑,
저 달콤한 입맞춤들을 따게 해줘요.

그곳엔 할아버지만 들어갈 수 있었죠. 아니면 하녀,
부엌 냄비를 들고 아침거리를 뜯으러 갔지요.
하늘에 뜬 롤빵의 그녀, 레몬즙으로 온통 미끈거리는
정교한 목제품의 그녀, 깃털과 먼지의 그녀,
제가 아니라요. 그래도 어스름한 새벽에 파자마 차림에 맨발로
저는 소금기 머금은 잔디밭을 살금살금 가로질렀어요.

아 눈보라와 정전의 천사시여, 하얀 얼굴 마님이시여,
저를 그 붉은 입에게로, 그 7월 21일의 장소로 데려가소서.

6. Angel of Beach Houses and Picnics

Angel of beach houses and picnics, do you know solitaire?
Fifty-two reds and blacks and only myself to blame.
My blood buzzes like a hornet's nest. I sit in a kitchen chair
at a table set for one. The silverware is the same
and the glass and the sugar bowl. I hear my lungs fill and expel
as in an operation. But I have no one left to tell.

Once I was a couple. I was my own king and queen
with cheese and bread and rosé on the rocks of Rockport.
Once I sunbathed in the buff, all brown and lean,
watching the toy sloops go by, holding court
for busloads of tourists. Once I called breakfast the sexiest
meal of the day. Once I invited arrest

at the peace march in Washington. Once I was young and bold
and left hundereds of unmatched people out in the cold.

6. 바닷가 별장과 소풍의 천사

바닷가 별장과 소풍의 천사시여, 솔리테어*를 아시나요?
비난할 대상은 쉰두 장의 빨강과 검정 그리고 저 혼자뿐.
피가 말벌집처럼 붕붕거립니다. 저는 주방에
일인용 식사가 차려진 식탁에 앉아 있습니다. 은식기들과
유리잔과 설탕 그릇은 변함이 없습니다. 수술 때처럼
폐가 차고 비는 소리가 들립니다. 하지만 얘기할 사람은 아무도
없지요.

한때 저는 커플이었습니다. 치즈와 빵과 로제 와인을 가지고
락포트** 암초에 오른 저만의 왕과 왕비였지요.
한때 저는 알몸으로 일광욕을 했어요, 온통 갈색으로 늘씬하게,
지나가는 소형 범선들을 지켜보면서, 버스마다 꽉 찬
관광객들에게
알현식을 열었습니다. 한때는 아침 식사를 가장 섹시한
식사라 불렀어요. 한때 저는 체포를 자청했지요.

워싱턴에서 열린 평화행진에서요. 한때 저는 젊었고 용감했고
짝없는 수백 명을 추위 속에 버려뒀지요.

* 솔리테어(Solitaire)는 혼자서 하는 카드놀이를 총칭하는 용어이다.
** 락포트(Rockport)는 미국 보스턴시에서 북동쪽으로 64 km 떨어진 삼면이 대서양에 둘러싸인 바닷가 마을이다.

JESUS AWAKE

It was the year
of the How To Sex Book,
the Sensuous Man and Woman were frolicking
but Jesus was fasting.
He ate His celibate life.
The ground shuddered like an ocean,
a great sexual swell under His feet.
His scrolls bit each other.
He was shrouded in gold like nausea.
Outdoors the kitties hung from their mother's tits
like sausages in a smokehouse.
Roosters cried all day, hammering for love.
Blood flowed from the kitchen pump
but He was fasting.
His sex was sewn onto Him like a medal
and His penis no longer arched with sorrow over Him.
He was fasting.
He was like a great house
with no people,
no plans.

예수 깨어나다

그해는
『섹스의 정석』의 해였고,
『감각적인 남과 여』는 들떠 있었지만
예수는 단식 중이었다.
그는 제 신성한 독신 생활을 먹었다.
땅이 발밑에서 바다처럼
거대한 성적 팽창처럼 몸서리쳤다.
성스러운 두루마리들이 서로를 물어뜯었다.
예수는 욕지기처럼 금색 수의를 입었다.
문밖에서는 새끼 고양이들이 훈제소에 걸린
소시지처럼 어미의 젖꼭지마다 매달려 있었다.
수탉들은 사랑을 찾아 쪼며 종일 울었다.
부엌 펌프에서 피가 쏟아졌지만
예수는 단식 중이었다.
그의 성(性)이 메달처럼 달리고
성스러운 성기는 더는 그를 슬퍼하며 아치를 그리지 않았다.
그는 단식 중이었다.
그는 거대한 집 같았다
아무 사람도 없고,
아무 계획도 없는.

JESUS ASLEEP

Jesus slept as still as a toy
and in His dream
He desired Mary.
His penis sang like a dog,
but He turned sharply away form that play
like a door slamming.
That door broke His heart
for He had a sore need.
He made a statue out of His need.
With His penis like a chisel
He carved the Pietà.
At this death it was important to have only one desire.
He carved this death.
He was persistent.
He died over and over again.
He swam up and up a pipe toward it,
breathing water through His gills.
He swam through stone.
He swam through the godhead
and because He had not known Mary
they were united at His death,
the cross to the woman,
in a final embrace,
poised forever
like a centerpiece.

예수 잠들다

예수가 장난감처럼 고요히 잠들었고
성스러운 꿈속에서
성모마리아에게 욕정을 느꼈다.
그의 성기가 개처럼 노래를 불렀지만,
문을 꽝 닫듯이
그는 재빨리 그 놀이를 외면했다.
그는 몹시 궁했기 때문에
성스러운 가슴이 그 문 때문에 아팠다.
그는 성스러운 욕구로 상(像)을 만들었다.
성스러운 성기를 끌로 삼아
피에타를 조각했다.
이 죽음에서는 오직 하나의 욕망을 갖는 것이 중요했다.
그가 이 죽음을 조각했다.
그는 완고했다.
그는 죽고 또 죽었다.
그는 성스러운 아가미로 물을 호흡하며
그것을 향해 파이프를 헤엄쳐 오르고 또 올랐다.
그는 돌을 헤엄쳐 건넜다.
그는 신성을 헤엄쳐 건넜고
그가 성모마리아를 알지 못했기에
둘은 그의 죽음으로 맺어졌고,
십자가는 여자에게,
식탁 중앙의 장식품처럼
영원히 변치 않을
마지막 포옹의 모습으로.

JESUS DIES

From up here in the crow's nest
I see a small crowd gather.
Why do you gather, my townsmen?
There is no news here.
I am not a trapeze artist.
I am busy with My dying.
Three heads lolling,
bobbing like bladders.
No news.
The soldiers down below
laughing as soldiers have done for centuries.
No news.
We are the same men,
you and I,
the same sort of nostrils,
the same sort of feet.
My bones are oiled with blood
and so are yours.
My heart pumps like a jack rabbit in a trap
and so does yours.
I want to kiss God on His nose and watch Him sneeze
and so do you.
Not out of disrespect.
Out of pique.
Out of a man-to-man thing.

예수 죽다

여기 까마귀 둥지에서
삼삼오오 모인 사람들을 내려다본다.
동네 사람들아, 왜 모여 있느냐?
여기 새로운 건 아무것도 없다.
나는 공중곡예사가 아니다.
나는 나 죽는 일로 바쁘다.
머리 세 개가 방광처럼
늘어져 까딱거린다.
새로운 건 없다.
저 아래 군인들이
수백 년째 군인들이 그러듯 하하하 웃는다.
새로운 건 없다.
우리는 같은 사람이다
당신들과 나,
같은 종류의 콧구멍,
같은 종류의 발.
내 뼈는 피에 절었고
당신들 뼈도 그렇다.
내 심장은 덫에 걸린 산토끼처럼 쿵쾅대고
당신들 심장도 그렇다.
나는 신의 코에 키스하고 신이 재채기하는 걸 보고 싶고
당신들도 그렇다.
불경해서가 아니다.
욱해서다.
인간 대 인간의 일로.

I want heaven to descend and sit on My dinner plate
and so do you.
I want God to put His steaming arms around Me
and so do you.
Because we need.
Because we are sore creatures.
My townsmen,
go home now.
I will do nothing extraordinary.
I will not divide in two.
I will not pick out My white eyes.
Go now,
this is a personal matter,
a private affair and God knows
none of your business.

나는 천국이 내려와 내 저녁 밥그릇에 담기면 좋겠고
당신들도 그렇다.
나는 신이 김이 폭폭 나는 성스러운 팔로 나를 안아주면
좋겠고
당신들도 그렇다.
우리가 필요로 하기 때문이다.
우리가 아픈 피조물이기 때문이다.
동네 사람들아,
이제 돌아가거라.
나는 아무 이상한 짓도 하지 않을 것이다.
나는 둘로 나뉘지 않을 것이다.
나는 하얀 두 눈을 뽑아내지 않을 것이다.
이제 돌아가거라,
이건 개인적인 문제,
사적인 일 그리고 신은 안다
당신들이 상관할 바가 아니라는 것을.

JESUS UNBORN

The gallowstree drops
one hundred heads upon the ground
and in Judea Jesus is unborn.
Mary is not yet with child.
Mary sits in a grove of olive trees
with the small pulse in her neck
beating. Beating the drumbeat.
The well that she dipped her pitcher into
has made her as instinctive as an animal.
Now she would like to lower herself down
like a camel and settle into the soil.
Although she is at the penultimate moment
she would like to doze fitfully like a dog.
She would like to be flattened out like the sea
when it lies down, a field of moles.
Instead a stange being leans over her
and lifts her chin firmly
and gazes at her with exectioner's eyes.
Nine clocks spring open
and smash themselves against the sun.
The calendars of the world
burn if you touch them.
All this will be remebered.
Now we will have a Christ.
He covers her like a heavy door

예수 태어나지 않다

교수대가 일백 개의
머리통을 땅에 떨어뜨리고
고대 유대에 예수가 태어나지 않다.
마리아가 아직 아이를 가지지 않다.
마리아가 올리브나무 과수원에 앉고
목에 작은 맥박이
뛰다. 북소리를 내며 뛰다.
물동이를 담그던 우물 덕분에
그녀는 동물 못지않게 본능적이다.
이제 그녀는 낙타처럼 자신을 낮추어
흙 속에 자리를 잡았으면 싶다.
비록 끝에 가까운 때이기는 하나
그녀는 개처럼 단속적으로 졸았으면 싶다.
바다가, 두더지의 벌판이 누울 때
그녀는 바다처럼 납작해졌으면 싶다.
그녀를 굽어보며 단호하게
그녀의 턱을 들어 올리고는
사형집행인의 눈으로 응시하는 이상한 존재는 말고.
아홉 시계가 홱 열리고
태양에 제 몸을 던져 부서진다.
당신이 손을 대면
세상의 달력들이 불탄다.
이 모든 것이 기억되리라.
이제 우리는 그리스도를 맞게 되리라.
그는 무거운 문처럼 그녀를 덮어

and shuts her lifetime up
into this dump-faced day.

감방의 얼굴을 한 이 하루에
그녀의 일생을 감금한다.

IV

GODS

Mrs. Sexton went out looking for the gods.
She began looking in the sky —
expecitng a large white angel with a blue crotch.

No one.

She looked next in all the learned books
and the print spat back at her.

No one.

She made a pilgrmage to the great poet
and he belched in her face.

No one.

She prayed in all the churches of the world
and learned a great deal about culture.

No one.

She went to the Atlantic, the Pacific, for surely God ...
No one.

She went to the Buddha, the Brahma, the Pyramids
and found immense postcards.

신들

섹스턴 부인이 신을 찾으러 나섰다.
하늘을 살피는 것으로 시작했지—
사타구니가 파란 크고 하얀 천사를 기대하면서.

아무도 없음.

그녀는 다음으로 온갖 학구적인 책들을 들여다보았고
인쇄물이 그녀에게 침을 뱉었다.

아무도 없음.

그녀는 위대한 시인에게 순례를 갔고
위대한 시인은 그녀의 얼굴에 트림을 했다.

아무도 없음.

그녀는 세상의 모든 교회에서 기도를 올렸고
문화에 관해 엄청나게 많은 것을 배웠다.

아무도 없음.

그녀는 대서양에, 태평양에 갔다, 분명히 신은…
아무도 없음.

그녀는 부처에게, 브라흐마에게, 피라미드에 갔고
엄청나게 많은 엽서를 발견했다.

No one.

Then she journeyed back to her own house
and the gods of the world were shut in the lavatory.

At last!
she cried out,
and locked the door.

아무도 없음.

그러다 그녀가 길을 되짚어 집으로 돌아오니
세상의 신들이 변소에 처박혀 있었다.

드디어!
그녀는 소리치고,
문을 잠갔다.

FOR MR. DEATH WHO STANDS WITH HIS DOOR OPEN

Time grows dim. Time that was so long
grows short, time, all goggle-eyed,
wiggling her skirts, singing her torch song,
giving the boys a buzz and a ride,
that Nazi Mama with her beer and sauerkraut.
Time, old gal of mine, will soon dim out.

May I say how young she was back then,
playing piggley-witch and hoola-hoop,
dancing the jango with six awful men,
letting the chickens out of the coop,
promising to marry Jack and Jerome,
and never bothering, never, never,
to come back home.

Time was when time had time enough
and the sea washed me daily in its delicate brine.
There is no terror when you swim in the buff
or speed up the boat and hang out a line.
Time was when I could hiccup and hold my breath
and not in that instant meet Mr. Death.

문을 열고 선 죽음 씨에게

시간이 어스레해진다. 그토록 길던 시간이
갈수록 짧아지고, 시간은, 눈을 있는 대로 부릅뜬 채
치마를 흔들며, 감상적인 노래를 부르며,
사내애들에게 취기와 탈 기회를 주는,
맥주와 자우어크라우트를 든 저 나치 엄마.
시간이, 내 늙은 소녀가 곧 어두워질 것이다.

그때 그 애가 얼마나 어렸는지 말해도 될까,
숨바꼭질과 훌라후프 놀이를 하고,
지독한 남자 여섯과 춤을 추고,
닭장에서 닭들을 풀어주고,
잭과 제롬과 결혼하겠다 약속하고는,
결혼은 개뿔, 한 번도 한 번도
집에 돌아오지 않았지.

때는 시간에게 충분한 시간이 있을 때였고
바다가 매일 그 예민한 소금물로 나를 씻었다.
알몸으로 헤엄치거나 보트 속력을 높이거나
글 나부랭이를 내걸 때는 아무 공포도 없는 법이다.
때는 내가 딸꾹질을 하고도 숨을 참을 수 있는 때였고
그런 순간에 죽음 씨를 만나지 않을 수 있는 때였다.

Mr. Death, you actor, you have many masks.
Once you were sleek, a kind of Valentino
with my father's bathtub gin in your flask.
With my cinched-in waist and my dumb vertigo
at the crook of your long white arm
and yet you never bent me back, never, never,
into your blackguard charm.

Next, Mr. Death, you held out the bait
during my first decline, as they say,
telling that suicide baby to celebrate
her own going in her own puppet play.
I went out popping pills and crying adieu
in my own death camp with my own little Jew.

Now your beer belly hangs out like Fatso.
You are popping your buttons and expelling gas.
How can I lie down with you, my comical beau
when you are so middle-aged and lower-class.
Yet you'll press me down in your envelope;
pressed as neat as a butterfly, forever, forever,
beside Mussolini and the Pope.

죽음 씨, 당신은 배우, 가면이 많지.
한때 당신은 매끈했다, 아버지가 목욕할 때 마시는
진을 술병에 담아 든 일종의 발렌티노.
내 꽉 조인 허리와 둔탁한 현기증을
당신의 길고 하얀 팔 안에 두고서도
당신의 그 불량배 같은 마력 속으로, 한 번도 한 번도
나를 젖혀주지 않았지.

다음으로, 죽음 씨, 당신은 미끼를 드리웠다
사람들이 말하는, 나의 첫 쇠퇴기에,
자살 초보자는 스스로 꾸민 인형극에
제 발로 들어서는 걸 축하해야 한다고 얘기하면서.
나는 알약을 한 움큼씩 삼키고 작별을 고하며 죽었지
내가 꾸민 죽음의 수용소에서 나의 작은 유대인과 함께.

이제 당신의 불룩한 아랫배가 뚱보처럼 처진다.
당신은 단추들을 튕겨내고 방귀를 뀐다.
내 우스꽝스러운 멋쟁이, 어떻게 당신과 함께 누울 수 있을까
당신이 이런 중년에다 하층민인데.
하지만 당신은 나를 봉투에 넣고 누를 것이다
나는 무솔리니와 교황 옆에 나란히,
나비처럼 산뜻하게 눌려 있다, 영원히 영원히.

Mr. Death, when you came to the ovens it was short
and to the drowning man you were likewise kind,
and the nicest of all to the baby I had to abort
and middling you were to all the crucified combined.
But when it comes to my death let it be slow,
let it be pantomime, this last peep show,
so that I may squat at the edge trying on
my black necessary trousseau.

죽음 씨, 당신이 오븐으로 왔을 때는 신속했다
물에 빠진 남자에게 왔을 때는 여느 때처럼 친절했고,
내가 낙태해야 했던 아기에게는 더없이 상냥했지
그리고 십자가에 못 박힌 모두에게는 중간치의 당신.
하지만 내 죽음에 관해 말하자면, 느리게 해줘
이 마지막 스트립쇼가 무언극이 되게 해줘
그래서 내가 그 가장자리에 쭈그리고 앉아
검은 필연의 혼수(昏睡)를 입어볼 수 있도록.

THE DEATH BABY

1. *Dreams*

I was an ice baby.
I turned to sky blue.
My tears became two glass beads.
They say it was a dream
but I remember that hardening.

My syster at six
dreamt nightly of my death:
"The baby turned to ice.
Someone put her in the refrigerator
and she turned as hard as a Popsicle."

I remember the stink of the liverwurst.
How I was put on a platter and laid
between the mayonnaise and the bacon.
The rhythm of the refrrigerator
had been disturbed.
The milk bottle hissed like a snake.
The tomateos vomited up their stomachs.
The cavier turned to lava.
The pimentos kissed like cupids.
I moved like a lobster,
slower and slower.

죽음 아기

1. 꿈

나는 얼음 아기.
하늘색으로 변했다.
눈물은 두 개의 유리구슬이 되었다.
사람들은 꿈이라고 하지만
그 굳어가던 느낌이 나는 생생해.

언니는 여섯 살 때
밤마다 내가 죽는 꿈을 꾸었다.
"아기가 얼음으로 변했어.
누가 아기를 냉장고에 넣었는데
막대 아이스크림처럼 딱딱해졌어."

돼지 간을 넣은 소시지 냄새가 기억나.
큰 접시에 담겨
마요네즈와 베이컨 사이에 놓였던 것도.
냉장고의 리듬이
흐트러졌지.
우유병이 뱀처럼 쉭쉭거렸어.
토마토들이 속에 든 것들을 게워냈어.
캐비어가 용암으로 변했어.
피망들이 큐피드처럼 서로 입을 맞췄어.
나는 바닷가재처럼 움직였지
느리게 더욱 느리게.

The air was tiny.
The air would not do.

*

I was at the dog's party.
I was their bone.
I had been laid out in their kennel
like a fresh turkey.
This was my sister's dream
but I remember that quartering;
I remember the sickbed smell
of the sawdust floor, the pink eyes,
the pink tongues and the teeth, those nails.
I had been carried out like Moses
and hidden by the paws
of ten Boston bull terriers,
ten angry bulls
jumping like enormous roaches.
At first I was lapped,
rough as sandpaper.
I became very clean.
Then my arm was missing.
I was coming apart.
They loved me until
I was gone.

공기가 너무 적었어.
그 공기로는 안 될 거였어.

*

나는 개 잔치에 있었어.
나는 뼈.
신선한 칠면조 고기처럼
개집 안에 놓였지.
그건 언니의 꿈이었지만
사지가 찢기던 느낌이 나는 생생해.
톱밥 깔린 바닥의 그 병상 냄새가,
분홍색 눈, 분홍색 혀와 이빨들,
그 발톱들이 나는 생생해.
나는 모세처럼
열 마리 보스턴 불테리어,
거대한 바퀴벌레들처럼 펄쩍거리는
그 열 마리 노한 황소의
앞발들로 옮겨져 은닉됐지.
먼저 핥아졌어,
사포처럼 껄끄럽게.
나는 아주 깨끗해졌지.
그러고는 팔이 사라지고 있었어.
나는 조각나고 있었어.
개들이 나를 사랑했어
내가 없어질 때까지.

2. *The Dy-dee Doll*

My Dy-dee doll
died twice.
Once when I snapped
her head off
and let it float in the toilet
and once under the sun lamp
trying to get warm
she melted.
She was a gloom,
her face embracing
her little bent arms.
She died in all her rubber wisdom.

3. *Seven Times*

I died seven times
in seven ways
letting death give me a sign,
letting death place his mark on my forehead,
crossed over, crossed over.

And death took root in that sleep.
In that sleep I held an ice baby
and I rocked it

2. 디디 인형

내 디디 인형은
두 번 죽었지.
한 번은 내가 머리통을
뜯어내
변기에 띄웠을 때
한 번은 몸을 덥히려고
선탠용 등 밑에 뒀다가
녹았을 때.
인형은 우울했어,
구부러진 작은 팔을
껴안는 인형의 얼굴
그 애는 고무로 된 지혜에 가득 차 죽었어.

3. 일곱 번

나는 일곱 번
일곱 가지 방식으로 죽었어
죽음더러 신호를 달라 하면서,
죽음더러 내 이마에 **완료**, **완료**
제 표식을 찍게 하면서.

그리고 죽음이 그 잠에 뿌리를 박았지.
그 잠 속에서 나는 얼음 아기를 안고
가만히 흔들었고

and was rocked by it.
Oh Madonna, hold me.
I am a small handful.

4. *Madonna*

My mother died
unrocked, unrocked.
Weeks at her deathbed
seeing her thrust herself against the metal bars,
thrashing like a fish on the hook
and me low at her high stage,
letting the priestess dance alone,
wanting to place my head in her lap
or even take her in my arms somehow
and fondle her twisted gray hair.
But her rocking horse was pain
with vomit steaming from her mouth.
Her belly was big with another child,
cancer's baby, big as a football.
I could not soothe.
With every hump and crack
there was less Madonna
until that strange labor took her.
Then the room was bankrupt.
That was the end of her paying.

가만히 흔들렸다.
오 성모마리아여, 저를 안아주소서.
나는 작은 한 줌입니다.

4. 성모마리아

어머니가 죽었다
어느 품에서도 토닥여지지 못한 채.
그 죽음 자리에서 수 주일
낚싯바늘에 걸린 물고기처럼 몸부림치며
철창에 몸을 부딪는 어머니를 보면서,
여사제는 홀로 춤추게 두고서
그녀의 무릎을 베고 싶은,
아니면 어떻게든 그녀를 품에 안고
헝클어진 회색 머리카락을 쓰다듬고 싶은,
그 높은 무대 밑의 나.
하지만 그녀의 흔들목마는 그 입에서
뿜어져 나오는 구토물로 고통스러웠다.
그녀의 배는 또 다른 아이로 커다랬지
축구공만 한 암의 아이.
나는 달랠 수 없었다.
짜증과 비명이 일어날 때마다
성모마리아는 사라져 가고
마침내 그 이상한 출산이 그녀를 앗아갔다.
그러고 그 방은 파산했지.
그것이 그녀가 하던 지불의 끝.

5. *Max*

Max and I
two immoderate sisters,
two immoderate writers,
two burdeners,
made a pact.
To beat death down with a stick.
To take over.
To build our death like carpenters.
When she had a broken back,
each night we built her sleep.
Talking on the hot line
until her eyes pulled down like shades.
And we agreed in those long hushed phone calls
that when the moment comes
we'll talk turkey,
we'll shoot words straight from the hip,
we'll play it as it lays.
Yes,
when death comes with its hood
we won't be polite.

5. 맥스*

맥스와 나
무절제한 두 자매,
무절제한 두 작가,
무거운 두 짐,
협정을 맺었다.
죽음을 때려잡기로.
빼앗기로.
목수들처럼 우리의 죽음을 짓기로.
그녀의 허리가 부러졌을 때,
밤마다 우리는 그녀의 잠을 지었지.
그녀의 눈꺼풀이 차양막처럼 내려올 때까지
직통 전화로 얘기를 하면서.
그리고 그 숨죽인 긴 통화들을 통해 우리는 합의했다
그때가 오면
우리는 솔직하게 말할 것이고,
우리는 거침없이 쏘아댈 것이고,
우리는 있는 수단은 다 쓸 것이라고.
그래,
죽음이 두건을 쓰고 올 때
우리는 공손하지 않을 것이다.

6. Baby

Death,
you lie in my arms like a cherub,
as heavy as bread dough.
Your milky wings are as still as plastic.
Hair as soft as music.
Hair the color of a harp.
And eyes made of glass,
as brittle as crystal.
Each time I rock you
I think you will break.
I rock. I rock.
Glass eye, ice eye,
primordial eye,
lava eye,
pin eye,
break eye,
how you stare back!

Like the gaze of small children
you know all aobut me.
You have worn my underwear.
You have read my newspaper.
You have seen my father whip me.
You have seen me stroke my father's whip.

6. 아기

죽음이여,
빵 반죽만큼 묵직한
너는 아기 천사처럼 내 품에 누워 있다.
네 젖빛 날개는 플라스틱처럼 가만하다.
머리카락은 음악처럼 부드럽다.
하프의 색깔을 한 머리카락.
그리고 크리스털처럼 부서지기 쉬운
유리로 만든 눈.
가만히 흔들 때마다
너는 깨질 것만 같다.
나는 가만히 흔든다. 나는 가만히 흔들린다.
유리 눈, 얼음 눈,
최초의 눈,
용암 눈,
바늘 눈,
금 간 눈,
빤히 마주 보는 너의 눈!

어린아이들의 골똘한 시선처럼
너는 내 모든 걸 안다.
너는 내 속옷을 입었다.
너는 내 신문을 읽었다.
너는 내 아버지가 날 채찍질하는 것을 보았다.
너는 내가 아버지의 채찍을 쓰다듬는 것을 보았다.

I rock. I rock.
We plunge back and forth
comforting each other.
We are stone.
We are carved, a pietà
that swings and swings.
Outside, the world is a chilly army.
Outside, the sea is brought to its knees.
Outside, Pakistan is swallowed in a mouthful.

I rock. I rock.
You are my stone child
with still eyes like marbles.
There is a death baby
for each of us.
We own him.
His smell is our smell.

나는 가만히 흔든다. 나는 가만히 흔들린다.
우리는 서로를 위안하며
앞으로 뒤로 추락한다.
우리는 돌이다.
우리는 조각됐다,
흔들리고 흔들리는 피에타.
밖에, 세상은 섬뜩한 군대다.
밖에, 바다가 무릎 꿇려졌다.
밖에, 파키스탄이 한입 가득 삼켜진다.

나는 가만히 흔든다. 나는 가만히 흔들린다.
너는 대리석처럼 고요한 눈을 한
돌로 만든 나의 아이
우리 각자에겐
죽음 아기가 있지.
우리는 그 아이를 소유한다.
그 아이의 냄새는 우리의 냄새.

Beware. Beware.
There is a tenderness.
There is a love
for this dumb traveler
waiting in his pink covers.
Someday,
heavy with cancer or disaster
I will look up at Max
and say: It is time.
Hand me the death baby
and there will be
that final rocking.

조심해. 조심해.
다정함이란 게 있어.
분홍색 포대기 안에서 기다리는
이 말 못하는 여행자에 대한
사랑이란 게 있어.
언젠가,
암이나 재앙으로 무거워진 채
나는 맥스를 올려다보며
말할 것이다. 때가 왔어.
죽음 아기를 줘
그러고 거기엔 그 마지막
가만한 토닥임이 있으리라.

* 글쓰기 모임에서 처음 만난 날부터 섹스턴이 죽던 날까지 절친한 친구이자 동료로 시인의 곁을 지킨 동료 시인이자 작가인 맥신 커민의 애칭이다.

PRAYING ON A 707

Mother,
each time I talk to God
you interfere.
You of the bla-bla set,
carrying on about the state of letters.
If I write a poem
you give a treasurer's report.
If I make love
you give me the funniest lines.
Mrs. Sarcasm,
why are there any children left?

They hold up their bows.
They curtsy in just your style.
They shake hands how-do-you-do
in the same inimitable manner.
They pass over the soup with parsley
as you never could.
They take their children into their arms
like cups of warm cocoa
as you never could
and yet and yet
with your smile, your dimple we ape you,
we ape you further ...
the great pine of summer,
the beach that oiled you,

보잉 707기에서 기도하기

어머니,
제가 신과 얘기를 할 때마다
당신이 끼어듭니다.
문학의 양상에 관해 계속해서
떠들어대는 당신의 태도.
제가 시를 쓰면
당신은 회계보고서를 주지요.
제가 사랑을 하면
당신은 웃기기 짝이 없는 말들을 던져요.
비꼼쟁이 부인,
어떻게 남긴 자식들이 있지요?

사람들이 오래 절을 하네요.
딱 당신 입맛에 맞는 인사예요.
사람들이 역시나 흉내 낼 수 없는 몸가짐으로
처음 뵙겠습니다 악수를 해요.
사람들이 파슬리 뿌린 수프는 건너뛰어요
당신은 절대 못 그럴 텐데.
사람들이 따뜻한 코코아 잔처럼
아이들을 품에 안아요
당신은 절대 못 그럴 텐데
그래도 그래도
우리는 당신의 웃음, 당신의 보조개로 당신을 흉내 내고,
우리는 더욱더 당신을 흉내 내고…
여름의 그 거대한 소나무,
당신에게 아첨하던 그 해변,

the garden made of noses,
the moon tied down over the sea,
the great warm-blooded dogs ...
the doll you gave me, Mary Gray,
or your mother gave me
or the maid gave me.
Perhaps the maid.
She had soul,
being Italian.

Mother,
each time I talk to God
you interfere.
Up there in the jet,
below the clouds as small as puppies,
the sun standing fire,
I talk to God and ask Him
to speak of my failures, my successes,
ask Him to morally make an assessment.
He does.

He says,
you haven't,
you haven't.

Mother,
you and God
float with the same belly
up.

향기로 만들어진 그 정원,
바다 위에 묶인 그 달,
열렬하던 거대한 그 개들…
메리 그레이, 당신이 준,
혹은 당신의 어머니가 준,
혹은 하녀가 준 그 인형.
아마도 하녀였겠지요.
그 사람은 그래도 영혼이 있었어요,
이탈리아인답게요.

어머니,
제가 신과 얘기할 때마다
당신이 끼어듭니다.
저기 위 비행기 안에서,
강아지들처럼 자그만 구름,
불을 견디는 태양 밑에서,
저는 신에게 얘기하고 부탁합니다
제 실패를, 제 성공을 말해달라고,
도덕적으로 평가해달라고 부탁하지요.
신은 합니다.

신이 말하길,
너는 아니하고,
너는 아니하다.

어머니,
당신과 신이
같은 배[腹]를 하고 떠 있어요
저 위에.

CLOTHES

Put on a clean shirt
before you die, some Russian said.
Nothing with drool, please,
no egg spots, no blood,
no sweat, no sperm.
You want me clean, God,
so I'll try to comply.

The hat I was married in,
will it do?
White, broad, fake flowers in a tiny array.
It's old-fashioned, as stylish as a bedbug,
but it suits to die in something nostalgic.

And I'll take
my painting shirt
washed over and over of couse
spotted with every yellow kitchen I've painted.
God, you don't mind if I bring all my kitchens?
They hold the family laughter and the soup.

For a bra
(need we mention it?),
the padded black one that my lover demeaned
when I took it off.
He said, "Where'd it all go?"

옷

죽기 전엔 깨끗한 셔츠를
입어라, 어떤 러시아인이 말했지.
침 흘린 자국이 없는 걸로, 부탁해요,
달걀도, 피도,
땀도, 정액도 묻지 않은 걸로.
신이시여, 당신이 제가 깨끗하길 원하시니,
맞춰보도록 할게요.

결혼할 때 썼던 모자,
그거면 될까요?
하얗고, 챙이 넓고, 자그맣게 가짜 꽃들이 달렸죠.
구식에다 멋은 빈대만큼도 없지만,
향수 어린 뭔가를 쓰고 죽으려면 그게 딱이에요.

그리고 페인트 칠할 때 입던
셔츠를 입을게요
당연히 빨고 또 빤 데다
제가 페인트 칠을 한 모든 노란 주방이 묻어 있지요.
신이여, 제 주방을 모두 데리고 가도 괜찮으시죠?
그것들은 가족의 웃음과 수프를 품고 있어요.

브라는
(우리 이 얘기가 필요할까요?)
제가 벗었을 때 애인이 깎아내렸던
속을 댄 검은 것으로 할게요.
그가 말했죠. "그거 다 어디 갔어?"

And I'll take
the maternity skirt of my ninth month,
a window for the love-belly
that let each baby pop out like an apple,
the water breaking in the restaurant,
making a noisy house I'd like to die in.

For underpants I'll pick white cotton,
the briefs of my childhood,
for it was my mother's dictum
that nice girl wore only white cotton.
If my mother had lived to see it
she would have put a WANTED sign up in the post office
for the black, the red, the blue I've worn.
Still, it would be perfectly fine with me
to die like a nice girl
smelling of Clorox and Duz.
Being sixteen-in-the-pants
I would die full of questions.

그리고 전
막달에 입었던 임부복을 입을래요
사과처럼 아기를 뽕뽕 내놓는
사랑의 배를 보여주는 창,
딱 죽었으면 좋겠다 싶게 온 건물이 들썩거리도록
식당에서 터지는 양수.

속옷으로는 하얀 면을 고를래요
내 어린 시절의 팬티,
어머니의 명령이었거든요
고상한 여자애는 하얀 면만 입는다고요.
어머니가 살아 이걸 보신다면
제가 입었던 검정, 빨강, 파랑을 찾는
현상수배 전단을 우체국에 붙이시겠죠.
그래도, 저는 아무 문제 없어요
고상한 여자애처럼
세제와 표백제 냄새를 풍기며 죽는 거요.
바지를 입은 열여섯 살이 되어
질문을 가득 품고 죽을래요.

JESUS WALKING

When Jesus walked into the wilderness
he carried a man on his back,
at least it had the form of a man,
a fisherman perhaps with a wet nose,
a baker perhaps with flour in his eyes.
The man was dead it seems
and yet he was unkillable.
Jesus carried many men
yet there was only one man —
if indeed it was a man.
There in the wilderness all the leaves
reached out their hands
but Jesus went on by.
The bees beckoned him to their honey
but Jesus went on by.
The boar cut out its heart and offered it
but Jesus went on by.
with his heavy burden.
The devil approached and slapped him on the jaw
and Jesus walked on.
The devil made the earth move like an elevator
and Jesus walked on.
The devil built a city of whores,
each in little angel beds,
and Jesus walked on with his burden.

걷는 예수

예수가 황야로 걸어 들어갈 때
사람을 업고 있었다
최소한 사람의 형상이긴 했는데,
아마도 코 찔찔 어부,
아마도 눈에 밀가루 묻은 빵 굽는 사람.
그것은 죽은 듯 보이나
죽여지지 않는 존재였다.
예수는 많은 사람을 짊어졌지만
거기엔 한 사람뿐—
그게 정말 사람이라면 말이지.
거기 황야에선 모든 잎사귀가
손을 뻗었으나
예수는 지나쳐 계속 걸었다.
벌들이 꿀로 손짓해 불렀으나
예수는 지나쳐 계속 걸었다.
멧돼지가 심장을 꺼내 내밀었으나
예수는 지나쳐 계속 걸었다
무거운 짐 진 채.
악마가 다가와 뺨을 후려치니
예수는 계속 걸었다.
악마가 땅을 엘리베이터처럼 움직이게 하니
예수는 계속 걸었다.
악마가 닫집 달린 작은 침대마다 누운
창녀들의 도시를 세우니
예수는 짐 진 채 계속 걸었다.

For forty days, for forty nights
Jesus put one foot in front of the other
and the man he carried,
if it was a man,
became heavier and heavier.
He was carrying all the trees of the world
which are one tree.
He was carrying all the boots
of all the men in the world
which are one boot.
He was carrying our blood.
One blood.

To pray, Jesus knew,
is to be a man carrying a man.

마흔 낮, 마흔 밤 동안
예수는 한 발 앞에 다른 발을 내디뎠고
업힌 사람은,
그게 사람이라면 말이지만,
갈수록 무거워지고 또 무거워졌다.
그는 세상의 모든 나무를 짊어졌고
그게 한 그루였다.
그는 세상 모든 사람의
모든 신발을 짊어졌고
그게 한 짝이었다.
그는 우리 생명을 짊어지고 있었다.
한 생명을.

예수는 알았다, 기도하는 것은
사람을 짊어진 사람이 되는 것임을.

ROWING

A story, a story!
(Let it go. Let it come.)
I was stamped out like a Plymouth fender
into this world.
First came the crib
with its glacial bars.
Then dolls
and the devotion to their plastic mouths.
Then there was school,
the little straight rows of chairs,
blotting my name over and over,
but undersea all the time,
a stranger whose elbows wouldn't work.
Then there was life
with its cruel houses
and people who seldom touched —
though touch is all —
but I grew,
like a pig in a trenchcoat I grew,
and then there were many strange apparitions,
the nagging rain, the sun turning into poison
and all of that, saws working through my heart,
but I grew, I grew,
and God was there like an island I had not rowed to,
still ignorant of Him, my arms and my legs worked,
and I grew, I grew,

노 젓기

이야기, 이야기!
(가면 가는 대로, 오면 오는 대로.)
나는 플리머스* 펜더처럼 이 세상에
찍혀 나왔다.
처음에는 얼음 빗장이 달린
요람이 왔다.
그러고는 인형과
그 플라스틱 입에의 헌신이 왔다.
그러고는 학교가 있었고,
내 이름을 더럽히고 또 더럽히는,
똑바로 줄을 선 작은 의자들이,
하지만 바다 밑에는 내내,
두 팔을 쓰지 못할 낯선 사람이 있었다.
그러고는 삶이 왔다
그 잔인한 집들과
서로 거의 접촉하지 않는 사람들이—
접촉이 다인데도—
하지만 나는 자랐지,
트렌치코트를 입은 돼지처럼 나는 자랐고,
그러고는 여러 이상한 것들이 나타나,
끈질긴 비와 독으로 변하는 태양 같은
그런 온갖 것들이 내 마음을 톱으로 켜며 지나갔다
하지만 나는 자랐고, 나는 자랐고,
내가 노 저어 가지 않은 섬처럼 거기 신이 있었고,
여전히 그를 모르고서, 내 팔과 다리는 움직였고,
나는 자랐고, 나는 자랐고,

I wore rubies and bought tomatoes
and now, in my middle age,
about nineteen in the head I'd say,
I am rowing, I am rowing
though the oarlocks stick and are rusty
and the sea blinks and rolls
like a worried eyeball,
but I am rowing, I am rowing,
though the wind pushes me back
and I know that that island will not be perfect,
it will have the flaws of life,
the absurdities of the dinner table,
but there will be a door
and I will open it
and I will get rid of the rat inside of me,
the gnawing pestilential rat.
God will take it with his two hands
and embrace it.

As the African says:
This is my tale which I have told,
if it be sweet, if it be not sweet,
take somewhere else and let some return to me.
This story ends with me still rowing.

나는 루비를 달았고 토마토를 샀고
지금, 중년의 나이에,
머릿속이 대략 열아홉인 나는 말하지,
젓고 있어, 젓고 있어
비록 노걸이가 빡빡하게 녹이 슬고
바다가 걱정스러운 눈알처럼
깜박거리며 구르지만,
젓고 있어, 젓고 있어,
바람이 나를 뒤로 밀어대고
그 섬이 완벽하지 않을 걸 알아도,
그 섬에도 삶의 결점들이,
저녁 식탁의 부조리가 있을 걸 알아도,
하지만 거기엔 문이 있을 테고
나는 문을 열리라
그리고 내 안의 쥐를 몰아내리라
끊임없이 갉아대며 역병을 일으키는 쥐를.
신이 그것을 두 손으로 받아
품에 안을 것이다.

아프리카 사람들이 말하듯이,
이것이 내가 말하는 나의 이야기,
듣기 좋거든, 듣기에 좋지 않거든,
다른 곳으로 가져가고 일부는 내게 돌려보내라.
이 이야기는 여전히 노를 젓고 있는 나로 끝난다.

* 크라이슬러가 1929년에 생산하기 시작한 자동차 브랜드로, 크라이슬러를 승계한 다임러크라이슬러가 2001년까지 생산했다.

THE CIVIL WAR

I am torn in two
but I will conquer myself.
I will dig up the pride.
I will take scissors
and cut out the beggar.
I will take a crowbar
and pry out the broken
pieces of God in me.
Just like a jigsaw puzzle,
I will put Him together again
with the patience of a chess player.

How many pieces?

It feels like thousands,
God dressed up like a whore
in a slime of green algae.
God dressed up like an old man
staggering out of His shoes.
God dressed up like a child,
all naked,
even without skin,
soft as an avocado when you peel it.
And others, others, others.

내전

나는 둘로 찢어졌지만
나는 나를 정복할 것이다.
궁지를 발굴해낼 것이다.
가위를 들고
그 결인을 잘라낼 것이다.
쇠지레를 들고
내 안에 있는 부서진 신의
조각들을 파낼 것이다.
퍼즐 맞추기와 똑같이
체스 선수의 인내심으로
신을 다시 맞춰낼 것이다.

얼마나 많은 조각을 맞춰야 할까?

수천쯤은 되겠지.
녹색 바닷말의 점액으로
창녀처럼 차려입은 신.
신발도 없이 비틀거리는,
늙은 남자처럼 차려입은 신.
홀딱 벗은,
살갗조차 없는,
껍질 벗긴 아보카도처럼 부드러운,
아이처럼 차려입은 신.
그리고 다른 신, 다른 신, 다른 신.

But I will conquer them all
and build a whole nation of God
in me — but united,
build a new soul,
dress it with skin
and then put on my shirt
and sing an anthem,
a song of myself.

하지만 나는 그들 모두를 정복하고
내 안에 온전한 신의 나라를,
하지만 하나로 통일된 나라를 세우고,
새로운 영혼을 세우고,
살갗을 갖춰 입히고,
그러고 나는 내 셔츠를 입고
축가를 부를 것이다
나의 노래를.

TWO HANDS

From the sea came a hand,
ignorant as a penny,
troubled with the salt of its mother,
mute with the silence of the fishes,
quick with the altars of the tides,
and God reached out of His mouth
and called it man.
Up came the other hand
and God called it woman.
The hands applauded.
And this was no sin.
It was as it was meant to be.

I see them roaming the streets:
Levi complaining about his mattress,
Sarah studying a beetle,
Mandrake holding this coffee mug,
Sally playing the drum at a football game,
John closing the eyes of the dying woman,
and some who are in prison,
even the prison of their bodies,
as Christ was prisoned in His body
until the triumph came.

두 손

바다에서 손이 왔다
동전처럼 무지하고,
제 어미의 소금으로 일렁이고,
물고기들의 침묵으로 말 못하고,
조수의 제단들로 성급한,
그리고 신은 성스러운 입에서 소리를 뺀어
그것을 남자라 불렀다.
다른 손이 오고
신이 그것을 여자라 불렀다.
두 손이 박수를 쳤다.
그리고 그건 죄가 아니었다.
그러하게 되어 있던 대로였다.

그들이 길거리를 배회하는 걸 본다
침상에 관해 불평하는 레위,
딱정벌레를 관찰하는 사라,
커피잔을 든 맨드레이크,
풋볼 경기에서 드럼을 치는 샐리,
죽어가는 여인의 눈을 감기는 요한,
그리고 감옥에 있는 몇몇,
제 육신이라는 감옥에도 몇몇,
승리가 올 때까지
그리스도가 성스러운 육신에 감금됐듯이.

Unwind, hands,
you angel webs,
unwind like the coil of a jumping jack,
cup together and let yourselves fill up with sun
and applaud, world,
applaud.

풀어라, 손들아,
너희 천사의 그물,
상자에서 튀어나오는 스프링 인형처럼 펴라,
오목하게 모으고 태양으로 채워라
그리고 손뼉 쳐라, 세계여,
손뼉을 쳐라.

THE ROOM OF MY LIFE

Here,
in the room of my life
the objects keep changing.
Ashtrays to cry into,
the suffering brother of the wood walls,
the forty-eight keys of the typewriter
each an eyeball that is never shut,
the books, each a contestant in a beauty contest,
the black chair, a dog coffin made of Naugahyde,
the sockets on the wall
waiting like a cave of bees,
the gold rug
a conversation of heels and toes,
the fireplace
a knife waiting for someone to pick it up,
the sofa, exhausted with the exertion of a whore,
the phone
two flowers taking root in its crotch,
the doors
opening and closing like sea clams,
the lights
poking at me,
lighting up both the soil and the laugh.
The windows,
the starving windows
that drive the trees like nails into my heart.

내 생의 방

여기,
내 생의 방에서는
물건들이 자꾸 바뀐다.
얼굴을 묻고 울 재떨이들,
나무 벽들의 고생 많은 형제,
타자기의 마흔여덟 키는
하나하나가 절대 감기지 않는 눈알,
책들, 서로 경쟁하는 미인대회 참가자들,
검은 의자, 인조가죽으로 만든 개의 관,
벌집 구멍처럼 기다리고 있는
벽에 난 콘센트들,
금색 깔개
뒤꿈치와 발가락들의 대화,
벽난로
누가 집어 들기를 기다리는 칼,
소파, 창녀의 중노동으로 기진맥진하고,
전화기
가랑이에 뿌리를 내린 두 송이 꽃,
문들은
바다 조개들처럼 열렸다 닫히고,
전등들이
나를 찌른다
얼룩과 웃음을 모두 밝히며.
창문들,
내 심장에 못처럼 나무를 박아 넣는
굶주린 창문들.

Each day I feed the world out there
although birds explode
right and left.
I feed the world in here too,
offering the desk puppy biscuits.
However, nothing is just what it seems to be.
My objects dream and wear new costumes,
compelled to, it seems, by all the words in my hands
and the sea that bangs in my throat.

오른쪽과 왼쪽에서
새들이 폭발하는데도
나는 매일 저 바깥 세상을 먹인다.
책상에게 강아지 비스킷을 주며
나는 여기서도 세상을 먹인다.
그러나, 보이는 대로인 것은 아무것도 없다.
내 물건들은 꿈을 꾸고 새로운 의상을 입는다,
내 두 손에 든 온갖 단어와
내 목구멍 안에서 요동치는 바다에 떠밀린 듯도 싶다.

THE WITCH'S LIFE

When I was a child
there was an old woman in our neighborhood
whom we called The Witch.
All day she peered from her second story window
from behind the wrinkled curtains
and sometimes she would open the window
and yell: Get out of my life!
She had hair like kelp
and a voice like a boulder.

I think of her sometimes now
and wonder if I am becoming her.
My shoes turn up like a jester's.
Clumps of my hair, as I write this,
curl up individually like toes.
I am shoveling the children out,
scoop after scoop.
Only my books anoint me,
and a few friends,
those who reach into my veins.
Maybe I am becoming a hermit,
opening the door for only
a few special animals?
Maybe my skull is too crowded
and it has no opening through which
to feed it soup?

마녀의 삶

어릴 때 이웃에
우리가 마녀라고 부르던
늙은 여자가 있었지.
종일 2층 창가에 서서
꾸깃꾸깃한 커튼 틈으로 엿보다가
가끔 창문을 열고
소리쳤어. 내 삶에서 나가!
머리카락은 해초 같았고
목소리는 바윗돌 같았어.

요즘 종종 그 여자를 생각하며
내가 그 여자가 되고 있는 게 아닐까 의심해.
어릿광대 신처럼 신발 코가 구부러져.
무성한 머리카락은, 이 글을 쓰는 사이에도,
발가락처럼 제멋대로 뻗쳐.
나는 한 삽씩 아이들을
떠서 자꾸자꾸 내다 버리고 있어.
책들만이 내게 기름 부어주시지.
그리고 몇몇 친구들,
내 혈맥에 닿은 이들만이.
아마도 특별한 동물 몇에게만
문을 열어주는
은자가 되고 있나?
아마도 어찌어찌 헤치고 수프를
먹일 틈도 없을 정도로
내 해골 속이 너무 빽빽하나?

Maybe I have plugged up my sockets
to keep the gods in?
Maybe, although my heart
is a kitten of butter,
I am blowing it up like a zeppelin.
Yes. It is the witch's life,
climbing the primordial climb,
a dream within a dream,
then sitting here
holding a basket of fire.

아마도 나는 신들을 가두려고
내 구멍들을 틀어막았나?
아마도, 내 심장은
버터로 만든 새끼고양이지만,
나는 그걸 불어서 비행선처럼 띄우고 있다.
그래. 이것은 마녀의 삶,
최초의 고개 오르기,
꿈속의 꿈,
그러고는 불의 바구니를 안고서
여기 앉아 있기.

COURAGE

It is in the small things we see it.
The child's first step,
as awesome as an earthquake.
The first time you rode a bike,
wallowing up the sidewalk.
The first spanking when your heart
went on a journey all alone.
When they called you crybaby
or poor or fatty or crazy
and made you into an alien,
you drank their acid
and concealed it.

Later,
if you faced the death of bombs and bullets
you did not do it with a banner,
you did it with only a hat to
cover your heart.
You did not fondle the weakness inside you
though it was there.
Your courage was a small coal
that you kept swallowing.
If your buddy saved you
and died himeself in so doing,
then his courage was not courage,
it was love; love as simple as shaving soap.

용기

그것은 우리가 아는 사소한 일들에 있다.
지진만큼이나 굉장한
아이의 첫걸음마.
보도에서 뒹굴었던
너의 첫 자전거 타기.
너의 마음이 혼자 여행을 가버린
첫 체벌.
그 애들이 울보라거나
팔푼이라거나 뚱보라거나 똘아이라 부르며
따돌릴 때
너는 그들의 악의를 들이마시고는
숨겼다.

나중에,
폭탄과 총알의 죽음을 마주했다면
너는 깃발을 들고서가 아니라,
심장을 가릴 모자만 가지고서
그 일을 해냈다.
네 안에 유약함이 있는데도
너는 그걸 애지중지하지 않았다.
너의 용기는 네가 계속해서 삼키는
작은 석탄 덩어리였다.
친구가 너를 구하다
죽었다면
그의 용기는 용기가 아니라
사랑이었다. 면도용 비누만큼이나 단순한 사랑.

Later,
if you have endured a great despair,
then you did it alone,
getting a transfusion from the fire,
picking the scabs off your heart,
then wringing it out like a sock.
Next, my kinsman, you powdered your sorrow,
you gave it a back rub
and then you covered it with a blanket
and after it had slept a while
it woke to the wings of the roses
and was transformed.

Later,
when you face old age and its natural conclusion
your courage will still be shown in the little ways,
each spring will be a sword you'll sharpen,
those you love will live in a fever of love,
and you'll bargain with the calendar
and at the last moment
when death opens the back door
you'll put on your carpet slippers
and stride out.

나중에,
네가 엄청난 절망을 견뎠다면,
그때 넌 홀로 그 일을 해냈지
불의 수혈을 받으며,
심장에서 딱지를 떼며,
그러고는 양말을 짜듯 심장을 쥐어짜며.
다음으로, 나의 혈육이여, 넌 슬픔에 파우더를 뿌리고,
등 마사지를 해주고
담요를 덮어주었다.
그것은 잠깐 눈을 붙였다 깨서는
장미의 날개가 돋은 것을 깨닫고
변태했다.

나중에,
네가 노년과 그 자연스러운 결론을 대면할 때
용기는 여전히 사소한 방식으로 드러나리라,
해마다 봄은 네가 벼릴 검이 될 것이고,
사랑하는 이들은 사랑의 열병 안에서 살 것이며,
너는 달력과 흥정을 하다가
마지막 순간에
죽음이 뒷문을 열면
실내용 슬리퍼를 신은 채
성큼성큼 걸어 나갈 것이다.

RIDING THE ELEVATOR INTO THE SKY

As the fireman said:
Don't book a room over the fifth floor
in any hotel in New York.
They have ladders that will reach further
but no one will climb them.
As the New York *Times* said:
The elevator always seeks out
the floor of the fire
and automatically opens
and won't shut.
These are the warnings
that you must forget
if you're climbing out of yourself.
If you're going to smash into the sky.

Many times I've gone past
the fifth floor,
cranking upward,
but only once
have I gone all the way up.
Sixtieth floor:
small plants and swans bending
into their grave.
Floor two hundred:
mountains with the patience of a cat,
silence wearing its sneakers.

엘리베이터를 타고 하늘로

소방관이 말했다.
뉴욕에서는 어느 호텔이라도
5층 이상의 방은 잡지 마세요.
더 높이 올라가는 사다리는 있지만
아무도 오르지 않을 겁니다.
뉴욕 《타임스》가 말했다.
엘리베이터는 늘 화재가
난 층을 찾아내
자동으로 열려서는
닫히지 않는다.
무아지경으로
오르는 중이라면
하늘로 돌진할 예정이라면
반드시 잊어야 할 경고들.

나는 여러 번
위쪽을 향해 철컹거리며
5층을 지났지만
끝까지 올라간 건
딱 한 번뿐이었다.
60층.
작은 식물들과 자기 무덤을 향해
몸을 구부린 백조들.
200층.
고양이의 인내심을 지닌 산들,
스니커즈를 신은 침묵.

Floor five hundred:
messages and letters centuries old,
birds to drink,
a kitchen of clouds.
Floor six thousand:
the stars,
skeletons on fire,
their arms singing.
And a key,
a very large key,
that opens something —
some useful door —
somewhere —
up there.

500층.
수백 년 전 쪽지와 편지들,
물가에 모여드는 새들,
구름의 부엌.
6000층.
별들,
불에 타는 해골들,
노래하는 그들의 무기.
그리고 열쇠 하나,
아주 커다란 열쇠,
무언가를 열겠지—
어떤 유용한 문을—
어딘가
저 위에 있을.

WHEN MAN ENTERS WOMAN

When man
enters woman,
like the surf biting the shore,
again and again,
and the woman opens her mouth in pleasure
and her teeth gleam
like the alphabet,
Logos appears milking a star,
and the man
inside of woman
ties a knot
so that they will
never again be separate
and the woman
climbs into a flower
and swallows its stem
and Logos appears
and unleashes their rivers.

남자가 여자에게 들어갈 때

남자가
기슭을 물어뜯는 파도처럼
몇 번이고 다시
여자에게 들어갈 때,
여자는 쾌감에 입을 벌리고
알파벳처럼
이가 번득이고,
로고스가 별의 젖을 짜며 나타나고,
둘이
다시는 헤어지지 않도록
여자 안에서
남자가
매듭을 짓고
여자가
꽃 속으로 기어올라
줄기를 삼키고
로고스가 나타나
둘의 강을 풀어준다.

This man,
this woman
with their double hunger,
have tried to reach through
the curtain of God
and briefly they have,
though God
in His perversity
unties the knot.

이 남자,
이 여자는
이중의 갈망을 품고,
신의 커튼을
통과하려 했고
잠깐은 성공했지만,
신은
괴팍하므로
매듭을 풀어버린다.

THE POET OF IGNORANCE

Perhaps the earth is floating,
I do not know.
Perhaps the stars are little paper cutups
made by some giant scissors,
I do not know.
Perhaps the moon is a frozen tear,
I do not know.
Perhaps God is only a deep voice
heard by the deaf,
I do not know.

Perhaps I am no one.
True, I have a body
and I cannot escape from it.
I would like to fly out of my head,
but that is out of the question.
It is written on the tablet of destiny
that I am stuck here in this human form.
That being the case
I would like to call attention to my problem.

무지의 시인

아마도 육지는 떠다닐 테지만,
나는 모른다.
아마도 별들은 거대한 가위 같은 걸로 자른
작은 종잇조각들일 테지만,
나는 모른다.
아마도 달은 얼어붙은 눈물일 테지만,
나는 모른다.
아마도 신은 듣지 못하는 자에게 들리는
낮은 목소리일 뿐일 테지만,
나는 모른다.

아마도 나는 아무도 아닐 것이다.
사실이지, 내겐 몸이 있어서
거기서 도망칠 수 없다.
내 머리에서 뛰쳐나가고 싶어,
하지만 그건 생각할 수 없는 일이지.
나는 여기 이 인간의 형상에 갇혔다고
운명의 서판에 적혀 있다.
실정이 이러하니
내 문제에 주목해달라 요구하는 바이다.

There is an animal inside me,
clutching fast to my heart,
a huge crab.
The doctors of Boston
have thrown up their hands.
They have tried scalpels,
needles, poison gasses and the like.
The crab remains.
It is a great weight.
I try to forget it, go about my business,
cook the broccoli, open and shut books,
brush my theeth and tie my shoes.
I have tried prayer
but as I pray the crab grips harder
and the pain enlarges.

I had a dream once,
perhaps it was a dream,
that the crab was my ignorance of God.
But who am I to believe in dreams?

내 안에 짐승이 있다
내 심장을 꽉 움켜쥔
거대한 게.
보스턴의 의사들은
두 손을 들었지.
외과용 메스를,
주사를, 독성 가스를, 온갖 것을 시도해보았다.
게는 그대로다.
엄청난 무게.
나는 잊어버리려 애쓰며 내 일이나 하지,
브로콜리를 요리하고, 책을 펼치고 또 닫고,
이를 닦고 구두끈을 매면서.
기도문도 시험해봤지만
내가 기도하면 게는 더 꽉 움켜쥐고
고통만 커진다.

한번은 꿈을 꾸었다
아마도 꿈이었겠지
그 게는 신에 대한 나의 무지였다.
하지만 내가 누군데 꿈 따위를 믿겠어?

THE DEAD HEART

After I wrote this, a friend scrawledon this page, "Yes."

And I said, merely to myself, "I wish it could be for a different seizure — as with Molly Bloom with her 'and yes I said yes I will Yes.'"

It is not a turtle
hiding in its little green shell.
It is not a stone
to pick up and put under your black wing.
It is not a subway car that is obsolete.
It is not a lump of coal that you could light.
It is a dead heart.
It is inside of me.
It is a stranger
yet once it was agreeable,
opening and closing like a clam.

죽은 심장

이 시를 쓰고 나자, 친구가 종이에다 끄적였다. "예스."

나는 말했다, 그저 혼잣말로. "이게 다른 발작에 대한 얘기면 좋겠는데, '그리고 맞아 나는 예스라 했고 앞으로도 예스일 거야'라 했던 몰리 블룸*같은."

이것은 작은 녹색 등딱지에 숨은
거북이 아니다.
이것은 집어서 당신의 검은 날개 밑에 끼워둘
돌이 아니다.
이것은 쓸모없어진 지하철이 아니다.
이것은 당신이 불을 붙일 석탄 덩어리가 아니다.
이것은 죽은 심장이다.
이것은 내 안에 있다.
이것은 이방인이지만,
조개처럼 열었다 닫는 이것,
한때는 상냥했다.

What it has cost me you can't imagine,
shrinks, priests, lovers, children, husbands,
friends and all the lot.
An expensive thing it was to keep going.
It gave back too.
Don't deny it!
I half wonder if April would bring it back to life?
A tulip? The first bud?
But those are just musings on my part,
the pity one has when one looks at a cadaver.

How did it die?
I called it EVIL.
I said to it, your peoms stink like vomit.
I didn't stay to hear the last sentence.
It died on the word EVIL.
I did it with my tongue.
The tongue, the Chinese say,
is like a sharp knife:
it kills
without drawing blood.

이것 때문에 내가 어떤 대가를 치렀는지 너는 상상도 못할걸,
정신과 의사들, 성직자들, 애인들, 아이들, 남편들,
친구들과 그 밖의 온갖 것들.
계속하기에는 비용이 많이 드는 일이었다.
이것이 보답을 하기도 했지.
부정하지 마!
4월이라면 이것을 다시 살려내지 않을까 싶기도 했어.
튤립? 첫 꽃봉오리?
하지만 내가 보기에 그것들은 그저 묵상,
송장을 보고 갖게 되는 동정.

이것이 어떻게 죽었더라?
나는 이것을 악이라 불렀지.
이것에게 말했어, 네 시에서는 토사물 같은 악취가 나.
마지막 문장까지 듣지도 않았어.
이것은 악이라는 단어에 죽었지.
내 혀가 해냈어.
중국인들이 그랬지, 혀는
날카로운 칼과 같아서
피를 부르지 않고도
죽인다고.

* 제임스 조이스의『율리시스』주인공 중 한 명으로 리오폴드 블룸의 아내인 마리온 블룸(애칭이 몰리이다)을 이른다. 스페인 태생의 미녀라는 설정이다.

LOCKED DOORS

For the angels who inhabit this town,
although their shape constantly changes,
each night we leave some cold potatoes
and a bowl of milk on the windowsill.
Usually they inhabit heaven where,
by the way, no tears are allowed.
They push the moon around like
a boiled yam.
The Milky Way is their hen
with her many children.
When it is night the cows lie down
but the moon, that big bull,
stands up.

However, there is a locked room up there
with an iron door that can't be opened.
It has all your bad dreams in it.
It is hell.
Some say the devil locks the door
from the inside.
Some say the angels lock it form
the outside.
The people inside have no water
and are never allowed to touch.
They crack like macadam.
They are mute.

잠긴 문들

우리 마을에 거주하는 천사들을 위해,
비록 그들의 모양은 끊임없이 변하지만,
우리는 매일 밤 창턱에
식은 감자 몇 알과 우유 사발을 둔다.
그들은 대개 천국에 거주하는데,
부언하자면, 거기서는 눈물이 허용되지 않는다.
그들은 삶은 고구마를 굴리듯
달을 이리저리 떠민다.
은하수는 많은 아이를 거느린
그들의 암탉.
밤이면 암소들은 눕지만
달, 그 커다란 황소는
일어선다.

하지만, 저 위에는 열리면 안 되는 철문이 달린
잠긴 방이 있다.
당신의 나쁜 꿈이 전부 그 안에 있다.
지옥이다.
누군가는 악마가 문을 잠갔다고 한다
안쪽에서.
누군가는 천사들이 문을 잠갔다고 한다
바깥쪽에서.
안에 있는 사람들에겐 물도 없고
어떤 접촉도 허용되지 않는다.
그들은 쇄석도*처럼 갈라진다.
그들은 말이 없다.

They do not cry help
except inside
where their hearts are covered with grubs.

I would like to unlock that door,
turn the rusty key
and hold each fallen one in my arms
but I cannot, I cannot.
I can only sit here on earth
at my place at the table.

그들은 도와달라 소리치지 않는다
오직 속으로만 소리칠 뿐
거기 속에서 그들의 심장은 땅벌레에 덮여 있다.

그 문을 열고 싶다
녹슨 열쇠를 돌려
쓰러진 이 모두를 품에 안고 싶지만
못해, 나는 못해.
내가 할 줄 아는 건 그저 여기 땅 위
책상 앞 내 자리에 앉는 것뿐.

* 쇄석도(碎石道)는 잘게 부순 돌을 고압으로 눌러서 깐 도로다. 가장 경제적인 도로 포장법 중 하나로 임도 포장 등에 쓰인다.

THE EVIL SEEKERS

We are born with luck
which is to say with gold in our mouth.
As new and smooth as a grape,
as pure as a pond in Alaska,
as good as the stem of a green bean —
we are born and that ought to be enough,
we ought to be able to carry on from that
but one must learn about evil,
learn what is subhuman,
learn how the blood pops out like a scream,
one must see the night
before one can realize the day,
one must listen hard to the animal within,
one must walk like a sleepwalker
on the edge of the roof,
one must throw some part of her body
into the devil's mouth.

Odd stuff, you'd say.
But I'd say
you must die a little,
have a book of matches go off in your hand,
see your best friend copying your exam,
visit an Indian reservation and see
their plastic feathers,
the dead dream.

악을 좇는 자들

우리는 행운을 품고 태어나지
말하자면 금덩이를 입에 물고.
포도알처럼 새롭고 매끈하게,
알래스카의 연못처럼 순수하게,
풋강낭콩 줄기처럼 선량하게—
우리는 태어나고, 그것으로 충분해야 해,
우리는 거기서부터 나아갈 수 있어야 해
하지만 사람은 악에 관해 배워야 하고,
인간으로서 불완전한 것이 무엇인지 배워야 하고,
피가 어떻게 비명처럼 터져 나오는지 배워야 하고,
낮을 알아보려면
밤을 보아야만 하고,
사람은 내면의 짐승에게 열심히 귀 기울여야 하고,
지붕 끄트머리에 선
몽유병자처럼 걸어야 하고,
자기 몸의 어떤 부분을
악마의 아가리에 던져주어야 한다.

이상한 일이야, 너는 말하지.
하지만 나는 말한다
넌 조금 죽어야 해,
손에 든 종이 성냥을 꺼트려야 해,
제일 친한 친구가 네 답안지를 베끼는 걸 봐야 해,
인디언 보호구역에 가서
그 플라스틱 깃털들을,
그 죽은 꿈을 봐야 해.

One must be a prisoner just once to hear
the lock twist into his gut.
After all that
one is free to grasp at the trees, the stones,
the sky, the birds that make sense out of air.
But even in a telephone booth
evil can seep out of the receiver
and we must cover it with a mattress,
and then tear it from its roots
and bury it,
bury it.

사람은 내장을 쑤시고 들어오는 자물쇠 소리를
듣기 위해 한 번은 죄수가 돼봐야 해.
그런 뒤에야
자유로이 나무를, 돌멩이를
하늘을, 공중의 느낌을 자아내는 새를 잡을 수 있어.
하지만 공중전화 부스 안에서도
악은 수화기로 새어 나올 수 있고
우리는 매트리스로 덮은 다음
뿌리를 끊어내어
묻어야 한다.
묻어라.

WORDS

Be careful of words,
even the miraculous ones.
For the miraculous we do our best,
sometimes they swarm like insects
and leave not a sting but a kiss.
They can be as good as fingers.
They can be as trusty as the rock
you stick your bottom on.
But they can be both daisies and bruises.

Yet I am in love with words.
They are doves falling out of the ceiling.
They are six holy oranges sitting in my lap.
They are the trees, the legs of summer,
and the sun, its passionate face.

Yet often they fail me.
I have so much I want to say,
so many stories, images, proverbs, etc.
But the words aren't good enough,
the wrong ones kiss me.
Sometimes I fly like an eagle
but with the wings of a wren.

말

말을 조심하라
기적 같은 말일지라도.
기적 같은 말들을 위해 우리는 최선을 다하고
때로 그것들은 벌레처럼 우글거리면서
침 한 번 쏘지 않고 입맞춤만 남기고 떠난다.
그것들은 손가락처럼 유용할 수 있다.
그것들은 엉덩이를 붙이고 앉은
바위처럼 믿음직할 수 있다.
하지만 그것들은 데이지인 동시에 멍일 수 있다.

하지만 나는 말과 사랑에 빠졌지.
말은 천장에서 떨어지는 비둘기들.
말은 내 무릎에 놓인 여섯 개의 성스러운 오렌지.
그것들은 나무, 여름의 다리,
그리고 태양, 태양의 열정적인 얼굴.

하지만 대체로는 실망스럽지.
말하고 싶은 것이 이렇게나 많건만,
이렇게 많은 이야기, 이미지, 금언, 기타 등등이.
하지만 말은 아무래도 성에 차지 않고,
아닌 말들이 내게 입을 맞춘다.
가끔은 독수리처럼 날지만
나는 굴뚝새 날개를 달고 있지.

But I try to take care
and be gentle to them.
Words and eggs must be handled with care.
Once broken they are impossible
things to repair.

하지만 나는 그것들을 돌보고
상냥하게 대하려 애쓴다.
말과 달걀은 조심스럽게 다루어야 한다.
한 번 깨지면 수리가
불가능한 것들.

FRENZY

I am not lazy.
I am on the amphetamine of the soul.
I am, each day,
typing out the God
my typewriter believes in.
Very quick. Very intense,
like a wolf at a live heart.
Not lazy.
When a lazy man, they say,
looks toward heaven,
the angels close the windows.

격분

나는 게으르지 않다.
나는 영혼의 암페타민*에 취했다.
매일, 타자기로
신을 입력하고 있지.
내 타자기가 믿는 신을.
아주 빠르게. 아주 강렬하게,
펄떡이는 심장을 대하는 늑대처럼.
게으르지 않다.
그런 말이 있지, 게으른 사람이
천국 쪽을 쳐다보면
천사들이 창문을 닫아버린다고.

Oh angels,
keep the windows open
so that I may reach in
and steal each object,
objects that tell me the sea is not dying,
objects that tell me the dirt has a life-wish,
that the Christ who walked for me,
walked on true ground
and that this frenzy,
like bees stinging the heart all morning,
will keep the angels
with their windows open,
wide as an English bathtub.

아 천사들이여,
창문을 열어둬요
그러면 내가 가서
하나하나 물건을 훔칠 수도 있으리,
바다가 죽어가고 있지 않다고 말해줄 물건들을,
흙이 생의 소망을 품고 있다고 말해줄 물건들을,
그리스도가 나를 위해 걸었다고,
진정한 대지 위를 걸었다고
그리고 아침 내내 벌이 심장을 쏘는 듯한
이 격분이
영국식 욕조만큼 활짝
열린 창문과 함께
천사들을 지켜줄 거라고 말해줄 물건들을.

* 암페타민(amphetamine)은 중추신경과 교감신경을 흥분시키는 각성제로 식욕을 억제하는 효과가 있다.

THE ROWING ENDETH

I'm mooring my rowboat
at the dock of the island called God.
This dock is made in the shape of a fish
and there are many boat moored
at many different docks.
"It's okay," I say to myself,
with blisters that broke and healed
and broke and healed —
saving themselves over and over.
And salt sticking to my face and arms like
a glue-skin pocked with grains of tapioca.
I empty myself from my wooden boat
and onto the flesh of The Island.

"On with it!" He says and thus
we squat on the rocks by the sea
and play — can it be true —
a game of poker.
He calls me.
I win because I hold a royal straight flush.
He wins because He holds five aces.
A wild card had been announced
but I had not heard it
being in such a state of awe
when He took out the cards and dealt.

노 젓기가 끝나노니

신이라 불리는
섬의 선창(船艙)에 배를 댄다.
선창은 물고기 모양이고
여러 부두에 정박한
배가 많다.
"괜찮아." 나는 혼잣말 한다
터졌다가 아물고 또 터졌다 아물며
몇 번이고 자신을 구제하는
물집들을 달고.
얼굴과 팔에는 타피오카 가루가 박힌
아교질 피부처럼 소금이 붙어 있다.
나는 나무로 만든 배에서 몸을 일으켜
섬의 살덩이에 오른다.

"시작하지!" 신은 말하고, 그래서
우리는 바닷가 바위 위에 쭈그리고 앉아,
꿈인지 생시인지,
포커를 친다.
신이 패를 까라 요구한다.
나는 로열 스트레이트 플러시를 들고 있으므로 내가 이긴다.
그는 에이스 다섯 장을 들고 있으므로 그가 이긴다.
만능패가 한 장 있다고 공지되었지만
신이 카드를 꺼내 나눠줄 때
격한 외경심에 사로잡힌 나는
그 말을 듣지 못했다.

As he plunks down His five aces
and I sit grinning at my royal flush,
He starts to laugh,
the laughter rolling like a hoop out of His mouth
and into mine,
and such laughter that He doubles right over me
laughing a Rejoice-Chorus at our two triumphs.
Then I laugh, the fishy dock laughs
the sea laughs. The Island laughs.
The Absurd laughs.

Dearest dealer,
I with my royal straight flush,
love you so for your wild card,
that untamable, eternal, gut-driven *ha-ha*
and lucky love.

그가 에이스 다섯 장을 던지고
내가 내 로열 플러시를 보며 앉아 싱글거릴 때,
그가 껄껄 웃기 시작한다
그의 입에서 굴렁쇠처럼 쏟아져
내 입속으로 굴러드는 웃음,
그가 곧바로 더블을 부르고
우리의 두 승리에 환희의 송가를 부르는 그런 웃음.
이윽고 내가 웃고, 물고기 모양 선창이 웃고,
바다가 웃는다. 섬이 웃는다.
부조리한 것들이 웃는다.

친애하는 딜러 씨,
로열 스트레이트 플러시를 든 나는
당신의 만능패 때문에 이처럼 당신을 사랑하나니,
그 길들일 수 없는, 영원한, 속에서부터 우러나는 하하
그리고 운 좋은 사랑.

V 유고

45 MERCY STREET

In my dream,
drilling into the marrow
of my entire bone,
my real dream,
I'm walking up and down Beacon Hill
searching for a street sign —
namely MERCY STREET.
Not there.

I try the Back Bay.
Not there.
Not there.
And yet I know the number.
45 Mercy Street.
I know the stained-glass window
of the foyer,
the three flights of the house
with its parquet floors.
I know the furniture and
mother, grandmother, great-grandmother,
the servants.
I know the cupboard of Spode,
the boat of ice, solid silver,
where the butter sits in neat squares
like strange giant's teeth
on the big mahogany table.

자비길 45번지

꿈속에서,
내 모든 뼈다귀 속
골수로 파고드는
진짜 꿈속에서,
나는 비컨힐*을 오르내리고 있었지
거리 표지판을 찾아서—
즉 자비길을 찾아서.
거기 없다.

백베이 구역도 찾아본다.
거기 없다.
거기 없다.
하지만 나는 주소를 알지.
자비길 45번지.
현관의
스테인드글라스 창,
나무 바닥재를 깐
3층짜리 그 집.
가구와 어머니,
외할머니, 외증조할머니,
하인들을 나는 안다.
스포드** 도자기가 든 그릇장을,
커다란 마호가니 식탁 위에
이상한 거인 이빨 같은
버터가 깔끔한 정육면체로 앉아 있던
은제 얼음 그릇을 나는 안다.

I know it well.
Not there.

Where did you go?
45 Mercy Street,
with great-grandmother
kneeling in her whale-bone corset
and praying gently but fiercely
to the wash basin
at five A.M.
at noon
dozing in her wiggy rocker,
grandfather taking a nip in the pantry,
grandmother pushing the bell for the downstairs maid,
and Nana rocking Mother with an oversized flower
on her forehead to cover the curl
of when she was good and when she was ...
And where she was begat
and in a generation
the third she will beget,
me,
with the stranger's seed blooming
into the flower called *Horrid*.

I walk in a yellow dress
and a white pocketbook stuffed with cigarettes,
enough pills, my wallet, my keys,
and being twenty-eight, or is it forty-five?
I walk. I walk.

나는 거길 잘 안다.
거기 없다.

너는 어디로 갔니?
자비길 45번지야,
고래 뼈로 만든 코르셋을 입고
새벽 5시에
세면대를 향해
무릎을 꿇고
온화하지만 치열하게 기도하는,
정오에는
멋을 낸 흔들의자에 앉아 꾸벅꾸벅 조는
외증조할머니와,
식품 저장실에서 술을 홀짝이는 외할아버지와,
벨을 눌러 아래층 하녀를 부르는 외할머니와,
곱슬머리를 가리기 위해
이마에 특대형 꽃을 단
좋았던 시절의
어머니를 어르는 유모도 데리고.
어머니가 태어난 곳,
그리고 어머니가 슬하에 세 번째로
나,
이방인의 씨앗으로
지독한 것이라 불리는
꽃을 피워낼 곳.

나는 노란 원피스를 입고
담배와 충분한 알약과 지갑과 열쇠가
든 하얀 손가방을 들고 걷는다
스물여덟, 아니면 마흔다섯인가?
나는 걷는다. 걷는다.

I hold matchs at the street signs
for it is dark,
as dark as the leathery dead
and I have lost my green Ford,
my house in the suburbs,
two little kids
sucked up like pollen by the bee in me
and a husband
who has wiped off his eyes
in order not to see my inside out
and I am walking and looking
and this is no dream
just my oily life
where the people are alibis
and the street is unfindable for an
entire lifetime.

Pull the shades down —
I don't care!
Bolt the door, mercy,
erase the number,
rip down my street sign,
what can it matter,
what can it matter to this cheapskate
who wants to own the past
that went out on a dead ship
and left me only with paper?

Not there.

거리 표지판마다 성냥을 켜 들고 살핀다
어두워서,
죽은 가죽처럼 어두워서,
나는 내 녹색 포드를 잃었고,
교외에 있는 집을,
꽃가루마냥 내 안의 벌에게 빨려버린
어린 두 아이를,
뒤집힌 내 상태를 보지 않으려고
두 눈을 제거한 남편을 잃었고
나는 걷고 살피고
이것은 꿈이 아니라
그저 내 말만 번드르르한 삶
그 속에서 사람들은 알리바이이고
길은 찾아지지 않는다
한평생 내내.

차양을 내려라—
나는 상관 없어!
문을 잠가라, 자비여,
주소를 지워라,
거리 표지판을 뜯어 내려라,
그게 무슨 문제겠어,
과거를 독차지하려는
이 구두쇠에게 그게 무슨 문제겠어,
과거는 내게 종이만 남겨두고
유령선을 타고 가버렸는데.

거기 없다.

I open my pocketbook,
as women do,
and fish swim back and forth
between the dollars and the lipstick.
I pick them out,
one by one
and throw them at the street signs,
and shoot my pocketbook
into the Charles River.
Next I pull the dream off
and slam into the cement wall
of the clumsy calendar
I live in,
my life,
and its hauled up
notebooks.

나는 여자들이 그러듯이
손가방을 연다
물고기들이 지폐와 립스틱 사이를
이리저리 헤엄치고 있다.
집어낸다,
하나씩 하나씩
집어내서 거리 표지판에 던진다
그러고 손가방을
찰스강에 내던진다.
다음으로 나는 꿈을 벗어서
내가 살아가는
꼴사나운 세월의
시멘트벽에 내리친다
나의 삶,
그리고 거기서 끌려 나온
공책들을.

* 미국 보스턴시 백베이 지구에 있는 거주지역으로 찰스강에 면해 있다.
앤 섹스턴은 어린 시절 이곳에서 자랐다.

** 스포드(Spode)는 1977년에 설립된 영국의 도자기, 식기 생산업체인
스포드의 제품 브랜드이다. 본 차이나 생산 기술을 포함한 여러
기술 개발을 통해 영국 도자기 산업의 성공을 이끈 주역으로 평가된다.

TALKING TO SHEEP

My life
has appeared unclothed in court,
detail by detail,
death-bone witness by death-bone witness,
and I was shamed at the verdict
and given a cut penny
and the entrails of a cat.
But nevertheless I went on
to the invisible priests,
confessing, confessing
through the wire of hell
and they wet upon me in that phone booth.

Then I accosted winos,
the derelicts of the region,
winning them over into the latrine of my details.
Yes. It was a compulsion
but I denied it, called it fiction
and then the populace screamed *Me too*, *Me too*
and I swallowed it like my fate.

양에게 말 걸기

내 생이
알몸으로 등장했다 법정에,
구석구석 속속들이,
결정적인 목격자가 한 명 또 한 명,
나는 판결에 창피를 당했고
하찮은 푼돈과
고양이의 내장을 받았다.
그래도 나는 나아갔다
보이지 않는 성직자들에게,
지옥의 전화선을 통해
고해하고, 고해하고,
그들은 그 전화박스에서 내게 오줌을 쌌다.

그다음에 나는 지역의 낙오자들인
알코올중독자들에게 말을 걸며,
그들을 내 시시콜콜함의 변소로 끌어들였다.
그랬다. 강박이었지만
나는 그 단어를 거부하고 그걸 소설이라 불렀다
그러자 대중이 나도, 나도 소리쳤고
나는 운명처럼 그걸 삼켰다.

Now,
in my middle age,
I'm well aware
I keep making statues
of my acts, carving them with my sleep —
or if it is not my life I depict
then someone's close enough to wear my nose —
My nose, my patrician nose,
sniffing at me or following theirs down the street.

Yet even five centuries ago this smelled queer,
confession, confession,
and your devil was thougth to push out their eyes
and all the eyes had seen (too much! too much!).
It was proof that you were a needle
to push into their pupils.
And the only cure for such confessions overheard
was to sit in a cold bath for six days,
a bath full of leeches, drawing out your blood
into which confessors had heated the devil in them,
inhabited them with their madness.

지금,
중년이 되어서야,
잘 알게 되었다
나는 계속 내 행위의 조각상들을 만들어 왔다
내 잠으로 깎아서—
혹은 내가 묘사하는 것이 내 생이 아니라면
내 코를 달고 다닐 정도로 나와 가까운 누군가의 생이리라—
킁킁거리며 내 냄새를 맡거나 길을 따라 그들의 냄새를 쫓는
내 코, 내 귀족적인 코.

하지만 5세기 전에도 이것은 미심쩍은 냄새를 풍겼어
고해, 고해,
그리고 너의 악마는 그들의 눈과
(너무 많이! 너무 많이!) 본 눈을 모조리 파낸다고 여겨졌지.
네가 그들의 눈동자에 찔러 넣은
바늘이었다는 것이 증거였다.
그리고 풍문으로 떠도는 그런 고해의 유일한 치료법은
엿새 동안 차가운 목욕통 안에 앉아 있는 것이었다
피를 빠는 거머리가 가득한 목욕통 안에
그 핏속에서 고해자들은 자기 안의 악마를 데웠고
자신의 광기와 더불어 그곳에 살게 했다.

It was wise, the wise medical men said,
wise to cry *Baa* and be smiling into your mongoloid hood,
while you simply tended the sheep.
Or else to sew your lips shut
and not let a word or a deadstone sneak out.

I too have my silence,
where I entry another room
and am not only blind,
but speech has flown out of me
and I call it dead
though the respiration be okay.
Perhaps it is a sheep call?
I feel I must learn to speak the *Baa*
of the simple-minded, while my mind
dives into the multi-colored,
crowded voices,
cries for help, *My breasts are off me.*
The transvestite whispering to me,
over and over, *My legs are disappearing.*
My mother, her voice like water,
saying *Fish are cut out of me.*
My father,
his voice thrown into a cigar,
A marble of blood rolls into my heart.
My great aunt,

현명해, 현명한 의학계 사람들이 말했다
그저 양을 돌보는 동안
매애 울면서 당신의 몽골식 두건 속으로 미소 짓는 게 현명해.
또 다른 방법은 입술을 꿰매고
말 한마디 또는 죽은돌 하나도 새어 나가지 않게 하는 것.

내게도 나의 침묵이 있어
거기서 나는 또 다른 방에 들어가고
나는 눈멀었을 뿐만 아니라
말이 내게서 다 흘러나가고
호흡은 정상이지만
나는 그걸 죽었다고 말하지.
아마도 이것이 양의 부름?
내가 단순한 마음을 가진 자들처럼
매애 하고 말하는 법을 배워야겠다고 느끼는 동안
내 마음은 다채로운 색깔을 띤
와글거리는 목소리들로 나뉘어
도와 달라 외친다. 내 유방이 날 떠나고 있어.
복장 도착자가 내게 속삭인다
자꾸만 자꾸만, 내 다리가 사라지고 있어.
목소리가 물 같으신 내 어머니,
말씀하신다. 내 물고기가 잘려 나갔어.
내 아버지,
시가를 물고 거기에다 말하는 소리,
피의 대리석이 내 심장으로 굴러 들어와.
내 대고모님,

her voice,
thrown into a lost child at the freaks' circus,
I am the flame swallower
but turn me over in bed
and I am the fat lady.

Yes! While my mind plays simple-minded,
plays dead-woman in neon,
I must recall to say
Baa
to the black sheep I am.

Baa. Baa. Baa.

그녀의 목소리,
괴물 서커스에서 잃어버린 아이 속으로 내던져져,
난 불 삼키는 묘기꾼이야
하지만 침대에서 뒤집으면
뚱보 숙녀지.

그래! 내 마음이 멍청한 척하는 동안
네온 불빛을 받는 죽은 여자 놀이를 하는 동안,
나는 말하는 법을 상기해야 한다
매애
나라는 검은 양에게.

매애. 매애. 매애.

THE CHILD BEARERS

Jean, death comes close to us all,
flapping its awful wings at us
and the gluey wings crawl up our nose.
Our children tremble in their teen-age cribs,
whirling off on a thumb or a motorcycle,
mine pushed into gnawing a stilbestrol cancer
I passed on like hemophilia,
or yours in the seventh grade, with her spleen
smacked in by the balance beam.
And we, mothers, crumpled, and flyspotted
with bringing them this far
can do nothing now but pray.

Let us put your three children
and my two children,
ages ranging from eleven to twenty-one,
and send them in a large air net up to God,
with many stamps, *real* air mail,
and huge signs attached:
SPECIAL HANDING.
DO NOT STAPLE, FOLD OR MUTILATE!
And perhaps He will notice
and pass a psalm over them
for keeping safe for a whole,
for a whole God-damned life-span.

아이를 낳는 자들

진, 죽음이 끔찍한 날개를 펄럭이며
우리 모두에게 다가와
그 끈적한 날개로 우리 코로 기어오르지.
우리 아이들은 십대의 비좁은 틀 안에서 떨며
마리화나나 오토바이로 방황하고,
내 아이는 내가 혈우병처럼 물려준
여성호르몬에 관련된 암을 갉아먹도록 강요받고,
7학년인 네 아이는 비장을
평균대에 강타당했지.
그리고 그들을 여기까지 데려오느라 쭈그러지고
파리똥 같은 점에 뒤덮인 우리 어머니들은
이제 기도 말고는 아무것도 할 수 없다.

열한 살부터 스물한 살까지 나이도 다양한
너의 세 아이와
내 두 아이를
커다란 공기그물에 싸서 저 위 신에게 보내자
덕지덕지 우표를 붙인 진짜 항공우편으로,
그리고 대문짝만 하게 써붙여야지.
취급 주의.
못을 박거나 접거나 절단하지 마시오!
신은 아마 알아차리고
아이들에게 시편을 건네주겠지
내내 안전하게 지키기 위해,
그 빌어먹을 일평생 동안.

And not even a muddled angel will
peek down at us in our foxhole.
And He will not have time
to send down an eyedropper of prayer for us,
the mothering thing of us,
as we drop into the soup
and drown
in the worry festering inside us,
lest our children
go so fast
they go.

그리고 어리바리한 천사조차
여우굴에 든 우리에겐 눈길 한번 주지 않을 거야.
그리고 우리가 짙은 안개 속에 떨어져
우리 아이들이
너무 빨리 가지나 않을까
속에서 곪아가는 걱정에
익사할 때,
신에겐 우리 돌보는 존재를 위해
기도라는 단방약(單方藥) 하나 내려보낼
잠깐의 말미도 없겠지,
아이들이 간다.

KEEPING THE CITY

Unless the Lord keepeth the city, the watchman guardeth in vain. —John F. Kennedy's unspoken words in Dallas on November 23, 1963.

Once,
in August,
head on your chest,
I heard wings
battering up the place,
something inside trying to fly out
and I was silent
and attentive,
the watchman.
I was your small public,
your small audience
but it was you that was clapping,
it was you untying the snarls and knots,
the webs, all bloody and gluey;
you with your twelve tongues and twelve wings
beating, wresting, beating, beating
your way out of childhood,
that airless net that fastened you down.

도시 지키기

> 신께서 이 도시를 지켜주지 않는다면, 파수꾼이
> 지켜봐야 아무 소용이 없습니다. — 존 F. 케네디가 1963년
> 11월 23일 댈러스에서 하지 못한 연설 중에서.

일찍이,
8월에,
네 가슴을 베고 누워,
위쪽에서 파닥이는
날갯짓 소리를 들었지,
속에 있던 무언가가 날아가려 했다
나는 소리 없고,
주의 깊은,
파수꾼.
나는 너의 작은 대중,
너의 작은 청중이었으나
손뼉을 치고 있던 건 너였다
온통 피를 뒤집어쓰고 끈끈한
엉킨 실과 매듭과 거미집을 푸는 건 너였다.
치고, 비틀고, 치고, 치는
열두 개의 혀와 열두 개의 날개를 가진 너
너를 묶어두었던 그 바람도 안 통하는 그물,
어린 시절에서 벗어나는 너.

Since then I was more silent
though you had gone miles away,
tearing down, rebuilding the fortress.
I was there
but could no nothing
but guard the city
lest it break.
I was silent.
I had a strange idea I could overhear
but that your voice, tongue, wing
belonged solely to you.
The Lord was silent too.
I did not know if he could keep you whole,
where I, miles away, yet head on your chest,
could do nothing. Not a single thing.

The wings of the watchman,
if I spoke, would hurt the bird of your soul
as he nested, bit, sucked, flapped.
I wanted him to fly, burst like a missile from your throat,
bust from the spidery-mother-web,
burst from Woman herself
where too many had laid out lights
that stuck to you and left a burn
that smarted into your middle age.

너는 성채를 부수고 다시 세우면서
이미 까마득히 멀어졌지만,
그때 이후로 나는 더욱 말이 없어졌다.
나는 거기 있었으나
아무것도 못하고
성이 부서지지 않도록
지킬 수밖에 없었다.
나는 말이 없었다.
나는 엿들을 수 있다는 이상한 생각을 하고 있었지만
너의 그 목소리, 혀, 날개는
오직 네게 속할 뿐이었다.
신도 말이 없었다.
나는 신이 너를 온전히 지켜줄 수 있는지 알지 못했고,
까마득히 멀리 있지만 네 가슴에 머리를 뉜 나는
아무것도 할 수 없었다. 단 한 가지도.

파수꾼의 날개는,
말하자면, 네 영혼의 새가 둥지를 틀고, 물고, 빨고, 날개 칠 때
그 새에게 상처를 입힐 것이다
나는 그 새가 날기를, 네 목구멍에서 미사일처럼 발사되기를,
거미줄 같은 어머니의 그물에서 뛰쳐나가기를
여성성 자체에서 뛰쳐나가기를 바랐다.
거기선 너무 많은 것들이 등불을 늘어놓았고
그 등불이 들러붙어 남긴 화상은
중년의 나이까지 스며들어 아프게 했다.

The city
of my choice
that I guard
like a butterfly, useless, useless
in her yellow costume, swirling
swirling around the gates.
The city shifts, falls, rebuilds,
and I can do nothing.
A wahtchman
should be on the alert,
but never cocksure.
And The Lord —
who knows what he keepeth?

내가 선택한
도시를
나는 노랑 의상을 입고
성문 주위를 돌고 또 도는
쓸모없는, 쓸모없는 나비처럼
지킨다.
도시는 이동하고, 무너지고, 다시 세워지고,
나는 아무것도 할 수 없다.
파수꾼은
경계해야 하지만,
절대 확신해서는 안 된다.
그리고 신은—
신이 무엇을 지키는지는 누가 알랴?

WHERE IT WAS AT BACK THEN

Husband,
last night I dreamt
they cut off your hands and feet.
Husband,
you whispered to me,
Now we are both imcomplete.

Husband,
I held all four
in my arms like sons and daughters.
Husband,
I bent slowly down
and washed them in magical waters.

Husband,
I placed each one
where it belonged on you.
"A miracle,"
you said and we laughed
the laugh of the well-to-do.

그때 그것은 어디에 있었나

남편,
어젯밤에 나는 꿈을 꾸었다
사람들이 당신의 손과 발을 잘랐다.
남편,
당신이 내게 속삭였다
이제 우리는 둘 다 불완전해.

남편,
나는 사지 전부를
아들과 딸처럼 끌어안았다.
남편,
나는 천천히 몸을 굽혀
그것들을 마법의 물로 씻었다.

남편,
나는 하나하나
원래 당신에게 있던 곳에 놓았다.
"기적이야."
당신이 말했고 우리는 웃었다
부족한 것 없는 자들의 웃음이었다.

DIVORCE

I have killed our lives together,
axed off each head,
with their poor blue eyes stuck in a beach ball
rolling separately down the drive.
I have killed all the good things
but they are too stubborn for me.
They hang on.
The little words of companionship
have crawled into their graves,
the thread of compassion,
dear as a strawberry,
the mingling of bodies
that bore two daughters within us,
the look of your dressing,
early,
all the separate clothes, neat and folded,
you sitting on the edge of the bed
polishing your shoes with boot black,
and I loved you then, so wise from the shower,
and I loved you many other times
and I have been, for months,
trying to drown it,
to push it under,
to keep its great red tongue
under like a fish,

이혼

내가 우리 목숨을 함께 끊었다
도끼로 하나씩 목을 쳐서
비치볼에 붙은 그들의 불쌍한 푸른 눈이
따로따로 거리로 굴러갔다.
나는 좋은 것들을 몽땅 죽였지만
내게 그것들은 너무 완고하다.
그것들은 버틴다.
소소한 친교의 말들이
각자의 무덤 속으로 기어들어갔고,
한 알의 딸기처럼 소중한
연민의 실,
우리 안에 두 딸을 맺어준
두 육체의 섞임,
너의 옷매무새,
일찍이,
하나같이 깔끔하게 개어진 옷가지 하나하나,
침대에 걸터앉아서
구둣솔로 신발에 광을 내던 너,
그리고 그때 나는 너를 사랑했다, 샤워 덕분에 몹시 현명해진
너를,
그리고 나는 다른 많은 때에도 너를 사랑했다,
그리고 여러 달 동안, 나는
그것을 익사시키려 애썼다,
숨기려고,
그 거대한 붉은 혀를
물고기처럼 복종시키려고,

but wherever I look they are on fire,
the bass, the bluefish, the wall-eyed flounder
blazing among the kelp and seaweed
like many suns battering up the waves
and my love stays bitterly glowing,
spasms of it will not sleep,
and I am helpless and thirsty and need shade
but there is no one to cover me —
not even God.

하지만 내가 보는 곳마다 그것들은 불타오르고,
배스, 게르치, 외사시인 넙치가
물결을 두드리는 수많은 태양처럼
바닷말과 해초 사이에서 불타고,
내 사랑은 쓰디쓰게 이글거리며 머무른다,
사랑의 경련은 잠들지 않을 것이다
나는 무기력하고 목마르고 그늘이 필요하지만
아무도 나를 보호해주지 않는다
심지어 신조차도.

THE BREAK AWAY

Your daisies have come
on the day of my divorce:
the courtroom a cement box,
a gas chamber for the infectious Jew in me
and a perhaps land, a possibly promised land
for the Jew in me,
but still a betrayal room for the till-death-do-us —
and yet a death, as in the unlocking of scissors
that makes the now separate parts useless,
even to cut each other up as we did yearly
under the crayoned-in sun.
The courtroom keeps squashing our lives as they break
into two cans ready for recycling,
flattened tin humans
and a tin law,
even for my twenty-five years of hanging on
by my teeth as I once saw at Ringling Brothers.
The gray room:
Judge, lawyer, witness
and me and invisible Skeezix,
and all the other torn
enduring the bewilderments
of their division.

분리

당신의 데이지들이
내 이혼 날에 왔다
법정은 시멘트 상자,
내 안의 전염성 강한 유대인을 위한 가스실
그리고 '어쩌면의 땅', 아마도 내 안의 유대인에게
약속된 땅,
하지만 '죽음이 우리를 갈라놓을 때까지'에겐 여전히
　　배신의 방
하지만 또한 하나의 죽음, 가위가 해체될 때처럼
이제 분리된 부분들을 쓸모없게 만드는,
크레용으로 그린 태양 아래에서
우리가 매년 그랬듯이 서로 자르지도 못하게 만드는.
법정은 두 개의 깡통으로 쪼개져 재활용될 준비가 된
우리 삶을 계속해서 찌그러트린다
납작해진 깡통 인간들과
깡통 법,
언젠가 한 번 서커스에서 봤던 것처럼
이로 물고 버텨온 내 스물다섯 해에 대해서도.
회색 방.
재판관, 변호사, 증인
그리고 나와 보이지 않는 스키직스,*
그리고 분리의
당황스러움을 견디는
다른 모든 찢어진 것들.

Your daisies have come
on the day of my divorce.
They arrive like round yellow fish,
sucking with love at the coral of our love.
Yet they wait,
in their short time,
like little utero half-borns,
half killed, thin and bone soft.
They know they are about to die,
but breathe like premies, in and out,
upon my kitchen table.
They breathe the air that stands
for twenty-five illicit days,
the sun crawling inside the sheets,
the moon spinning like a tornado
in the washbowl,
and we orchestrated them both,
calling ourselves TWO CAMP DIRECTORS.
There was a song, our song on your cassette,
that played over and over
and baptised the prodigals.
It spoke the unspeakable,
as the rain will on an attic roof,
letting the animal join its soul
as we kneeled before a miracle —
forgetting its knife.

당신의 데이지들이
내 이혼 날에 왔다.
우리 사랑의 산호초에서 사랑을 빠는
동그란 노란 물고기들처럼 온다.
그러나 그것들은 기다린다,
그 짧은 생애로,
반쯤은 태어나고 반쯤은 살해당한,
여리고 뼈가 부드러운 작은 태아처럼.
곧 죽을 참이라는 걸 알지만
그것들은 내 주방 식탁 위에서
조산아처럼 들락날락 숨을 쉰다.
그것들은 허가받지 않은 스무닷새를 대표하는
공기를 호흡한다
침대보 안으로 기어드는 태양과,
세면기 안에서
토네이도처럼 빙빙 도는 달,
그리고 둘 다를 조종하는 우리,
우리는 우리를 두 명의 캠프 관리자라 부른다
너의 카세트에 노래가, 우리 노래가 있었다
수없이 반복해서 연주하며
방탕한 이들에게 세례를 베풀던.
그것은 말할 수 없는 것들을 말했다
다락방 지붕에 비가 그리하여
동물을 그 영혼에 이어주듯이
우리가 기적 앞에 무릎을 꿇고
그 칼날을 잊듯이.

The daisies confer
in the old-married kitchen
papered with blue and green chefs
who call out *pies*, *cookies*, *yummy*,
at the charcoal and cigarette smoke
they wear like a yellow salve.
The daisies absorb it all —
the twenty-five-year-old sanctioned love
(If one could call such handfuls of fists
and immobile arms *that*!)
and on this day my world rips itself up
while the country unfastens along
with its perjuring king and his court.
It unfastens into an abortion of belief,
as in me —
the legal rift —
as one *might* do with the daisies
but does not
for they stand for a love
undergoing open heart surgery
that might take
if one prayed tough enough.
And yet I demand,
even in prayer,
that I am not a thief,

데이지들이 서로 의논한다
노란 고약처럼 찌든
석탄 연기와 담배 연기에 대고
파이, 쿠키, 맛있어를 외치는
파란색과 녹색 요리사들이 벽지로 발린
오랜 결혼생활의 주방에서.
데이지들이 이 모든 걸 흡수한다
이십오 년간의 허가받은 사랑을
(그런 몇 줌의 주먹질과 움직이지 못하는 팔들을
그렇게 부를 수 있다면!)
그리고 위중하는 왕과 왕의 궁정과 함께
나라가 해체되는 동안,
오늘에야 나의 세상이 스스로를 파기한다.
그것은 내게서처럼
믿음의 좌절로 해체되고,
법적인 갈라섬—
누군가 데이지에게 할 수도 있지만
하지 않는 것
왜냐면 그것들은 사랑을 상징하고,
그 사랑은 간절하게 기도한다면
효과가 있을지도 모를
개복 심장 수술을 견디는
사랑이기 때문이다.
그러나 나는 캐묻는다,
기도하면서도,
내가 도둑이 아닌지,

a mugger of need,
and that your heart survive
on its own,
belonging only to itself,
whole, entirely whole,
and workable
in its dark cavern under your ribs.

I pray it will know truth,
if truth catches in its cup
and yet I pray, as a child would,
that the surgery take.

I dream it is taking.
Next I dream the love is swallowing itself.
Next I dream the love is made of glass,
glss coming through the telephone
that is breaking slowly,
day by day, into my ear.
Next I dream that I put on the love
like a lifejacket and we float,
jacket and I,
we bounce on that priest-blue.
We are as light as a cat's ear
and it is safe,
safe far too long!
And I awaken quickly and go to the opposite window
and peer down at the moon in the pond
and know that beauty has walked over my head,
into this bedroom and out,
flowing out through the window screen,

곤궁한 노상강도는 아닌지,
그리고 너의 심장은 제힘으로
살아남을지,
자기 자신에게만 속해서,
온전하게, 완전히 온전하게,
네 갈비뼈 밑 그 어두운 동굴 속에서
제대로 기능할지.

나는 그것이 진실을 알기를 기도한다
진실이 제 운명 안에서 잡힌다면
그런데도 나는 아이가 그러듯이
수술이 효과가 있기를 기도한다.

나는 그게 효과를 발휘하는 꿈을 꾼다.
다음으로 사랑이 사랑을 삼키는 꿈을 꾼다.
다음으로 사랑이 유리로 만들어지는 꿈을 꾼다,
전화기에서 흘러나와,
하루하루 내 귓속으로
천천히 부서져 들어오는 유리.
다음으로 내가 구명조끼처럼 사랑을 입고
구명조끼와 나,
우리가 떠 있는 꿈을,
우리가 그 사제복 같은 푸른색 위에서 흔들리는 꿈을 꾼다.
우리는 고양이 귀처럼 가볍고
안온하다
너무 오래 안온하다!
그리고 나는 화들짝 잠이 깨서는 반대쪽 창문가에서
연못에 비친 달을 내려다보고
그 아름다운 것이 머리 위를 지나갔음을,
이 침실 안과 밖으로,
창문 차양을 통과하며 흘러,

dropping deep into the water
to hide.

I will observe the daisies
fade and dry up
until they become flour,
snowing themselves onto the table
beside the drone of the refrigerator,
beside the radio playing Frankie
(as often as FM will allow)
snowing lightly, a tremor sinking from the ceiling —
as twenty-five years split from my side
like a growth that I sliced off like a melanoma.

It is six P.M. as I water these tiny weeds
and their little half-life,
their numbered days
that raged like a secret radio,
recalling love that I picked up innocently,
yet guiltily,
as my five-year-old daughter
picked gum off the sidewalk
and it became suddenly an elastic miracle.

물속 깊숙이 떨어졌음을 안다.
숨기 위해.

나는 데이지들이
시들고 말라
가루가 되어 식탁에 눈처럼
내릴 때까지 지켜볼 것이다
냉장고의 단조로운 소리 옆에서,
(FM이 허용하는 한 최대한 자주)
프랭키가 흘러나오는 라디오 옆에서
가벼운 눈처럼, 천장에서부터 가라앉는 떨림—
흑색종인 양 내가 잘라낸 종양같이
내 옆구리에서 갈라져 나간 스물다섯 해.

지금은 오후 여섯 시, 나는 이 작은 잡초들과
그 하찮은 반생에 물을 준다
비밀무선방송처럼 격분한
그것들의 번호 매겨진 남은 날들에
내가 무심히, 하지만 꺼림칙하게
주워든 사랑을 상기하며,
다섯 살 먹은 딸이
보도에서 껌을 뜯어냈더니
갑자기 잘 늘어나는 기적이 된 것처럼.

For me it was love found
like a diamond
where carrots grow —
the glint of diamond on a plane wing,
meaning: DANGER! THICK ICE!
but the good crunch of that orange,
the diamond, the carrot,
both with four million years of resurrecting dirt,
and the love,
although Adam did not know the word,
the love of Adam
obeying his sudden gift.

You, who sought me for nine years,
in stories made up in front of your naked mirror
of walking through rooms of fog women,
you trying to forget the mother
who built guilt with the lumber of a locked door
as she sobbed her soured milk and fed you loss
through the keyhole,
you who wrote out your own birth
and built it with your own poems,
your own lumber, your own keyhole,
into the trunk and leaves of your manhood,
you, who fell into my words, years
before you fell into me (the other,
both the Camp Director and the camper),
you who baited your hook with wide-awake dreams,

내게는 당근이 자라는 곳에서
다이아몬드처럼
발견된 것이 사랑이었지—
비행기 날개 위 다이아몬드의 광채,
의미는 위험! 두꺼운 얼음!
하지만 그 주황색, 다이아몬드, 당근의
아삭거리는 멋진 소리,
둘 다 사백만 년의 부활하는 흙에 덮인,
그리고 사랑,
아담은 그 단어를 몰랐겠지만,
갑작스러운 선물에 복종하는
아담의 사랑.

너, 구 년 동안 나를 쫓아다녔지,
안개 여인들의 방을 통과하는
벌거벗은 거울 앞에서 꾸며낸 이야기들 속에서,
너는 잠긴 문의 재목으로 죄를 지은
어머니를 잊고자 했지
그녀가 눈물로 시어진 젖을 짜내 열쇠 구멍으로
네게 상실을 먹일 때,
너는 너 자신의 출생을 또박또박 쓰고
네 시들과 네 재목(材木)과 네 열쇠 구멍으로
그것을 남성성의 줄기와 잎들로 세웠다
너는 나(다른 하나, 캠프 관리자이자 캠핑객)에게
빠지기 수년도 전에 내 말에 빠졌었지
말똥말똥하게 깬 꿈들로 낚싯바늘에 미끼를 달던 너,

and calls and letters and once a luncheon,
and twice a reading by me for you.
But I wouldn't!

Yet this year,
yanking off all past years,
I took the bait
and was pulled upward, upward,
into the sky and was held by the sun —
the quick wonder of its yellow lap —
and became a woman who learned her own skin
and dug into her soul and found it full,
and you became a man who learned his own skin
and dug into his manhood, his humanhood
and found you were as real as a baker
or a seer
and we became a home,
up into the elbows of each other's soul,
without knowing —
an invisible purchase —
that inhabits our house forever.

We were
blessed by the House-Dic
by the altar of the color T.V.
and somehow managed to make a tiny marriage,
a tiny marriage
called belief
as in the child's belief in the tooth fairy,
so close to absolute,
so daft within a year or two.

숱한 전화와 편지와 한 번의 점심 식사,
그리고 두 번 내가 너에게 책을 읽어주었지.
하지만 이젠 하지 않을 거야!

그러나 올해,
지난 모든 해를 끌어당겨 없애며,
나는 미끼를 물었고
위로, 위로, 끌려갔다
하늘로, 그리고 태양에 붙들렸지—
그 노란 무릎의 짧은 경이—
그리고 자신의 살갗을 배우는 여자가 되었고
그리고 그녀의 영혼으로 파고들어 온전히 발견해냈고,
그리고 너는 자신의 살갗을 배우는 남자가 되었고
그리고 그의 남성성을, 그의 인간성을 파고들어
네가 빵 굽는 사람만큼이나
아니면 예언자만큼이나 실재하는 걸 발견했다
그리고 우리는 보금자리가 되었지
모르는 사이에—
서로의 영혼 속까지 파고든
눈에 보이지 않는 구매품—
우리 집에 영원히 깃들어 사는.

우리는
컬러텔레비전의 제단에서
집 꾸미기 프로그램의 축복을 받았고,
어쨌든 그럭저럭 아주 작은 결혼을 했다
믿음이라고 불리는
아주 작은 결혼
이빨 요정에 대한 아이들의 믿음처럼
절대적인 것에 아주 가깝고,
일이 년 동안은 아주 어리석은 결혼.

The daisies have come
for the last time.
And I who have,
each year of my life,
spoken to the tooth fairy,
believing in her,
even when I was her,
am helpless to stop your daisies from dying,
although your voice cries into the telephone:
Marry me! Marry me!
and my voice speaks onto these keys tonight:
The love is in dark trouble!
The love is starting to die,
right now —
we are in the process of it.
The empty process of it.

I see two deaths,
and the two men plod toward the mortuary of my heart,
and though I willed one away in court today
and I whisper dreams and birthdays into the other,
they both die like waves breaking over me
and I am drowning a little,
but always swimming
among the pillows and stones of the breakwater.
And though your daisies are an unwanted death,
I wade through the smell of their cancer
and recognize the prognosis,
its cartful of loss ...

마지막으로
데이지들이 왔다.
그리고 나,
내 생의 모든 해에,
내가 이빨 요정이었던 때조차도,
이빨 요정의 존재를 믿고
말을 걸었던 나.
나는 네 데이지들의 죽음을 막기에는 무기력하다
“결혼해줘! 결혼해줘!”
너의 목소리가 수화기에서 부르짖고 있어도.
그리고 나의 목소리가 오늘 밤 이 열쇠들에 대고 말한다.
사랑이 큰 곤란에 처했어!
사랑이 죽어가기 시작했어,
바로 지금—
우리는 그 과정에 있다.
그것의 텅 빈 과정에.

나는 두 죽음을 본다,
그리고 내 심장의 시체 안치소를 향해 터벅터벅 걷는 두 남자,
내가 오늘 법정에서 한 명을 의지로 이겨냈다지만,
그리고 다른 한 명에게 꿈들과 생일들을 속삭인다지만,
둘은 나를 덮치며 부서지는 파도처럼 죽고
나는 조금은 물에 빠지지만
언제나 헤엄을 치지
베개들과 방파제 바위들 사이에서.
그리고 네 데이지들은 불필요한 죽음이 될 테지만,
나는 그들이 풍기는 암의 냄새를 헤치고 지나가며
예후를 인식한다
수레 가득한 그 상실…

I say now,
you gave what you could.
It was quite a ferris wheel to spin on!
and the dead city of my marriage
seems less important
than the fact that the daisies came weekly,
over and over,
likes kisses that can't stop themselves.

There sit two deaths on November 5th, 1973.
Let one be forgotten —
Bury it! Wall it up!
But let me not forget the man
of my child-like flowers
though he sinks into the fog of Lake Superior,
he remains, his fingers the marvel
of fourth of July sparklers,
his furious ice cream cones of licking,
remains to cool my forehead with a washcloth
when I sweat into the bathtub of his being.

For the rest that is left:
name it gentle,
as gentle as radishes inhabiting
their short life in the earth,
name it gentle,

나는 이제 말한다
너는 줄 수 있는 것을 주었다.
그것은 사실 빙글빙글 도는 관람차!
그리고 내 결혼의 죽은 도시는
데이지들이 매주
스스로도 어쩌지 못하는 입맞춤처럼
몇 번이고 몇 번이고 온다는 사실보다
덜 중요해 보인다.

1973년 11월 5일에 두 죽음이 앉아 있다.
하나는 잊히게 하라—
묻어라! 벽을 세워 가려라!
하지만 내 아이 같은 꽃들의
남자를 잊지 않으리
그는 슈피리어 호수의 안개 속으로 잠기지만,
그는 남아 있다, 독립기념일의 불꽃처럼
경이로운 그의 손가락들이,
그가 맹렬하게 핥던 아이스크림콘들이,
내가 그의 존재라는 욕조에서 땀을 흘릴 때
수건을 들고 이마를 식혀주려 남아 있다.

남아 있는 나머지를 위해서.
그것을 상냥함이라 부르자,
땅속에 짧은 생을
깃들이는 무 같은 상냥함,
그것을 상냥함이라 부르자

gentle as old friends waving so long at the window,
or in the drive,
name it gentle as maple wings singing
themselves upon the pond outside,
as sensuous as the mother-yellow in the pond,
that night that it was ours,
when our bodies floated and bumped
in moon water and the cicadas
called out like tongues.

Let such as this
be resurrected in all men
wherever they mold their days and nights
as when for twenty-five days and nights you molded mine
and planted the seed that dives into my God
and will do so forever
no matter how often I sweep the floor.

창가에서, 아니면 진입로에서
'그처럼 오래' 손 흔들어주던 옛 친구들 같은 상냥함
연못이 우리 것이었던 그 밤,
우리 육체가 달이 비추는 물에
떠서 서로 부딪치고
매미들이 혀들처럼 울어대던
그 밤 연못 속 포근한 노랑만큼 감각적으로,
바깥 연못 위에서 저들끼리 노래하던
당단풍나무의 씨앗 날개들 같은 그것을 상냥함이라 부르자.

이러한 것이
모든 사람 안에서 소생하도록 하라
그들이 각자의 낮과 밤을 조형해내는 곳마다
스무닷새 낮과 밤 동안 네가 나의 낮과 밤을 조형했던 때처럼
그리고 나의 신에게 뛰어드는 씨앗을 심었을 때처럼
내가 아무리 자주 바닥을 쓸어내더라도
너는 영원히 그렇게 하리라.

* 스키직스(Skeezix)는 어미를 잃은 송아지를 일컫는 카우보이들의 은어이자, 1918년부터 연재되고 있는 만화「개솔린 앨리」에서 주인공인 독신자 월트 월렛이 데려다 기른 아이에게 붙여준 이름이다.

KILLING THE LOVE

I am the love killer,
I am murdering the music we thought so special,
that blazed between us, over and over.
I am murdering me, where I kneeled at your kiss.
I am pushing knives through the hands
that created two into one.
Our hands do not bleed at this,
they lie still in their dishonor.
I am taking the boats of our beds
and swamping them, letting them cough on the sea
and choke on it and go down into nothing.
I am stuffing your mouth with your
promises and watching
you vomit them out upon my face.
The Camp we directed?
I have gassed the campers.

사랑을 죽이며

나는 사랑 살해자,
우리에게 그처럼 특별했던 음악을
우리 사이에서 몇 번이고 불타올랐던 음악을 살해하고 있다.
내가 네 키스에 무릎 꿇었던 곳, 나를 살해하고 있다.
둘이 하나 되도록 맞잡았던 손에
칼을 찔러넣고 있다.
우리 손은 그래도 피 흘리지 않고,
불명예 속에 가만히 누워 있다.
나는 숱한 우리 침대의 배를 타고
가라앉히고 있다, 그것들이 바다에서 기침하도록
바다에 숨 막히도록 무(無) 속으로 가라앉도록 내버려둔다.
나는 네 입에 네가 한
약속들을 처넣고 네가 내 얼굴에 다시
토해내는 걸 지켜보고 있다.
우리가 관리했던 그 캠프?
나는 캠핑객들에게 독가스를 살포했다.

Now I am alone with the dead,
flying off bridges,
hurling myself like a beer can into the wastebasket.
I am flying like a single red rose,
leaving a jet stream
of solitude
and yet I feel nothing,
though I fly and hurl,
my insides are empty
and my face is as blank as a wall.

Shall I call the funeral director?
He could put our two bodies into one pink casket,
those bodies from before,
and someone might send flowers,
and someone might come to mourn
and it would be in the obits,
and people would know that something died,
is no more, speaks no more, won't even
drive a car again and all of that.

When a life is over,
the one you were living for,
where do you go?

이제 나는 죽은 자들과 홀로 남아
다리에서 뛰어내리고,
맥주캔처럼 스스로를 쓰레기통에 던진다.
나는 한 송이 붉은 장미처럼 날아간다
고독의
제트 기류를 남기며
그러나 아무것도 느껴지지 않는다
날아가도 던져도
내 안은 비었고
내 얼굴은 벽처럼 무표정하다.

장례 지도사를 불러야 할까?
그라면 우리 두 육신을 분홍색 관 하나에 넣을 수 있을 것이다
예전의 그 육신들,
누군가는 꽃을 보낼 테고
누군가는 조문하러 오겠지
부고 기사가 실릴 테고
사람들은 무언가가 죽었다는 걸,
무언가가 더는, 더 이상은 말하지 못한다는 걸, 다시는
차를 모는 따위의 일도 하지 않으리라는 걸 알게 되겠지.

생이 끝나면,
우리가 살아 있는 이유였던 생이 끝나면,
우리는 어디로 가는가?

I'll work nights.
I'll dance in the city.
I'll wear red for a burning.
I'll look at the Charles very carefully,
wearing its long legs of neon.
And the cars will go by.
And there'll be no scream
from the lady in the red dress
dancing on her own Ellis Island,
who truns in circles,
dancing alone
as the cars go by.

나는 밤마다 일할 것이다.
나는 도시에서 춤출 것이다.
나는 타오르기 위해 빨간 옷을 입을 것이다.
나는 긴 네온 다리[脚]들을 걸친
찰스강을 매우 주의 깊게 살펴볼 것이다.
그리고 차들이 지나가겠지.
그리고 차들이 지나갈 때
저만의 엘리스섬*에서
혼자 춤추는
빙글빙글 돌며 춤추는
붉은 옷을 입은 숙녀에게서
비명은 들리지 않을 것이다.

* 엘리스섬(Ellis Island)은 허드슨강 하구, 뉴욕항에 있는 섬으로 1982년부터 1954년까지 미국으로 들어오려는 이민자들이 입국 심사를 받던 곳이다. 자유의 여신상이 있는 리버티섬과는 채 1킬로미터도 떨어져 있지 않다.

END, MIDDLE, BEGINNING

There was an unwanted child.
Aborted by three modern methods
she hung on to the womb,
hooked onto it
building her house into it
and it was to no avail,
to black her out.

At her birth
she did not cry,
spanked indeed,
but did not yell —
instead snow fell out of her mouth.

As she grew, year by year,
her hair turned like a rose in a vase,
and bled down her face.
Rocks were placed on her to keep
the growing silent,
and though they bruised,
they did not kill,
though kill was tangled into her beginning.

끝, 중간, 시작

원치 않는 아이가 있었다.
세 가지 현대적인 방법으로 낙태된
그 애는 자궁을 붙잡고 버텼고,
그 안에 자기 집을 지으며
매달렸다
그 애의 의식을 꺼뜨리려는 시도는
헛수고가 되었다.

태어날 때,
여자애는 울지 않았다
제대로 엉덩이를 맞았지만,
소리 지르지 않았고
대신에 그 입에서는 눈이 내렸다.

한 해 한 해 커가면서,
아이의 머리카락은 꽃병에 꽂힌 장미처럼 변해
얼굴로 흘러내렸다.
점점 커지는 침묵을 지키기 위해
바윗덩이들이 몸 위에 놓였고,
멍은 들었다지만,
죽지는 않았다
처음부터 살해가 얽혀 있긴 했지만.

They locked her in a football
but she merely curled up
and pretended it was a warm doll's house.
They pushed insects in to bite her off
and she let them crawl into her eyes
pretending they were a puppet show.

Later, later,
grown fully, as they say,
they gave her a ring,
and she wore it like a root
and said to herself,
"To be not loved is the human condition,"
and lay like a statue in her bed.

Then once,
by terrible chance,
love took her in his big boat
and she shoveled the ocean
in a scalding joy.

사람들이 축구공 안에 가두자
아이는 그저 몸을 웅크리고서
그곳이 따뜻한 인형의 집인 척했다.
사람들이 물어뜯는 곤충들을 집어넣자
아이는 그것들이 눈 속으로 기어들도록 놔두었다
그것이 인형극인 척하면서.

나중에, 나중에
흔히 말하듯, 다 컸을 때,
사람들은 아이에게 반지를 주었다
아이는 그걸 뿌리처럼 끼고서
혼잣말을 했다
"사랑받지 못하는 건 인간의 조건이야."
그러고는 석상처럼 침대에 누웠다.

그때 한번,
끔찍한 우연으로,
사랑이 그 커다란 배에 그녀를 태웠고
그녀는 펄펄 끓는 기쁨에 차
삽으로 대양을 퍼냈다.

Then,
slowly,
love seeped away,
the boat turned into paper
and she knew her fate,
at last.
Turn where you belong,
into a deaf mute
that metal house,
let him drill you into no one.

그러고는,
천천히,
사랑이 빠져나가고,
배는 종이로 바뀌고,
그녀는 자신의 운명을 알았다
마침내.
네가 속한 곳을
듣지도 말하지도 못하는
저 금속 집으로 바꾸어라,
그로 하여금 너를 아무것도 아닌 사람으로 훈련시키게 하라.

CIGARETTES AND WHISKEY AND WILD, WILD WOMEN
(from a song)

Perhaps I was born kneeling,
born coughing on the long winter,
born expecting the kiss of mercy,
born with a passion for quickness
and yet, as things progressed,
I learned early about the stockade
or taken out, the fume of the enema.
By two or three I learned not to kneel,
no to expect, to plant my fires underground
where none but the dolls, perfect and awful,
could be whispered to or laid down to die.

Now that I have written many words,
and let out so many loves, for so many,
and been altogether what I always was —
a woman of excess, of zeal and greed,
I find the effort useless.
Do I not look in the mirror,
these days,
and see a drunken rat avert her eyes?
Do I not feel the hunger so acutely
that I would rather die than look
into its face?

담배와 위스키와 거칠고 거친 여자들*

(어느 노래에서)

아마도 나는 무릎을 꿇고 태어났으리라,
긴 겨울에 기침을 하며,
자비의 입맞춤을 기대하며,
신속함에 대한 열정을 타고났으나,
일이 진행됨에 따라,
일찍이 울타리에 관해
또는 제거되는 일, 관장기의 그 가스에 관해 배웠다.
두세 살쯤 나는 무릎 꿇지 않는 법을,
기대하지 않는 법을, 내 불꽃들을 지하에,
완벽하고 지독한 인형들 말고는 아무도
속살거리거나 죽도록 누일 수 없는 그곳에 심는 법을 배웠다.

이제 나는 많은 말을 썼고,
수많은 이에 대한 수많은 사랑을 누설했고,
전체적으로 나는 늘—
과한 여자, 열의와 탐욕의 여자였으니,
그 노력이 쓸모없음을 알게 된다.
내가 요즈음
거울을 들여다볼 때마다
웬 술 취한 쥐가 눈길을 피하는 게 보이잖아?
그 얼굴을 들여다보느니
차라리 죽고 싶다는
갈망이 너무나 격렬하게 느껴지지 않겠어?

I kneel once more,
in case mercy should come
in the nick of time.

나는 한 번 더 무릎을 꿇는다
마침 때맞추어
자비가 올 경우에 대비하여.

* 〈담배와 위스키와 거칠고 거친 여자들(Cigarettes, Whiskey, and Wild, Wild Women)〉은 팀 스펜스가 작곡하고 1947년에 밴드 '개척자의 아들들'이 처음으로 발표한 곡이다. 1959년에 프랑스에서 동명의 영화가 개봉되기도 했다.

DIVORCE, THY NAME IS WOMAN

I am divorcing daddy — Dybbuk! Dybbuk!
I have been doing it daily all my life
since his sperm left him
drilling upwards and stuck to an egg.
Fetus, fetus — glows and glows in that home
and bursts out, electric, demanding moths.

For years it was woman to woman,
breast, crib, toilet, dolls, dress-ups.
WOMAN! WOMAN!
Daddy of the whiskies, daddy of the rooster breath,
would visit and then dash away
as if I were a disease.

Later,
when blood and eggs and breasts
dropped onto me,
Daddy and his whiskey breath
made a long midnight visit
in a dream that is not a dream
and then called his lawyer quickly.
Daddy divorcing me.

이혼, 그대의 이름은 여성

나는 아빠와 이혼 중이다—악령! 악령!
일평생 매일 그 일을 하고 있다
그의 정자가 그를 떠나
위쪽으로 파고 올라 난자에 붙은 이후로.
태아, 태아—그 집 안에서 빛나고 빛나다가
뛰쳐나오지, 열광적인, 원하는 게 많은 나방들.

수년 동안 그건 여자들끼리의 일이었다
유방, 요람, 화장실, 인형, 옷 입히기.
여자! 여자!
위스키를 마신, 수탉 냄새를 풍기는 아빠가
오곤 했고 그러고는 내가 병균이라도 되는 양
줄행랑을 놓았다.

나중에,
피와 난자와 가슴이
내게 떨어질 때,
아빠와 위스키 냄새가
꿈이 아닌 꿈속에서
한밤중의 긴 방문을 하고는
재빨리 변호사를 불렀다.
나와 이혼하는 아빠.

I have been divorcing him ever since,
going into court with Mother as my witness
and both long dead or not
I am still divorcing him,
adding up the crimes
of how he came to me,
how he left me.

I am pacing the bedroom.
Opening and shutting the windows.
Making the bed and pulling it apart.
I am tearing the feathers out of the pillows,
waiting, waiting for Daddy to come home
and stuff me so full of our infected child
that I turn invisible, but married,
at last.

그때 이후로 나는 그와 이혼 중이고,
내 증인인 어머니와 같이 법정에 들어가고,
둘 다 오래전에 죽었거나 말았거나
나는 여전히 그와 이혼 중이고,
그가 어떻게 내게 왔는지
그가 어떻게 나를 떠났는지
범죄 사실을 추가 중이다.

나는 침실을 오락가락 거닌다.
창문을 열었다 닫는다.
침대를 정돈했다가 흐트러뜨린다.
베개에서 깃털들을 잡아 뽑는다
기다리며, 아빠가 집에 오기를 기다리며,
와서 우리의 오염된 아이로 나를 꽉 채워주기를,
그래서 내가 보이지 않게 되기를, 하지만 결혼한 채로,
마침내.

TO LIKE, TO LOVE

Aphrodite,
my Cape Town lady,
my mother, my daughter,
I of your same sex
goggling on your right side
have little to say about LIKE and LOVE.
I dream you Nordic and six foot tall,
I dream you masked and blood-mouthed,
yet here you are with kittens and puppies,
subscribing to five ecological magazines,
sifting all the blacks out fo South Africa
onto A Free-Ship, kissing them all like candy,
liking them all, but love? Who knows?

I ask you to inspect my heart
and name its pictures.
I push open the door to your heart
and I see all your children sitting around a campfire.
They sit like fruit waiting to be picked.
I am one of them. The one sipping whiskey.
You nod to me as you pass by and I look up
at your great blond head and smile.
We are all singing as in a holiday
and then you start to cry,
you fall down into a huddle,
you are sick.

좋아하기, 사랑하기

아프로디테,
나의 케이프타운 귀부인,
나의 어머니, 나의 딸,
당신의 오른편에서 눈알을 굴리는
당신과 성(性)이 같은 나는
좋아하다와 사랑하다에 관해 별 할 말이 없다.
나는 북유럽 게르만계에 키가 180센티미터인 당신을,
가면을 쓰고 입에 피를 묻힌 당신을 꿈꾸지만,
여기 당신은 새끼 고양이와 강아지에 둘러싸여,
다섯 가지 환경잡지를 구독하고,
남아프리카에서 모든 흑인을 샅샅이 골라
자유의 배에 태우고, 사탕처럼 달콤하게 입 맞추고,
그들 모두를 좋아하지만, 사랑? 알 게 뭐야?

당신에게 내 심장을 꼼꼼히 살펴
그 풍경들에 이름을 붙여달라고 부탁한다.
당신의 심장으로 통하는 문을 열고 보니
당신의 아이들 모두가 모닥불 주위에 앉아 있다.
수확을 기다리는 과일들 같다.
나는 그들 중 하나. 위스키를 홀짝거리는 아이.
당신은 지나가며 내게 고개를 끄덕이고 나는
당신의 멋진 금발 머리를 올려다보며 미소 짓는다.
우리는 명절인 양 함께 노래하고,
그러다 당신이 울기 시작하고,
우왕좌왕 쓰러지고,
당신은 아프다.

What do we do?
Do we kiss you to make it better?
No. No. We all walk softly away.
We would stay and be the nurse but
there are too many of us and we are too worried to help.
It is love that walks away
and yet we have terrible mouths
and soft milk hands.
We worry with like.
We walk away like love.

Daughter of us all,
Aphrodite,
we would stay and telegraph God,
we would mother like six kitchens,
we would give lessons to the doctors
but we leave, hands empty,
because you are no one.

Not ours.
You are someone soft who plays
the piano on Mondays and Fridays
and examines our murders for flaws.

우리는 어째야 할까?
입을 맞추면 당신이 나아질까?
아니다. 아니다. 우리는 모두 살살 멀어진다.
머물며 간호는 하겠지만
우리는 너무 많고, 도움이 되기엔 너무 걱정이 많다.
멀어지는 건 사랑이지만
우리에겐 끔찍한 입들과
보드라운 우윳빛 손이 있다.
우리는 '좋아하다'와 함께 걱정한다.
우리는 '사랑하다'처럼 멀어진다.

우리 모두의 딸,
아프로디테,
우리는 머물며 신에게 전보를 칠 테고,
여섯 개의 주방처럼 돌볼 테고,
의사들을 가르칠 테지만
우리는 떠난다, 빈손으로,
당신이 아무도 아니기 때문이다.

우리의 것이 아니다.
당신은 부드러운 어떤 사람
월요일과 금요일마다 피아노를 치고
우리의 살인을 조사해 허점을 찾는 이.

Blond lady,
do you love us, love us, love us?
As I love America, you might mutter,
before you fall asleep.

May 17, 1972

금발의 귀부인,
우리를 사랑하나요, 우리를 사랑하나요, 우리를 사랑하나요?
미국을 사랑하듯이, 당신은 아마 중얼거리겠지
잠에 빠져들기 전에.

1972년 5월 17일

SPEAKING BITTERNESS

Born like a dwarf
in eighteen ninety-four, the last
of nine children, stuffed in my pram
in Lousburg Square or shortest
to line up at Boothbay Harbor's wharf
where the cunners sulked and no one ever swam.
Blurting through the lobsters and the kelp
we were off to Squirrel Island with five in help.

The cook would vomit
over the rail and the Scotties would bark
and the wind would whip out Old Glory
until the Stewarts, the lots of them, would disembark.
I loved that island like Jesus loves the Jesuit
even though I drowned past Cuckolds' light, another story.
When I was eight Infantile struck. I was the crippled one.
The whole world down the spout, except my skeleton.

They bought a nurse
to live my whole life through
but I've outlived all seventeen
with never a man to say *I do, I do*.
Mother, to be well-born is another curse.
Now I am just an elderly Boston in a God-awful hat,

씁쓸함 말하기

1894년에 아홉 아이 중
막내로 난쟁이처럼 태어나
유아차에 태워진 채
루이스버그 광장*이나
놀래기들이 샐쭉거리고 아무도 헤엄친 적 없는
부스베이 하버** 선착장에 줄을 서기 제일 가까운 곳에.
바닷가재와 해초들을 불쑥불쑥 헤치며
우리는 고용인 다섯 명과 함께 다람쥐섬으로 떠났다.

요리사는 난간 너머로
토악질을 할 테고 스코티시테리어들은 짖을 테고
바람은 스튜어트가 사람들이, 그 많은 수가 내릴 때까지
성조기를 채찍질할 테지.
커컬드 등대***를 지나서 내가 물에 빠지긴 했지만, 그건 다른
얘기.
나는 예수가 예수회를 사랑하듯이 그 섬을 사랑했다.
여덟 살 때 소아마비가 덮쳤다. 나는 마비를 앓는 아이였다.
내 해골을 제외한 온 세상이 파산했다.

그들은 내 평생을 살리기 위해
간호사를 샀지만
나는 제단 앞에서 서약하는 남자 하나 없이
모든 열일곱 살짜리보다 오래 살았다.
어머니, 좋은 집안에서 태어나는 건 또 다른 저주예요.
이제 나는 남자와 개와 민주당원들을 미워하는,

who never lived and yet outlived her time,
hating men and dogs and Democrats.

When I was thirty-two
the doctor kissed my withered limbs
and said he'd leave his wife and run
away with me. Oh, I remember the likes of him,
his hand over my boots, up my skirts like a corkscrew.
The next month he moved his practice to Washington.
Not one man is forgiven! East, West, North, South!
I bite off their dingbats. Christ rots in my mouth.
I curse the seed of my father that put me here
for when I die there'll be no one to say: *Oh No!*
Oh dear.

August 29, 1972

살아본 적이 없지만 자기 시대보다 오래 살아남은,
끔찍한 모자를 쓴 나이 지긋한 보스턴 시민.

내가 서른둘일 때
그 의사는 내 시든 사지에 입을 맞추며
자기 아내를 버리고 나와 도망가겠다고 했지
아, 그런 하찮은 사람들이 기억나,
내 부츠를 만지던, 포도주 병따개처럼 치마를 올리던 그 손.
다음 달에 그는 워싱턴으로 진료소를 옮겼지.
한 놈도 용서하지 않았어! 동쪽, 서쪽, 북쪽, 남쪽!
나는 그들의 거시기를 물어뜯는다. 그리스도가 내 입안에서
　　썩는다.
나를 이곳에 던져둔 내 아버지의 씨앗을 저주한다
이곳엔 내가 죽어도, 아 안 돼! 오 세상에!
말해줄 사람 아무도 없을 테니.

1972년 8월 29일

* 루이스버그 광장(Lousburg Square)은 매사추세츠주 보스턴 비컨힐 구역에 위치한 민간 소유의 광장이다. 앤 섹스턴은 보스턴 비컨힐에서 어린 시절을 보냈다.

** 보스턴에서 가까운 메인주 링컨 카운티에 있는 도시로 여름철에는 도시 전체가 인기 있는 휴양지이자 요트 관광지가 된다.

*** 부스베이 하버 앞 커컬드 섬에 있는 등대.

THE DEATH KING

I hired a carpenter
to build my coffin
and last night I lay in it,
braced by a pillow,
sniffing the wood,
letting the old king
breathe on me,
thinking on my poor murdered body,
murdered by time,
waiting to turn stiff as a field marshal,
letting the silence dishonor me,
remembering that I'll never cough again.

Death will be the end of fear
and the fear of dying,
fear like a dog stuffed in my mouth,
fear like dung stuffed up my nose,
fear where water turns into steel,
fear as my breast flies into the Disposall,
fear as the flies tremble in my ear,
fear as the sun ignites in my lap,
fear as night can't be shut off,
and the dawn, my habitual dawn,
is locked up forever.

죽음 왕

목수를 사서
관을 짓고
어젯밤 그 안에 누웠지,
베개를 베고
나무 냄새를 맡으며,
늙은 왕이
나를 더럽히도록 두고서,
살해당한, 시간에 살해당한
불쌍한 내 육신을 생각하면서,
육군 원수처럼 뻣뻣해지기를 기다리면서,
침묵이 내 명예를 손상시키는 걸 그냥 두고서,
다시는 기침을 하지 않으리라는 사실을 기억하면서.

죽음은 공포의 끝이 될 테고
죽어감의 공포는,
내 입을 꽉 채운 개 같은 공포,
내 코를 꽉 채운 똥 같은 공포,
물도 강철로 변하고 마는 공포,
내 가슴이 음식물 쓰레기 처리기로 날아들 때의 공포,
내 귓속에서 파리들이 파르르 떨 때의 공포,
내 무릎에 태양이 불을 붙일 때의 공포,
밤이 차단될 수 없을 때,
그리고 새벽이, 나의 습관적인 새벽이
영원히 갇힐 때의 공포.

Fear and a coffin to lie in
like a dead potato.
Even then I will dance in my fire clothes,
a crematory flight,
blinding my hair and my fingers,
wounding God with his blue face,
his tyranny, his absolute kingdom,
with my aphrodisiac.

September 1972

공포 그리고 죽은 감자처럼
들어가 누울 관.
그때조차도 나는 불의 의상을 입고 춤을 추리라
화장(火葬)의 비상(飛翔),
머리카락과 손가락들을 가리고서,
신의 우울한 얼굴, 신의 포학한 군림,
신의 절대 왕국으로,
내 최음제로 신에게 상처입히면서.

1972년 9월

THE TWELVE-THOUSAND-DAY HONEYMOON

The twelve-thousand-day honeymoon
is over.
Hands crumble like clay,
the mouth, its bewildered tongue,
turns yellow with pain,
the breasts with their doll teacups
lie in a grave of silence,
the arms fall down like boards,
the stomach,
so lightly danced over,
lies grumbling in its foul nausea,
the mound that lifted like the waves
again and again
at your touch
stops, lies helpless as a pinecone,
the vagina, where a daisy rooted,
where a river of sperm rushed home,
lies like a clumsy, unused puppet,
and the heart
slips backward,
remembering, remembering,
where the god had been
as he beat his furious wings.
And then the heart
grabs a prayer out of the newspaper
and lets it buzz through its ventricle, its auricle,

일만 이천 일의 신혼여행

일만 이천 일의 신혼여행이
끝났다.
손이 점토처럼 바스라지고,
입은, 당황한 혀는,
고통으로 누레지고,
가슴은 소꿉놀이 찻잔과 함께
침묵의 무덤에 누워 있고,
팔은 나무판자처럼 늘어지고,
배는,
그처럼 가볍게 춤추던 배는
부정한 욕지기 속에 투덜거리며 누워 있고,
너의 손길에
자꾸만 자꾸만
물결처럼 솟아오르던 낮은 둔덕은
움직임을 멈추고 솔방울처럼 무기력하게 누워 있고,
데이지가 뿌리내렸던,
정자의 강이 집을 찾아 솟구치던 질은
꼴사나운, 아무도 쓰지 않는 꼭두각시처럼 누워 있고,
그리고 심장은
뒤쪽으로 미끄러진다
신이 그처럼 맹렬하게 날개를 치며
있던 곳을
떠올리며, 떠올리며.
그러고서 심장은
신문에서 기도문 하나를 끌어내
심실로 심방으로 붕붕거리며 돌아다니게 한다

like a wasp
stinging where it will,
yet glowing furiously
in the little highways
where you remain.

July 20, 1973

아무 데나 찔러대지만,
네가 머무는
그 작은 고속도로들에서
미친 듯이 분노하여 이글거리는
말벌처럼.

1973년 7월 20일

JANUARY 19th

Your home can be helpful to your health through rest and the care you get from family members.

Home is my Bethlehem,
my succoring shelter,
my mental hospital,
my wife, my dam,
my husband, my sir,
my womb, my skull.
Never leave it.
Never leave it.

Home is my daughters
pouring cups of tea,
the dumb brown eyes
of my animals, a liqueur
on the rocks, each a guarantee
of the game and the prize.
Never leave it.
Never leave it.

1월 19일

가정은 휴식과 가족들의 보살핌을 줌으로써 건강에 도움이 될 수 있다.

가정은 나의 베들레헴,
나의 구조 대피소,
나의 정신병원,
나의 아내, 나의 마님,
나의 남편, 나의 나리,
나의 자궁, 나의 두개골.
절대 가정을 떠나지 말라.
절대 가정을 떠나지 말라.

집은 차[茶]를 따르는
내 딸들
내 동물들의
말 없는 갈색 눈들, 리큐어
온 더 록스, 하나하나가
사냥해온 짐승과 포획물의 보증.
절대 가정을 떠나지 말라.
절대 가정을 떠나지 말라.

I leave you, home,
when I'm ripped from the doorstep
by commerce of fate. Then I submit
to the awful subway of the world, the awful shop
or trousers and skirts. Oh animal bosom,
let me stay! let me never quit
the sweet cereal, the sweet thumb!

August 27–September 8, 1971

나는 너를 떠난다, 가정이여,
운명의 장난으로 내가
그 현관에서 뜯겨 나올 때. 그러고는 끔찍한
세상의 지하철에, 끔찍한 가게나 바지와 치마에
복종하지. 오, 동물적 가슴이여,
날 머물게 하라! 그 달콤한 곡물을,
그 달콤한 편승을 절대 끊지 않게!

1971년 8월 27일~9월 8일

JANUARY 24th

Originality is important.

I am alone here in my own mind.
There is no map
and there is no road.
It is one of a kind
just as yours is.
It's in a vapor. It's in a flap.
It makes jelly. It chews toads.
It's a dummy. It's a whiz.
Sometimes I have to hunt her down.
Sometimes I have to track her.
Sometimes I hold her still and use a nutcracker.
Such conceit! Such maggoty thoughts,
such an enormous con
just cracks me up.
My brown study will do me in
gushing out of me cold or hot.
Yet I'd risk my life
on that dilly dally buttercup
called dreams. She of the origin,
she of the primal crack, she of the boiling
beginning, she of the riddle, she keeps me here,
toiling and toiling.

[undated]

1월 24일

독창성이 중요하다.

나는 여기 내 마음속에 홀로 있다.
지도도 없고
길도 없다.
당신의 마음이 그렇듯이
단 하나뿐인 그런 것이다.
이것은 증기 속에 있다. 이것은 흥분해 있다.
이것은 젤리를 만든다. 이것은 두꺼비들을 씹는다.
이것은 가짜다. 이것은 멋지다.
가끔은 그녀를 사냥해야 한다.
가끔은 그녀를 쫓아야 한다.
가끔은 그녀를 꽉 붙들고 호두 까는 도구를 써야 한다.
저런 자만! 저런 변덕스러운 생각,
저런 엄청난 사기가
이제 막 나를 깨트린다.
골똘한 망상이 차갑거나 뜨겁게
내게서 쏟아져 나오며 날 끝낼 것이다
그러나 나는 꿈이라 불리는
그 꾸물꾸물 시간을 허비하는 미나리아재비에
생을 걸었다. 그것은 기원,
그것은 태초의 금, 끓어오르는
시작, 수수께끼, 나를 여기에서
고생하고 고생하게 만드는 그것.

[연도 미상]

FEBRUARY 4th

The day is good for attempts to advance a secret hope or dream.

It's a room I dream about.
I had it twice. Two years out of forty-two.
Once at nine. Once more at thirty-six.
There I was dragging the ocean, that knock-out,
in and out by its bottle-green neck, letting it chew
the rocks, letting it haul beach glass and furniture sticks
in and out. From my room I controlled the woman-of-war,
that Mary who came in and in opening and closing the door.

Both times it was an island
in a room with a wide window, a spy hole,
on the sea scrubbing away like an old woman
her wash. A lobsterman hunting for a refund,
gulls like flying babies come by for their dole.
My grandfather typing, He is my little Superman,
he rocks me when the lighthouse flattens her eyes out.
All from the room I pray to when I am dreaming and devout.

August 29, 1971

2월 4일

비밀스러운 희망이나 꿈을 진척시키기에 좋은 날이다.

이것이 내가 꿈꾸던 방.
두 번 그런 방이 있었다. 마흔두 해에 이 년.
한 번은 아홉 살에. 또 한 번은 서른여섯 살에.
거기서 나는 바다를, 그 만신창이를 끌어당기고 있었다
그 유리병 같은 녹색 목덜미를 잡고 안으로 밖으로
바위를 씹게 하고, 안으로 밖으로 해변의 유리와 가구 조각들을
나르게 했다. 내 방에서 나는 전쟁의 여인 메리*를 제어했다
문을 여닫을 때마다 들어오고 또 들어오던 메리.

두 번 다 섬이었다
늙은 여자처럼 파도를 박박 문질러대는 바다 위
커다란 창문이 달리고 내다보는 구멍이 있는
방 안이었다. 변상금을 노리는 바닷가재잡이 어부,
실업수당을 타러 들르는, 날아다니는 아기 같은 갈매기들.
타자 치는 할아버지, 그는 나의 작은 슈퍼맨,
등대가 눈을 감으면 그가 나를 안고 토닥인다.
내가 꿈꾸고 또 경건할 때 기도하는 모든 것이 그 방에서
　나왔다.

1971년 8월 29일

* 시인의 어머니인 메리 그레이 하비를 의미한다.

MARCH 7th

The day is favorable for creative work.

The big toad sits in my writing room
preventing me from writing. I am a flower
who drys out under her hot breath. She is blowing grass
through her hands! She is knitting up a womb,
knitting up a baby's foot. Her breath is sour.
Her breath is tarnishing up my silver and my brass.
Toad! Are you someone's grunting left-over squaw,
a fat asthmatic Asia, a mother-in-law?

November 22, 1971

3월 7일

창조적인 작업을 하기에 유리한 날이다.

커다란 두꺼비가 내 집필실에 앉아
글을 못 쓰게 하네. 나는 한 송이 꽃
그 뜨거운 입김 밑에서 말라버리지. 두꺼비가 두 발로
마리화나를 피우고 있어! 두꺼비가 자궁을 뜨개질해,
아기의 발을 뜨고 있어. 입김이 시큼해.
그 입김이 내 은과 동을 흐리고 있어.
두꺼비야! 너는 누군가의 툴툴거리는 버려진 계집,
뚱뚱한 천식 걸린 아시아, 시어머니니?

1971년 11월 22일

AUGUST 17th

Good for visiting hospital or charitable work. Take some time to attend to your health.

Surely I will be disquieted
by the hospital, that body zone —
bodies wrapped in elastic bands,
bodies cased in wood or used like telephones,
bodies crucified up onto their crutches,
bodies wearing rubber bags between their legs,
bodies vomiting up their juice like detergent,
bodies smooth and bare as darning eggs.

Here in this house
there are other bodies.
Whenever I see a six-year-old
swimming in our aqua pool
a voice inside me says what can't be told ...
Ha, someday you'll be old and withered
and tubes will be in you nose
drinking up your dinner.
Someday you'll go backward. You'll close
up like a shoebox and you'll be cursed
as you push into death feet first.

8월 17일

병원을 방문하거나 자선사업을 하기에 좋다. 시간을 내서 건강을 보살피라.

확실히 나는 마음의 평온을 잃을 것이다
병원, 그 몸의 구역 때문에—
신축성 있는 밴드에 감긴 몸들,
나무에 덮이거나 전화기처럼 쓰이는 몸들,
저마다의 목발에 못 박힌 몸들,
다리 사이에 고무주머니를 단 몸들,
세제처럼 체액을 토하는 몸들,
양말 꿰맬 때 쓰는 받침처럼 매끄럽고 발가벗은 몸들.

여기 이 집에는
다른 몸들이 있다.
여섯 살짜리가 수영장에서
헤엄치는 걸 볼 때마다
내 안의 어떤 목소리가 말해서는 안 될 것을 말하고…
하, 언젠가 너도 늙고 시들 테고
코에 튜브들이 꽂혀서
저녁 식사를 빨아올릴 거야.
언젠가 너는 퇴행할 거야. 구두 상자처럼
닫히고 발부터 먼저 죽음과 부딪히면서
저주받을 거야.

Here in the hospital, I say,
that is not my body, not my body.
I am not here for the doctors
to read like a recipe.
No. I am a daisy girl
blowing in the wind like a piece of sun.
On ward 7 there are daisies, all butter and pearl
but beside a blind man who can only
eat up the petals and count to ten.
The nurses skip rope around him and shiver
as his eyes wiggle like mercury and then
they dance from patient to patient to patient
throwing up little paper medicine cups and playing
catch with vials of dope as they wait for new accidents.
Bodies made of synthetics. Bodies swaddled like dolls
whom I visit and cajole and all they do is hum
like computers doing up our taxes, dollar by dollar.
Each body is in its bunker. The surgeon applies his gum.
Each body is fitted quickly into its ice-cream pack
and then stiched up again for the long voyage
back.

August 17–25, 1971

여기 병원에서, 그러니까,
그건 내 몸이 아니야, 내 몸이 아니야.
나는 요리법처럼 의사들에게 읽히려고
여기 온 것이 아니야.
아니다. 나는 태양의 조각처럼 바람 속에
나부끼는 데이지 소녀다.
7호 병동에는 하나같이 버터와 진주색인 데이지들이 있지만
옆에는 꽃잎을 먹기만 할 뿐 열까지밖에 셀 줄 모르는
눈먼 남자가 있다.
간호사들이 그 옆에서 줄넘기를 하고
수은처럼 흔들리는 그의 눈에 진저리를 치고는
환자와 환자와 환자 사이를 춤추며 돈다
새로운 사고를 기다리며 작은 의료용 종이컵들을 하늘에
　　뿌리고
마약 병들을 가지고 캐치볼을 한다.
합성물질로 만들어진 몸들. 인형처럼 포대기에 싸인 몸들
나는 찾아가서 부추기고, 그들은 고작 웅웅거리는 것이 전부,
우리 세금을 일 달러 일 달러 계산하는 컴퓨터들처럼.
몸은 각자 용기에 담겨 있다. 외과의가 자기 껌을 붙여준다.
몸은 각자 재빨리 그 아이스크림 용기에 맞춰 변하고
그러고는 여행에 대비해 다시 봉합된다.
긴 귀로를 위해.

1971년 8월 17일~25일

옮긴이의 말

1928년에 태어나 1974년 마흔다섯 나이에 자살로 생을 마감한 미국의 시인 앤 섹스턴은 지금도 여전히 활발하게 읽히고 연구되는 20세기의 대표적인 시인이다. '미친 주부'라 불리며 살아생전 독자들의 사랑과 평단의 인정을 동시에 누린 드문 시인이지만, 한편으로는 살아서나 죽어서나 끊임없이 논란의 대상이 되는 문제적 시인이기도 하다.

앤 섹스턴은 1960년에 첫 시집 『정신병원으로 그리고 반쯤 돌아와』(*To Bedlam and Part Way Back*)로 20세기 후반 미국 문학계에 일대 충격을 던지며 등장하여 사망한 1974년까지 생전에 여덟 권, 사후에 세 권의 시집을 낸 부지런한 시인이었고, 1966년에 발표한 시집 『죽거나 살거나』(*Live or Die*)로 퓰리처상을 비롯한 여러 문학상과 구겐하임 펠로우십과 포드재단 기금 등의 여러 기금을 받았으며, 영국 왕립문학협회 회원, 하버드대 '피 베타 카파 클럽' 최초의 여성 명예 회원으로 추대된 것은 물론, 대학을 졸업하지 못한 학력에도 보스턴대 정교수로 임명되는 등, 살아생전에 최고의 영예를 누린 시인이었다.

하지만 섹스턴의 개인적인 삶은 순탄치 못했다. 성공한 사업가 집안의 셋째 딸로 태어나 물질적으로 풍요한 어린 시절을 보냈으나, 부모와 정서적 유대관계를 맺지 못했고, 부모 대신에 의지했던 외가 쪽 대고모 애나(또는 나나)와는 갑작스럽게 이별하면서 극심한 정서적 혼란을 겪었다. 언뜻 평온해 보이던 어린 시절은 아버지의 알코올중독과 부모의 불화와 정서적 방임과 학대, 상실,

그루밍과 친족 간 성폭력 등으로 얼룩졌고, 각각의 가족 구성원이 남긴 트라우마는 시인의 시 전반에서 다양한 방식으로 표출되었다. 일찍 집을 떠나 열아홉 살에 꾸린 가정도 평온하지 않았다. 남편은 한국전쟁에 참전하느라 곁에 없었고, 돌아와서는 장인의 사업체에서 일하느라 자주 집을 비웠다. 섹스턴은 1953년에 큰딸을 낳고 나서 심각한 산후우울증으로 정신병원에 입원했고, 1955년에 작은딸을 낳고 나서 다시 정신병원에 입원한 이후로 평생을 조울증과 자살 충동에 시달리며 정신병원 입원과 퇴원을 반복했다.

앤 섹스턴에게 치료의 방편으로 시를 써보라고 권하며 가능성을 확인해준 사람은 첫 번째 주치의였다. 섹스턴은 보스턴에서 열리는 한 글쓰기 강좌를 찾았고, 그로부터 짧은 시간 안에 맥신 커민, 로버트 로웰, 조지 스타벅, 실비아 플라스 등과 같은 문학계 동료들을 사귀었다. 로버트 로웰을 대표로 하는, 개인적 삶의 보편성에 주목하며 자전적인 내용의 시를 추구하는 그들의 작풍은 심리 치료의 일환으로 시 쓰기를 통해 자신의 내면을 들여다보면서 정리해보고자 했던 섹스턴의 경우와 잘 맞아떨어졌다. 사람들은 그들을 '고백시파'라 불렀다. 고립에서 벗어나 문학계와 연결되는 통로를 얻자마자 섹스턴의 시는 이내 두각을 드러내 《뉴요커》와 《하퍼스 바자》를 포함한 여러 매체에 게재되어 독자들과 평론가들의 주목을 받기 시작했다.

시는 섹스턴에게 사회적 '쓸모'와 삶의 목적을 주었다. 자신에게는 아무 재능이 없으며, 할 수 있는 일이라곤 남성들에게 성적 만족감을 주는 창녀의 일밖에 없다고 정신과 의사에게 토로하던 섹스턴에게 시는 사회적 시선은 물론이고 자신마저도 부정적으로 보았던 자신의 어떤 측면이 무가치한 것이 아니라는 깨달음을, 자신의 시가 다른 환자들, 더 나아가 지금껏 문학이 주요하게 다루지 않은 트라우마를 앓고 있는 많은 사람에게 도움이 될 수 있다는 깨달음을 주었다. 시가 주목을 받기 시작하자 섹스턴은 시를 쓰고 다듬는 데에 하루 시간의 대부분을 할애했고, 배움이 부족하다는 판단 탓인지 광적으로 독서에 매달렸다. 하지만 사회적으로 주목을 받을수록 섹스턴의 심리 상태는 더욱 불안정해졌다. 고질적인 조울증에 더해 알코올과 니코틴 중독, 자살 기도, 무분별한 섹스, 불륜, 낙태 등의 일탈적 행위들이 이어졌다.

앤 섹스턴이 활동했던 1950년대 후반기부터 1970년대 전반기는 제2차 세계대전을 거친 미국 사회가 급속도로 변화하고 발전하는 한편, 경직된 반공주의와 냉전 체제의 토대 위에서 청교도적인 도덕성과 전통적인 가족주의가 다시 추앙받는 시대였다. 전쟁 시기에 남성들을 대신하여 사회 곳곳에 진출했던 여성들은 다시 가정으로 내몰려 한층 강화된 가부장적 사회 분위기 속에서 그림처럼 모범적인 가정을 운영해내야 한다는 압박에 시달렸다. 특히 가정을 벗어나 직업을 가진 여성에게 남편과 아이들에 대한 죄책감을 강요하며 일과 가정 양쪽에서 맡은 역할을 완벽하게 수행할 것을 요구하는 사회적 압력은 사람의 정신을 파괴했다. 주부들이 각성제를 먹어가며 가정을 건사하던 시기였다. 많은 여성이 정신적인 장애를 겪었고, 정신과를 찾아갈 형편이 되는 여성들은 당시 관행에 따라 '히스테리' 진단을 받았다. 섹스턴도 마찬가지였다. 어릴 때부터 언제 어디서나 말끔한 옷차림과 고분고분한 태도를 보이도록 요구받았고, 주부와 어머니의 역할이야말로 여성에게 주어진 성스러운 임무라고 교육받았다. 뇌리에 박힌 이런 강박 탓에 섹스턴은 사회적 성공을 거둘 때마다 더욱 심한 우울과 일탈 행위에 빠져드는 듯했다.

독자들에게 사랑받고 평론가들로부터 인정받는 시인이었지만, 섹스턴의 시를 반기지 않는 이도 많았다.

무엇보다 가장 친밀한 관계에 있는 가족들이 그랬다.
섹스턴의 육아와 살림에 관여해야 했던 친가와 시가에는
가정을 제대로 돌보지 못하는 시인을 부끄러워하거나
시인의 시작 활동 전체를 일종의 허영으로 보는 분위기가
팽배했고, 숨기고 싶은 가족들의 치부를 들춰내고 친족
성폭력과 불륜, 낙태 등을 암시하는 데에 이르러서는 경악과
분노를 금치 못했다. 독자와 비평가, 심지어는 동료 작가
중에도 앤 섹스턴의 시를 불편해하는 사람들이 많았다.
여성의 성이 일찍부터 억압되는 동시에 착취되는 상황과
여성의 생리, 자위, 성욕, 쾌락 등이 묘사되는 데에 당황하며
앤 섹스턴의 시들이 지나치게 개인적이고 고백적이며
'여성의 경험'과 여성의 '몸'을 전시함으로써 말초적인
호기심을 자극하는 시라고 비판 또는 폄하했다.

하지만 섹스턴은 자신이 무슨 일을 하는지, 자신이 무엇을
원하는지 잘 알고 있었다. 인간으로서, 창조적 존재로서
자유로워지기 위해서는 여성의 쓸모와 사회적 역할만을
얘기할 뿐 '여성' 자체에 대한 언급을 금기시하는 사회적
관행을 깨트릴 필요가 있었다. 여성의 생리와 임신, 낙태,
자위, 섹스, 쾌락을 이야기하는 섹스턴의 시는 그야말로
충격적으로 받아들여졌고, 같은 여성 작가들로부터도 구역질이
난다거나 문학을 더럽혔다는 비난을 받았다. 한편으로,
섹스턴의 시는 여성을 독립된 인격으로서가 아니라 성적
대상으로서만 보는 가부장제의 모순을, 그리고 성폭력과
비윤리적인 관계와 불륜이 만연하면서도 드러나지 않기를
바라고 드러내지 않기를 요구하는 미국 중산층 사회의
부도덕을 드러낸다는 점에서 폭로적이었다. 그러나 폭로의
한쪽에 자신을 위치시킨다는 점에서 섹스턴의 시는
자기파괴적이기도 했다. 비극적인 점은 그처럼 자기파괴적이지
않고서는 그처럼 효과적일 수 없었다는 사실이다.

미국에서는 1960년대 후반부터 젠더와 성역할,

가부장제에 주목하는 2차 페미니즘 물결이 거세게 일었다. 페미니즘 운동의 대의를 직접 외치지는 않았지만, 섹스턴은 페미니즘 서적들을 탐독했고, 가부장제와 사회경제적 변화들이 여성의 삶에 미치는 영향을 잘 이해하고 있었다. 또 여성이 원하는 자유롭고 창의적인 삶에는 절대적으로 경제적 자립이 필요하다는 점도 잘 알고 있었다. 섹스턴은 방향을 제시하는 선지자나 투사가 아니라 억압의 현실을 가장 적나라하게 증명하는 희생자이자 폭로자로서 제 몫의 역할을 수행했다. 섹스턴의 역할은 광포한 가부장제가 지배하는 장으로서의 여성의 몸과 의식, 세계를 혼란스러운 모습 그대로 고발하는 것이었다. 그것이 섹스턴의 '저항'이었다. 남성이 두렵다고 고백하면서도 여전히 아들을 가지고 싶은 욕망을 이야기하고, 구속으로서의 가정을 얘기하면서도 남편과 가정이 주는 안락에 안주하고픈 바람을 숨기지 않는 것이 섹스턴의 시였다. 독자들이 깊이 공감할 수 있었던 것도 시에 담긴 섹스턴의 모습이 자신들과 다르지 않아서였을 것이다.

하지만 '여성'을 공개적으로 이야기하는 대가는 컸다. 섹스턴은 자신의 사생활을 내주어야 했다. 독자들에게 도움이 되기 위해, 섹스턴은 자신의 여성을, 여성으로서의 경험을 낱낱이 시로 옮겼다. 하지만 가부장제에서 여성이 맺는 모든 관계에는 사적 관계의 색이 입혀지고, 그 모순을 폭로하는 작업은 불가피하게 사적 관계의 단절로 이어졌다. 가부장제 사회에서 살 수밖에 없는 폭로자에게 사적 관계의 단절은 더 큰 사회적 억압과 상실을 불러와 더욱 취약한 상태로 내몰리는 원인이 되었고, 그런 악순환은 이내 내적 붕괴로 이어졌다. 살기 위해 쓴 시 한 편 한 편이 시인을 한 발자국씩 세상 바깥으로 밀어낸 꼴이었다. 죽음으로써만 살 수 있다고 느꼈던 시인의 마음이 이와 무관하지 않을 것이다. 섹스턴이 '예수'라는 상징에 깊이 천착하며 종교적 제의와 희생을 모티프로 한 시들을 많이 썼다는 사실을 새삼 눈여겨볼 필요가 있다.

앤 섹스턴은 결국 1973년에 이혼했다. 그리고 이듬해인 1974년, 생일이 얼마 남지 않은 시점에 어머니의 유품인 낡은 모피를 두르고 생을 마감했고, 앤 섹스턴이라는 이름으로 섹스턴가의 묘지에 묻혔다.

* * *

논란은 앤 섹스턴의 사후에도 이어졌다. 1991년에 출간되어 베스트셀러가 된 앤 섹스턴의 전기에 시인이 아버지로부터 성적 학대를 당했고, 자신의 아이를 성적으로 학대했으며, 두 번째 주치의로부터 오랫동안 성적으로 착취당했다는 내용이 포함되어 주요 일간지 1면에 대서특필되는 등 일대 파란을 일으켰다. 더욱이 그 내용의 근거가 섹스턴의 정신과 상담 내용을 녹음한 테이프였으며, 섹스턴에게 시를 써보라고 권했던 첫 번째 주치의가 시인 사후에, 즉 환자 본인의 동의 없이 내밀한 상담 내용이 담긴 녹음테이프를 전기 작가에게 제공했다는 사실이 알려지자 의료 윤리 위반에 관한 논란이 들끓었다. 설상가상이라고 할까, 딸이자 유고 관리자인 린다 섹스턴이 상담 테이프 공개와 전기 출판에 동의했다는 데에 이르러서는 많은 사람이 충격을 받았다.

린다 섹스턴은 그 결정이 '앤 섹스턴의 시를 더 잘 이해하는 데 필요하다'는 판단에 따른 것이라고 밝혔다. 첫 번째 주치의는 앤 섹스턴의 '사생활' 개념이 다른 사람들과는 매우 달랐으며, 자신의 경험이 담긴 상담 테이프들이 폐기되는 대신 다른 사람을 위해 쓰이기를 바랐다고 말했다. 하지만 비난은 거셌다. 불륜과 낙태, 학대 등을 저지른 시인에 대한 원색적인 비난과 거부에서부터 위대한 시인은 사라지고 불안정한 정신병자만 남았다는 어느 평론가의 비판까지, 내용도 형식도 다양했다. 미국의 소설가이자 시인인 에리카 종을 비롯한 몇몇이 한 세대 전이나 지금이나 여성 시인의 작품과 경험에 성차별주의적 관심을 들이대는 것도, 여성 시인에게 사회가 바라고 기대하는 모범적인 여성상을 보일 것을 요구하는 것도 변함이 없으며, 앤 섹스턴이 남자였다면 논란의 상당 부분이 제기조차 되지 않았을 거라는 논리로 반박했으나 역부족이었다.

그러나 그 상담 테이프와 전기가 공개된 이후로 바뀌고 있는 것도 있다. 먼저, 그 자료는 여성의 심리와 의식뿐만 아니라 정신질환과 창조력의 관계를 들여다볼 수 있는 귀중한 학술적 자료가 되었다. 두 번째로, 상담 테이프와 전기는 앤 섹스턴의 시를 이해하는 데 어느 정도 도움이 되었다. 시가 쓰인 맥락과 상황에 관한 자료가 갖춰지자 해석이 달라진 시들도 있었다. 이런 상황이 역설적으로 앤 섹스턴 시에 대한 재평가를 촉발했는데, 시인의 시가 단순한 사실을 열거하는 것이 아니라 특정한 시적 목적을 위해 세심하게 가공되고 배치된 가상의 사실을 배경으로 한다는 점이 명확해지면서, 그간 상대적으로 주목하지 않았던 앤 섹스턴 시에서의 시적 의도와 장치, 시적 화자의 변주 등이 새로이 연구되게 되었다. 그리고 한편에서는 이 자료를 놓고 예술과 실재 간의 경계에 관한 질문이 제기되기도 했다. 시인이 바라던 대로, 앤 섹스턴의 시와 삶은 많은 사람에게 도움이 되고 있다.

***

섹스턴의 시를 얘기하기가 참 쉽지 않다. 어렵고 쉽고의 문제가 아니라, 시인의 삶이 너무 드라마틱한 데다 시인의 경험과 삶이 시와 밀접하게 연관되어 있어서 시 얘기를 하기 전에 사설이 너무 길어지게 된다. 이 '옮긴이의 말'도 그 전철을 그대로 밟고 있으니, 한편으로는 우습기도 하다.

시를 번역하는 일은 매 순간 시의 번역불가능성을 확인하는 일이 아닐까 싶다. 그래도 이 일이 무용하거나 무가치하지는 않으리라고 마음을 다잡으면서도, 어느 밤에는 책상에 머리를 박고 '내 욕심과 무지로 인해 하루하루 죄를 짓고 있구나!' 탄식하기도 했다. 저마다의 등불을 들고 길을 비춰준 분들이 없었더라면 이 가시덩굴 숲을 지나는 일이 몇 배는 더 힘겨웠을 것이다. 부족한 원고를 꼼꼼히 읽고 정성스럽게 의견을 내주신 희음 시인께 감사한다. 특히 초고와 원문을 일일이 비교하며 단어와 구절이 달리 해석될 수 있는 여지를 짚어주신 서제인 작가께는 큰 신세를 졌다. 고맙고 또 고맙다.

이런 다정한 협동작업의 결과물을 내어놓으면서도 두렵기만 한 것은 시를 번역하는 일에 필수적으로 따르는 '미진'의 느낌 때문일 것이다. 다만 확실한 것은 섹스턴의 시가 매우 정제되어 있으며, 형식 면에서나 내용 면에서 폭과 깊이가 매우 크고 깊다는 점이다. 어느 때 어느 장소에서 들여다보더라도 마음을 치고 들어오는 시 한 편쯤은 쉽게 만날 수 있을 것이다. 그래서 그런지, 세상이 바뀌고 시대가 바뀌어도 앤 섹스턴의 시는 낡고 오래되어 퇴색되는 대신 자꾸 새로운 모습을 드러내며 더욱 다가온다. 앤 섹스턴의 시에 대한 평론가들의 평가도 지금까지 계속해서 변해왔다. 시인은 세상에 없지만, 시인의 시는 나날이 새로워진다.

신해경

해설

"막무가내지만 정확하게", 앤 섹스턴

1974년 10월 4일, 앤 섹스턴은 침대에서 일어나지 못했다. 마흔여섯 번째 생일을 한 달 앞두고 있던 참이었다. 수면제가 문제였다. 1963년에 친구이자 동료인 실비아 플라스가 가스 오븐에 머리를 박은 채 세상을 떠났을 때, 누구보다 침통해한 앤 섹스턴이었다. "책장이 되고, 대들보가 되고, 말 없는 기도가 된 너의 말이 있는데, (실비아, 실비아, / 데본셔에서 / 감자 키우고 / 벌 친다고 / 적어 보내더니, / 너는 어디로 갔니?) / 너는 무얼 지키고 있었니, / 대체 어쩌다 거기 누운 거니? / 이 도둑! — / 어떻게 기어 들어갔니, / (…) / (오 친구여,"(「실비아의 죽음—실비아 플라스를 기리며」, 255~261쪽) 두 사람은 1959년에 보스턴대학에서 만났다. 그곳에서 로버트 로웰의 문학 수업을 함께 들으며 자연스럽게 가까워졌다. 그리고 한 사람씩 차례차례로 삶을 정리했다.

앤 섹스턴은 서른한 살에 처음 시를 쓰기 시작했다. 살기 위해서였다. 그녀는 지독한 산후 우울증에 시달리다 결국 정신과를 찾게 된다. 주치의 마틴 온은 훗날 자신이 앤 섹스턴에게 글을 써보길 권유했다고 밝혔다. "닥터 마틴, 당신은 / 아침 식탁을 떠나 광기로 간다. / (…) / 새롭다. 당신의 세 번째 눈이/ 우리 사이를 돌며 격리된 상자 안에서 / 자거나 우는 우리를 비춘다."(「닥터 마틴, 당신은」, 13~15쪽) 시를 쓸 때, 그녀는 자신이 살아 있음을 느꼈다. 1960년에 잡지 《하퍼스》에 투고한 「농부의 아내」가 호평을 받자 무척 뿌듯했다. 앤 섹스턴은 시 쓰기에 더욱 몰입한다. 첫 시집 『정신병원으로 그리고 반쯤 돌아와』를

1960년에 출간했다. 누군가의 딸, 아내, 엄마로만 살아온 세월에 약간의 보상을 받은 느낌이었다.

1928년 미국 매사추세츠의 사업가 집안에서 태어난 앤 섹스턴은 1945년에 기숙학교에 등록하며 공부에 흥미를 가졌지만, 1948년 결혼과 함께 대학 진학을 포기했다. 폭력적인 부모로부터 벗어날 길은 결혼밖에 없어 보였다, 여성의 대학 진학률이 높지 않던 시절이기도 했다. 그러나 오판이었다. "어떤 여자들은 집과 결혼한다."(「주부」, 169쪽) 1953년에 큰딸을 낳은 후 깊은 슬픔에 빠진 앤 섹스턴은 병원 신세를 질 수밖에 없었다. "아가야, 생은 내 수중에 있지 않단다."(「요새」, 147쪽) 분노와 불안이 엄습했다. 그녀는 어린 시절 그토록 원망했던 자신의 부모처럼 되고 싶지 않았다. 퇴원 후, 이를 악물고 '평범한' 중산층 가정의 전업 주부로 살아갔다. "늘 같은 악몽이 펼쳐진다."(「집」, 155쪽) 하지만, 노력으로만 될 일이 아니었다.

1955년에 둘째 딸이 태어났다. "너는 분노가 돌아올 거라고 했다 / 사랑이 그런 것처럼."(「다시 그리고 다시 그리고 다시」, 355쪽) 앤 섹스턴은 출산과 양육 이외에 자신이 할 수 있는 일이 도저히 없을 것 같았다. "나는 여자로 사는 일에 지쳤고, / 숟가락과 냄비들에 지쳤고, / 내 입과 내 가슴에 지쳤고, / 화장품과 비단에 지쳤다. / 여전히 내가 바친 사발을 둘러싸고 / 내 식탁에 앉은 남자들이 있었다."(「천사들과 사귀기」, 241쪽) 스스로를 미워했다. 어쩌다 자기 자신이 이토록 쓸모없는 사람이 되고 말았는지 생각하다 보면 억장이 무너지는 것만 같았다. 독한 술을 마시기 시작했다. "현실이란 뭘까? / 나는 석고 인형, 술 취해 싱글거리는"(「1958년의 나」, 283쪽)

누군가와 이야기를 나누고 싶었지만, 결혼한 후로는 친구 한 사람 사귈 틈이 없었음을 뒤늦게 알아차렸다. 지나가는 사람이라도 붙들고 말을 해야만 했다. "이리 와 친구, / 들려줄 옛날얘기가 있어 — // 들어봐. / 앞에 앉아서 들어봐. / 내 얼굴은 슬픔으로 붉어지고 / 가슴엔 지푸라기가 가득해 // (…) / 나는 어쩌다 이곳에 오게 됐을까—" (「벽의 꽃」, 165쪽) 아파서 병원에 가야 하기도 했지만, 실제 자기 이야기를 들어줄 사람은 정신과 의사밖에 없었다. 주위에선 먹고 살 만해서 생긴 병이라고 비아냥거렸지만, 앤 섹스턴은 기꺼이 돈을 내고 마틴 박사에게 대화를 청했다.

누군가와 이야기를 주고받으며 비로소 그녀는 자신이 "타자기"로 글을 쓰는 삶을 꿈꾸고 있음을 발견하게 된다. "하지만 나는 말과 사랑에 빠졌지." (「말」, 601쪽) 이제 자신을 위해 시간을 쓸 차례가 되었다. 쉽지 않은 결정이었다. 글이 하루아침에 써지는 것도 아니었다. "나는 둘로 찢어졌지만 / 나는 나를 정복할 것이다. / 긍지를 발굴해낼 것이다." (「내전」, 557쪽) 앤 섹스턴은 책상 앞에 앉아 '타자기'를 쳤다. 늦게나마 제대로 공부를 하고 싶었다. 1956년에 터프츠대학의 존 홈즈 교수가 운영하는 시 강좌에 등록했다. 1958년에는 보스턴대학으로 향했다. 로버트 로웰의 수업에서 실비아 플라스를 만나 교학상장(教學相長)의 기쁨을 경험하기도 했다. 앤 섹스턴은 해마다 약 60편 이상의 시를 꾸준히 써 내려갔다. 자신의 '일'을 제대로 찾은 것이다. "나의 일은 말. / (…) / 나는 늘 한 단어가 다른 단어를 고를 수 있음을, / 한 단어가 다른 단어를 다듬을 수 있음을 잊어야 한다 / 내가 했을지도 모를… 하지만 하지 않은 / 어떤 말을 얻을 때까지. // 당신의 일은 내 말 지켜보기. 하지만 나는 / 아무것도 인정하지 않는다. 최선을 다해 일할 뿐," (「정신과 의사에게 시인을 말하다」, 29쪽) 선배 시인 엘리자베스 비숍은 "진짜 목소리를" 내는 앤 섹스턴에게 찬사를 아끼지 않았다. 1967년에는 퓰리처상을 받았다.

앤 섹스턴은 고백과 치유를 상징하는 시인으로 머무르지 않기로 결심한다. 그녀는 '마녀'가 되었다. "이번 사례를 발표해주실 분은 / 중년의 마녀, 저입니다. / 제 거대한 두 팔에 엉킨 채, / 얼굴은 책 속에 / 입은 크게 벌어져 / 한두 가지 이야기를 드릴 채비를 마쳤지요."(「황금열쇠」, 377쪽) 그림형제 이야기를 패러디하며 미국 사회의 물질만능주의와 가부장제를 비판한 『변형』을 1971년에 출간했다. "개구리들이 옵니다 / 추악한 분노와 함께. / 당신은 저의 법관. / 당신의 저의 배심원 // 저의 죄는 우리가 / 또박또박 적어놓는 것들. / 전 칼을 꺼내 / 개구리를 토막 낼게요."(「개구리 왕자」, 419쪽) 누구도 그녀를 막을 수는 없었다. 세상도 앤 섹스턴의 능력을 인정했다. 자신이 만학도로 수업을 들었던 보스턴대학에 교수로 임용되었다.

하지만, 그녀가 시인으로서 가진 '야망'은 보다 원대했다. "그래서 이 지경이 되었지 / 새벽 3시 15분의 불면, / 발동기를 울리는 시계 // (…) / 말의 일이 나를 잠 못 들게 한다. // (…) / 단순한 삶을 살고 싶지만 / 나는 밤새 긴 상자에 / 시를 낳고 있다. // 이건 내 불멸의 상자, / 나의 적립식 구매 계획, / 나의 관."(「야망새」, 447쪽) 위대한 시는 불멸하리라는 믿음이 차츰 커졌다. 인간이 죽음을 피할 수 없다는 사실도 차갑게 받아들인다. "하지만 누구에게나 죽음이 / 저마다 기다리는 죽음이 있다는 걸 / 분명히 너는 안다. / 그러니 나는 이제 갈 것이다 / 늙지도 병들지도 않고, / 막무가내지만 정확하게, / 내 최적의 경로를 알고서, / 요 몇 년간 늘 타던 그 장난감 당나귀에 실려, / "우리 어디로 가는 거야?" 절대 묻지 않고서. / 우리는 달리고 있었다 (내가 알았더라면) / 이것을 향해."(「자살 메모」, 293쪽)

앤 섹스턴은 시를 쓰면서 삶과 죽음이 맞닿아 있다는 생각에 다다른다. "생이 끝나면, / 우리가 살아 있는 이유였던 생이 끝나면, / 우리는 어디로 가는가? // 나는 밤마다 일할 것이다. / 나는 도시에서 춤출 것이다."(「사랑을 죽이며」, 669-671쪽) 그녀에게 삶은 시 쓰기였다. 앤 섹스턴은 죽음보다 삶을 먼저 생각했다. 그녀는 오직 시를 쓰지 못하는 현실을 괴로워했을 뿐이다. 사후적이거나 과장된 해석이 아니다. 앤 섹스턴은 시를 처음 쓰기 시작했을 때부터 자신의 미래를 예언했다. "최후의 바른길을 배우는, 생존자 / (…) / 그런 여자는 죽는 걸 부끄러워하지 않아. / 나는 그런 여자였네."(「그런 여자」, 31쪽) 앤 섹스턴은 "막무가내지만 정확하게" 시의 운명을 개척했다. 눈부시다.

장영은(『쓰고 싸우고 살아남다』 저자)

추천사

다정한 마녀, 당신은 나의 걱정스러운 안내자*

이 시집의 추천사를 쓰기까지 많은 책을 떠올렸다. 『반사회적 가족』, 『여성성의 신화』, 『안티고네의 주장』…. 앤 섹스턴이 가정주부로서의 자신은 집과 결혼했다고 했을 땐 정상가족신화를 떠올렸고 마녀에게 다정함을 부여하는 구절에서는 여성성을 규정하고 그 반대편에 놓인 여성들을 '마녀'라고 규정짓는 이 사회의 관념을 생각할 수밖에 없었다. 그런가 하면 자신이 낳은 아들을 돌덩이로 표현하고, 어린 시절부터 자신을 질투하며 괴롭혔던 어머니에게는 사랑을 구걸하기도 하는 시인의 목소리에서는 가족을 죽이고 또 가족을 선택하는 안티고네에 대해 생각했다.

그러나, 결국

이 무수한 생각 속에서 나는 단 하나의 단일한 목소리를 찾지는 못했다. '단 하나의 진정한 자신을 찾기 위한 분열된 여성의 발화…' '세상과의 불화에 타협하지 않는 폭로의 목소리….' 이런 문장들마저도 나는 앤 섹스턴의 시 앞에서는 무용하다고 생각했다. 나는 그의 시 앞에서 그렇게 '젠체'하고 싶지 않았다. 그러기엔 앤 섹스턴의 목소리는 너무나 다양했고 여러 갈래로 나뉘어 사방에서 나를 따라왔기 때문이다. 집에서, 사회에서, 가족 안에서 앤 섹스턴의 목소리는 어느 한곳에 있지 않다. 부유한 환경에서 태어나 그 환경이 요구하는 대로 결혼하고 주부가 되었던 앤 섹스턴의 말처럼, 그는, 혹은 그와 같은

* 「역할 분배」, 107쪽.

여성들은 항상 너무나 많은 역할 '놀이'를 요구받아야만
했기 때문일지도 모른다. 다정한 어머니, 생기있고 발랄한 딸,
점잖은 아내, 사회에 반하지 않는 시인…. 그러나
앤 섹스턴은 자신의 시를 통해 이 모든 것을 '끝장'낸다.
앤 섹스턴이 원한 역할 놀이는 세상이 그에게 부여한
역할 놀이가 아니었다. 다정한 마녀로, 다소 불안정한
어머니로, 점잖지 못한 딸로, 정상성에서 어긋난 아내로
그리고 비로소 불화하는 여성으로서의 앤 섹스턴이
여기에 있다. 앤 섹스턴은 그냥 그 모두가 자기 자신임을
인정하고 그대로 둔다. 현명하고 정숙한 여성들만이,
의식이 투철하고 신념이 뛰어난 여성만이 여성이 아닌 것처럼
앤 섹스턴은 그렇게 어디에도 갇히지 않는 자신이 된다.
그렇기에 그의 시를 읽는 나도 그 끝에서 비로소 이 사회가
원한 무수한 '역할'을 내려놓을 수 있다. 또 반대로 어떤
역할들은 인정하기도 하면서 그 사이에서 뛰어놀기도 하는
'내'가 된다. 앤 섹스턴의 시는 그렇기에 무한하다, 그리고
한없이 편안하다.

"서리 맞은 생명의 홍수처럼 떨어지는 아이들. / 그리고
우리는 시끄럽게 홀로 / 떠드는 마법. 나는 내 모든
잊힌 죄악의 / 여왕. 나는 아직도 길을 잃었나? / 한때 나는
아름다웠다. 한 줄 한 줄 고요한 선반에서 / 기다리는
모카신을 세는 / 나는 이제 나다."(「닥터 마틴, 당신은」, 15쪽)

한정현(소설가)

지은이 앤 섹스턴(Anne Sexton)

개인적이고 고백적인 시로 이름 높은 미국의 시인이자 극작가 겸 동화 작가. 1960년에 첫 시집 『정신병원으로 그리고 반쯤 돌아와』를 발표하여 문단에 일대 충격을 던졌고, 1966년에 발표한 시집 『살거나 죽거나』로 이듬해에 퓰리처상을 받았다. 정신질환과 자살 충동, 부모와 자식, 남편, 친족, 애인, 담당 의사 등을 포함하는 친밀하고 사적인 관계의 내밀한 실상, 여성에게 부여되는 사회적 압박이 여성의 몸과 여성의 공간, 여성의 의식에 미치는 영향 등 기존의 시문학이 금기시하던 소재와 주제를 과감하게 다룸으로써 시의 영역을 큰 폭으로 넓혔다.

매사추세츠주 뉴턴 시에서 성공한 사업가의 셋째 딸로 태어나 물질적으로는 풍요로웠으나 다소 억압적인 가정환경에서 자랐으며, 첫딸을 출산한 뒤 심각한 산후우울증을 겪은 이후로 평생 조울증으로 고통받았다. 의사의 권유로 시를 쓰기 시작하여 생전에 여덟 권의 시집과 희곡, 동화 등을 출간하는 등 왕성한 창작 활동을 펼치던 중 45살에 자살로 생을 마감했다.

대표적인 시집으로는 『정신병원으로 그리고 반쯤 돌아와』(*To Bedlam and Part Way Back*, 1960), 『내 모든 어여쁜 이들』(*All My Pretty Ones*, 1962), 『살거나 죽거나』(*Live or Die*, 1966), 『사랑시』(*Love Poems*, 1969) 등이 있고 사후에 『자비길 45번지』(*45 Mercy Street*)를 비롯한 세 권의 유고 시집이 출간되었다. 그 밖에 희곡 『자비길』(*Mercy Street*, 1969)과 맥신 커민과 공동 제작한 동화책들이 있다.

옮긴이 신해경

서울대학교 미학과를 졸업하고 KDI국제정책대학원에서 경영학과 공공정책학(국제관계) 석사과정을 마쳤다. 생태와 환경, 사회, 예술, 노동 등 다방면에 관심을 두고 있으며, 옮긴 책으로는 『누가 시를 읽는가』, 『어떤 그림』, 『풍경들: 존버거의 예술론』, 『야자나무 도적』, 『사소한 정의』 등이 있다.

저는 이곳에 있지 않을 거예요

초판 1쇄 발행 2021년 11월 26일

지은이 앤 섹스턴
옮긴이 신해경

발행인 박지홍
발행처 봄날의책
등록 제311-2012-000076호(2012년 12월 26일)
주소 서울 종로구 창덕궁4길 4-1, 401호
전화 070-4090-2193
전자우편 springdaysbook@gmail.com

기획·편집 박지홍, 주리빈
교정·교열 희음
디자인 전용완
제작 인타임

ISBN 979-11-86372-90-6 03840